他 即世界
古魯大解密

Feet of Clay

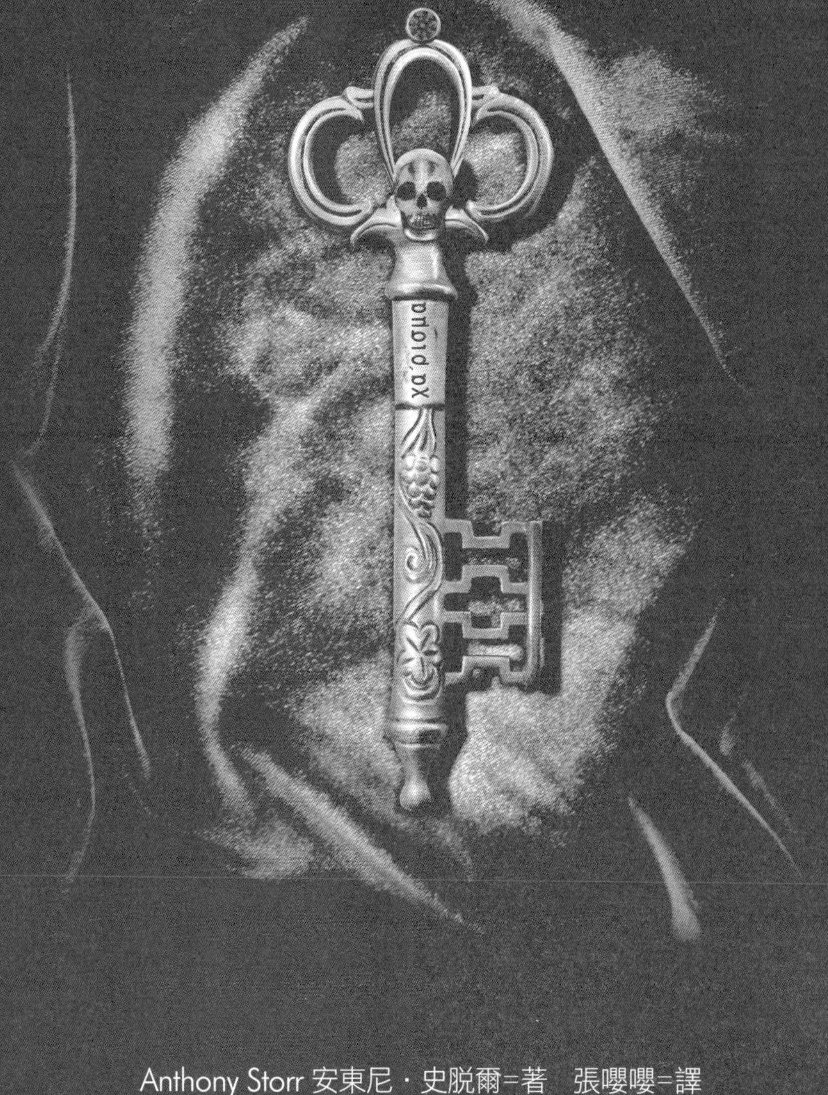

Anthony Storr 安東尼・史脫爾=著　張嚶嚶=譯

上智者走自己的路
不聽先知指引。
愚者相信神諭
背棄自己的判斷。
知道的人都知道
這樣的人反而不能成事。

——優里皮底斯（語出《依菲吉娜亞在陶里斯》）

目次

引言——古魯（精神導師）的一些特質

這是談論古魯（精神導師）的一本書。梵文的古魯（guru）是「重」的意思；用於人，是指值得尊敬的人。梵文教授岡柏里奇（R. F. Gombrich）告訴我，這個詞在梵文裡「一般是指某個人的父親，最常用來指教師」。他表示，英文裡最接近的同義詞是 **respected teacher**（受尊敬的教師）。今天，從足球到經濟，在任何領域裡被視為專家的人，都可能被尊為古魯或導師。在本書裡，我用這個詞專指某些自稱特別瞭解生命意義，因此有資格告訴別人應該怎麼過活的導師。《錢氏二十世紀辭典》（**Chambers Twentieth Century Dictionary**）把古魯定義為「精神導師：可敬的人」。古魯並非全都可敬；「精神導師」的定義卻足以確實表明這個詞在本書裡的意涵。

古魯們在許多方面雖然大相逕庭，但大多數都聲稱擁有來自個人啟示的特殊領悟。

古魯應許信從者新的自我發展之路，新的救贖之道。既然沒有培養古魯的學校，也沒有古魯的資格認證，古魯就如同政治人物，起初都是自任自命的。任何人只要自負得聲稱自己天賦異稟，就能成為古魯。在晚近或更早的歷史裡，可看到許多古魯對追隨者濫用權力、極盡剝削。不過，也有一些精神導師展現了聖潔、無私與正直。耶穌、穆罕默德及佛陀，都是至今仍備受尊崇的古魯，他們的教理也改變了千百萬人的生命。可蘭經裡，穆罕默德對於合法懲罰婦女、如何對待婦女的訓諭，有部分的確與現代西方的觀念相牴觸，但是，我們即使不是基督徒或佛教徒，也不禁要敬佩耶穌和佛陀。

本書會探討一些不那麼令人敬佩的古魯，所以，我一開始要先申明，世間確有高山景行，其節操、其美德、其良善，是你我大多數人望而莫及的。這樣的人與古魯不同；他們通常都是在日常生活中以身作則，不會用豪言壯語左右群眾，不會有崇拜的信徒圍繞著，也不會自稱具有凡人無法隻身獨取的秘傳智識。我們多數人都曾碰到為善不欲人知的人；他們或探視病人，或領養失親的兒童，或致力於慈善事業而不求名不求利。這種人不傳教，而是用「身教」。真正的美德通常不招搖，不過，一經張揚，如史懷哲和德蕾莎修女的事蹟，可能就有點不那麼可佩。

古魯是另一類。我不是說「所有的」古魯都是金首泥足（譯註），不過，許多古魯完全不值得尊敬：他們不是假先知、狂人、騙子，就是人格變態的人，不擇手段地在情感、金錢或性方面剝削信眾。回顧歷史，才會以為聖人與狂人或騙子容易區分，但是，當下在尋求古魯給予人生意義的人，顯然難以明辨古魯的良窳。一來，因為迫切的需求令他們看不清古魯的真性情；精神分析師就常見病患隨著情感轉移而出現這種曲解的心態。另外，也是因為先知不論極好或極壞，雖然智識及人格差異極大，卻有許多共同的特質。

成為古魯的人，通常都聲稱賦有改變了自己生命的特殊體悟。有的相信這種啟示直接來自上帝或上帝的天使，有的認為來自喜馬拉雅山的神祕人物，甚至是來自外星人。他們常常聲稱這種純屬個人的啟示放諸四海皆準，或至少是廣泛可用。換言之，古魯把自身的體驗普遍化了。有些古魯往往以為全人類都應該接受他的見解；有些還斷言，當

譯註

泥足（feet of clay，也是本書原文名稱），語出舊約〈但以理書〉第二章。巴比倫國王尼布甲尼撒夢見一尊巨像；像的頭是金的，胸和臂是銀的，肚腹是銅的，腿是鐵的，腳則是半鐵半泥。半鐵半泥的腳被砸碎之後，金、銀、銅、鐵、泥都粉碎如禾場上的糠粃，被風吹得無影無蹤。後來，泥足，就用來比喻：受人敬佩的偉人身上，不受人敬佩的人性弱點。

最後審判日的號角響起，跟隨他的人會得救，但大多數人依然不得救贖。如此妄自尊大的臆斷，其實與各種古魯所展現的某些人格特質息息相關。

許多古魯似乎在幼時都相當孤僻，也始終都很孤僻。他們很少有密友。或許因為不相信別人真的喜歡他們，所以他們比較關注的是自己內心的事，不是人與人的關係。換言之，他們往往內向且自戀。誠如佛洛依德之言：

> 一個情慾強烈的人，首重自己與他人的情感關係，自戀的人往往自給自足，會在內部的心理過程中，尋求他最能引以為快的事。〈1〉

許多畫家、作家或作曲家都自戀，重視自己的創作志業更甚於人際關係，也常常離群索居。我在《孤獨》一書裡就論及這樣的人。〈2〉不過，大多數創作藝術家或許很多時候都獨處，但他們都想要透過作品與他人溝通，也想從賞識者獲取自尊。他們可能對批評非常敏感，但許多人都樂意從批評中學習，樂意與不完全認同的人交換意見。

古魯容不得任何批評，總認為不完全贊同，就是與之為敵。這或許是由於他們一向孤僻，不曾體驗友朋之間才會有的意見交流及建設性批評。另外也是由於啟示與藝術作品分屬不同範疇；啟示不受批評，只許接受或拒絕。

古魯往往懷著優越感，而且即使對民主有口惠，實則反民主。這是當然吧。古魯堅信某一特殊的啟示，想必表示他是異乎尋常的高人。古魯只吸引信徒，沒有朋友。一旦確立了精神導師的地位，古魯必然會施展權威，這又杜絕了對等交友的可能。友誼甚至還可能削弱古魯的權力。葛吉耶夫的父親有一句令人稱道的話：「你若想失去信仰，就去跟教士做朋友吧。」（請參閱葛吉耶夫的專章，第二章）古魯與信從者之間，不是友誼，而是主從關係。這又是先前缺乏對等的友情所致。古魯會確信自身的價值，是在於別人另眼看待他，不在於別人愛他。古魯很少討論自己的看法；他就是要你接受他的看法。

古魯經常先歷經心神不寧或肉體不適的一段時日，期間百思自身的情感問題而不得其解，隨後才有了全新的省悟。這前後的轉折，十之八九會發生在三十多歲或四十多歲，因而大可稱之為中年危機。存疑而終於解惑，有時是漸漸開悟；有時來如雷電，頓然開竅。我們會在書裡看到，苦於懵然無序之後確立新秩序，是藝術上或科學上，所有創作活動的典型歷程。宗教的啟示，以及所謂的精神錯亂者的虛妄思維，也都有這種「有了！有辦法了！」的典型驚嘆。問題解決了，苦惱隨之緩解；我還會提論說明，啟示和妄想，都是企圖解決問題的結果。藝術家和科學家都明白，問題的解決絕不是一勞永逸，每一新創的步驟都是為下一個問題投石問路。對照之下，緊抱著宗教啟示及虛妄思維的人，往往認為啟示和妄想不可動搖、始終不渝。

古魯撥雲見日，對現實有了新的見地，從而結束其「靈魂的暗夜」之後，通常對自己發現的「真理」就顯得深信不移。言談之間對這個信念的熱忱和確定感，大大地造就了古魯對別人的強大感染力，造就了他的說服力、他的奇力斯馬（charisma），即神祕的人格魅力。古魯必定有奇力斯馬。希臘字 *χάρισμα*（奇力斯馬）原是「天賜的能力」的意思。德國社會學家韋伯（Max Weber，一八六四—一九二〇）率先用之於社會學，表示一種特異、神奇的人格素質；具有這種特質的人與眾不同，而且在凡夫俗女眼中，彷彿賦有超乎自然或超乎常人的威力。這樣的人能立即予人深刻感受，影響他人，引人虔誠追隨。奇力斯馬與信念強烈密不可分。若能當眾口若懸河，又有不錯的外貌，更是增光添色。本書裡討論的古魯，有些的確能言善道，不看稿就能一口氣說數個小時，讓群眾聽得入神。

專精宗教社會學的艾琳．芭克兒（Eileen Barker，一九三八—）曾寫道：「具有奇力斯馬的領袖幾乎總是，第一，令人捉摸不定，因為他不受傳統及規範的約束；第二，不向其他任何人作交代。」〈3〉一位領導者若公認是具有神祕魅力的權威，往往就有權指導信眾生活的每一部分。譬如，他可以規定信眾住什麼地方，跟什麼人有性關係，金錢財產應該怎麼用。

古魯要吸引信徒，信念就必須強烈。這不是說，所有的古魯都全盤相信自己的宣教內容，但是，最初可能必須堅信自身確有獨到的見識，才能另立新的宗派。許多人都有皈依的經驗，也抱持強烈的宗教信仰或其他信念，但不覺得一定要傳教或宣道、一定要別人改宗；古魯卻對信徒有所要求，正如信徒有求於他。何以非此不可呢？這可能是古魯表達的信念看似不容置疑，實則不盡然；表面的信心需要信眾的回應助威壯勢。我們會在書裡看到，有些古魯因為已經擁有一群相信他是先知、不認為他虛妄的信徒，才避免精神錯亂的罵名，甚至避免被幽禁在精神病院。有些歷史學者認為，救星似的人物私下會懷疑自己的天職，所以才會極力爭取信從者。新的啟示若沒有同道中人，很難讓人一直相信其確實可靠。

古魯都宣稱自己的智慧高人一等，所以有時會編造神祕的經歷背景。已往宣傳的是，到中亞或圖博（西藏）等一般人無緣前往的地區遊歷，繼而取得祕傳的知識及神祕的經驗。如今，世界大部分地區都已經有地圖可查、被探勘過了，也像埃佛勒斯峰，都充斥著西方的垃圾，因此比較難找到夠遙遠、夠神祕的地方。不過，世外之境總是有的。或許，別的星球裡就住著智慧無窮的生物，還把福音傳給精選的人類？有些古魯似乎這麼相信。

古魯像其他人，也有被權力腐化之虞。他或許在刻苦貧困中開始其天職，但成功往往改變其價值觀。被崇拜會令人陶醉，於是，古魯漸漸地很難不贊同信徒對自己的崇信。如果一個人開始相信自己有獨特的見識，也相信神選擇他傳佈這些見識，他就很可能認定自己可以享有特權。譬如，他和信徒可能都覺得他若還要擔心錢，就不能進行勞神費力的心靈使命，於是，他就覺得有資格對信徒籌集的錢財予取予求。有些古魯最後都奢華度日。

古魯若自認為可以不負財物責任，往往也會進行一般人做了就被視為不負責任的性行為。有一群愛慕自己的迷人女子圍繞著，男人很難坐懷不亂。但是，古魯勾引敬之為精神導師的信徒而造成的傷害，不下於精神分析師誘奸病人或父親對小孩性侵的傷害。

用其他方式剝削信從者的古魯也不罕見。百依百順的信從者任勞任怨地打雜做活，好讓古魯不必為瑣事操心。古魯往往就喜歡這樣施展權威，有些甚至要信從者做無聊又不必要的苦工，美其名為心靈的操練，實則古魯操弄權力的證明。有些更是嚴酷懲處違紀犯規的信徒，還引以為樂。不論是個人的節操或抗拒權力腐化的能耐，個個古魯的差異極大。

古魯或宣揚怪誕的宇宙觀，或變得腐化，這不表示他所有的見識都是無稽之談。我從不相信精神科醫師朗恩（**R. D. Laing**，一九二七—八九）所提，「精神病是獲取更高智慧的一個途徑」的理論，但是，新啟示來到之前常見的極度苦惱時期或精神病症患期，卻可能啟發常人無從理解的感知能力。躁鬱症患者有時會說，落入絕望深淵又攀上欣快巔峰的經驗強化了他們的生命，若能選擇，他們寧可患病，不願沈悶地守常度日。甚至精神分裂症急性發作卻安然度過的人，有時也感念這種經驗。我在書裡會不時提及「創造性疾病」。這是瑞士精神科醫師艾倫伯格（Henri Ellenberger，一九〇五—九三）的創見，適用於許多古魯。

有些古魯度過明顯的精神病症患期而康復；有些則逐漸惡化到多數精神科醫師都會診斷為精神病的地步；亦即，已經不是神經（官能）症或短暫的情緒不穩，而是真的瘋了。嚴格檢視古魯的生活與信仰，才明白我們在精神醫學上的歸類，我們對於是或不是精神病症的認知，實在不充分得令人扼腕。譬如，是怪異、非正統的信仰呢，還是妄想？這到底要怎麼分辨？

我要在接下來的章節裡探討幾位精神導師，即古魯；他們彼此大異其趣，但都展現某些我已描述的特質。沒有一位古魯彰顯所有的特質，但極好和極壞的古魯都共有常人沒有的某些特點。關於統一教、科學真理教、黑天意識國際會社及神的兒女等當代的宗教，在過去二十年間，已有廣泛的研究及論述，因為許多父母及社會人士都擔心這些新宗教運動對孩子造成的影響。我特別關注的是古魯本身的性格，不過，也會順便提及信從者的某些特質。我慎選了好幾位，包括聖人和惡棍，看似有天壤之別的古魯做探討。

希望不擅識善辨惡的人，明白這些精神導師還有一些相似處。

第一章

圍籬內的妄想偏執

二十世紀聲名狼藉的獨裁者希特勒、墨索里尼、史達林、希奧斯古及毛澤東，全都要權不擇手段、滅敵毫不留情。朋友，對獨裁者而言，是奢侈，千萬交不得。他們或許也結婚成家，但他們的自尊，主要是繫於無名萬眾的歡呼，不是來自密友的真情。難怪這類型領袖變得多疑猜忌，往往到了妄想偏執的地步。群眾無常，見風就轉舵。只依恃宣傳及群眾喝彩的獨裁者，若遇上政治人物都感棘手的不利情勢，就可能被趕下台。獨裁者若想在國家動盪中依然權力在握，就必須確保自己能全盤掌控，不容對手有取他而代之的機會。為了達到這個目的，必須建立獨裁政權特有的組織：佈置告密者、秘密警察、密探的網絡。歷來，不為別的，只因獨裁者認為可能威脅其權位而遭流放、監禁、刑求或處決的人，實在不勝其數。此外，在獨裁統治集團裡居高位者，最有可能被視為威脅。弔詭的是，一般領袖面臨危機而可能請益或尋求支持的「朋友」或盟友，往往被偏執的獨裁者當成最大的威脅。希特勒在一九三四年清算恩斯特・倫姆（Ernst Röhm）及其衝鋒隊官員，就是典型的一個例子。倫姆早些年在慕尼黑鼎力支持希特勒，但是當他變成威脅，就不免一死。史達林和毛澤東解決親信，也毫不眨眼。

我們在本書裡會看到，有些古魯是縮版的獨裁者。他們的言語思想表面上似屬宗教、非關政治，但他們的行為卻像獨裁者：因阿諛奉承而興起茁壯，沒有真正的朋友，設法集權於一身，而且同樣都多疑猜忌如妄想狂。我們且看看符合這種寫照的兩位古魯。

一九七八年十一月十八日，在圭亞那的瓊斯城，包括兩百六十名兒童在內的九百多個人，都喝下或被注射氰化物。「人民聖殿」教友此一自毀的行動是由創始人吉姆·瓊斯（Jim Jones）下令的，他本人則頭部中彈而亡。一九九三年四月十九日，在德州韋科的「末日啟示農場」裡，包括二十二名兒童在內的八十六個人，死於熊熊烈火。這場自殺是宗派領袖大衛·科日許（David Koresh）唆使的，他也是頭部中彈死亡。

這兩位古魯還有其他明顯的相似之處。兩個人的童年都相當孤單，少有同齡的友伴。兩個人後來都成為能言善道、說話流利的佈道家，能一口氣對著聽者高談闊論數個小時，以連環珠砲似的言詞炮擊聽眾，迫使屈服。兩個人在性方面都毫無顧忌：吉姆·瓊斯是男女都來，大衛·科日許則大人小孩通吃。兩個人都殘暴：只要認為宗派成員觸犯了他們自立的教規，就施予惡毒的懲罰。兩個人都極盡所能，不讓信徒離開宗派：或逐漸破壞家庭親情，或以酷刑恐嚇，或派武裝警衛站崗，既防外人入侵，更防信徒出走，不過，實際上幾乎沒有人想離開。兩個人都顯現強迫性格及偏執的焦慮，以為會被攻擊而儲備武器。兩個人大半生都瀕臨精神錯亂，最後也都明顯地有精神疾病。

吉姆・瓊斯（Jim Jones）

大衛・科日許（David Koresh）

我確信歷史上一定還有像這兩位這麼起人反感的古魯，但很難想像還有更甚者。駭人聽聞的是，有這麼多人崇拜他們，崇拜到隨時聽命自殺的地步。他們的目的在絕對的權力，而對別人施展權力的終極表現，就是讓他們死。細察這兩個魔怪，或許能讓我們多瞭解古魯以及他們引發的狂熱崇拜。

吉姆．瓊斯在一九三一年五月十三日出生於印地安那州的林恩。年幼時因父親有局部殘疾，母親必須外出工作，所以他有些孤單。他說自己總是一個人，於是漸漸閱讀成癡。一位鄰居肯尼迪太太權代母職，從小就一再對他灌輸宗教思想。他的中學成績不錯，智商在一一五到一一八之間。他逐漸顯現出色流利的口才。他在相當年少時，就放棄衛理公會，加入五旬節教會。這或許是古魯特有的那種信仰危機所致，但似乎也很可能是因為他認為在五旬節教會，會有較多的機會展現他佈道及「心靈治療」的才能。吉姆．瓊斯年紀輕輕就被准予向聚會裡的會眾演講。他長得俊美又鼓舌如簧，很快就發現自己能吸引聽眾。據述，他看起來極有自信，舉止之間顯得有權威、很堅定。他還只是十歲的學童時，就宣稱自己有特異功能。他在印地安那波利斯漸漸因佈道而馳名，一般認為他散發奇力斯馬，即神祕的人格魅力，專門捍衛貧困階層的權利。他在一九五三年曾說：「我已經認識聖靈。」但他的信念恰與正統相違〈1〉。雖然瓊斯聲稱能感應神靈，又是個辯才無礙的佈道者，但他真正的中心思想其實不在宗教，倒比較偏向政治，特別關注種族融合及他所謂的社會主義。他的確應許追隨者，要為他們開拓新境，但他的根據並不是宗教啟示，而是馬克斯主義的原始願景。事實上他抨擊聖經是極不友善的文本，旨在鼓勵資本主義、奴隸制度及種族歧視。他也大肆嘲弄傳統基督教裡那一位「天空的神」，聲稱追隨他的人不需要這樣一位神，因為他本人就是「以社會主義工人現身的神」。「只有社會主義，才能帶來理想的自由、正義、平等，以及完美、至聖的愛。」〈2〉他因為能帶給追隨者真貨而深感自豪，那是「天空那一位神」未能做到的事。

瓊斯的演說能力確實使他比較不孤僻，但是他還是一直都有病態的焦慮，先是擔心他交到的朋友會離開他，後來則擔心信徒會棄他而去。年輕時，他曾邀請一位相識吃飯，稍後，這位少年朋友說他得走了，瓊斯卻還不想讓他走，於是對少年開了一槍，險些兒射中他。

瓊斯總是衣著整潔，有強迫性的潔癖，也避免流汗。如同許多具有強迫性格的人，他總想掌控一切，包括他身邊的人。他在一九四九年結婚，但妻子瑪瑟琳不久就發覺他跋扈、霸道，真是悔不當初。

一九五六年，瓊斯在印地安那波利斯建立「人民聖殿」教，強調種族平等。瓊斯和妻子是第一對收養黑人小孩的白人夫婦。種族混合的宗教聚會在當時很罕見，許多黑人會眾都覺得瓊斯的反歧視提高了他們的社會地位。在他早期的佈道會裡，主要是召喚幾名會眾，並「以主之名觸摸他們」，有些人會在那個時刻陷入一種恍惚似的狀態。瓊斯在「人民聖殿」初創時期的確做了一些善事：他為窮人設立施食所，也供應煤炭和衣物。他在一九六五年把「聖殿」遷到加州的紅杉谷之後，為精神有障礙的男童開辦一座農場，設立老人安養院、兒童收容所及日間托兒中心。這些事業明顯造福不少人。瓊斯善於結交名士要人，演員珍芳達、致力黑人運動的戴維絲、國防部戰略顧問艾爾斯柏格及後來的總統夫人羅莎琳・卡特都慕名而來，他還曾經與羅莎琳同台演講。

瓊斯聲稱能通靈，面對被他召喚到眼前的人，他只要乞靈，就會得知這些人的來歷和秘密。實際上，他派密探向本人打聽、擅闖私宅，甚至在垃圾桶裡翻找，把收集到的資料拿給他。

瓊斯最得心應手的是醫病療傷，他自稱有天賜的本事。有人坐著輪椅來，結果病好了、可以走路了。其實這都是人民聖殿裡受過訓練的成員假扮偽裝的。瓊斯堅稱能治癌。譬如，有人會被告知得了腸癌，依指示到盥洗室，接著，一團血淋淋的動物腸子被拿來證明這個癌已經神奇地被清除。串通好的醫療騙術是瓊斯掌控其宗派成員的一個手法。性方面的供認是另一手法。有些人被逼供，招認未犯的罪行。聖殿的成員都必須放棄具有個人意義的一切：財產、兒女、配偶及身體的自主權。任何事物都得公有共享。

瓊斯和其他許多古魯一樣，籌錢很有一套。到一九七五年止，聖殿的資產估計有一千萬美元。

比起其他許多古魯，瓊斯招搖撞騙的行徑甚為彰顯，但是，加州一位加入聖殿的律師柴金（Eugene Chaikin）仍免不了說瓊斯是他見過最慈愛、最像基督的人。另一位法律學士史頓（Tim Stoen）稱瓊斯是「世間最富同情心、最正直、最有勇氣的人」。史頓在一九七二年簽署一份文件，請求瓊斯和他的妻子生一個孩子，因為他自己不能生。律師通常不特別容易受騙，所以，這兩個人的看法很能顯示瓊斯服眾的能力。瓊斯答應史頓的請求，但後來卻也因為這個小孩的監護權有法律的紛爭，才使瓊斯城曝光、垮台。由於瓊斯不肯依舊金山一名法官之令，放棄約翰・維多・史頓，這個孩子最後與其他人一起死在瓊斯城。

瓊斯在一九七二年再度遷移聖殿，這一次是到舊金山。不過，他自稱能治病又能起死回生的謠言始終不斷，再加上他被控侵佔專款，因此不久後，他就認為最好離開加州。瓊斯曾在圭亞那以農業開發的名義，向當地政府買下一塊叢林地；到了一九七四年，已經有一先遣小組在那裡開林闢地。一九七七年五月，聖殿的成員大舉離開舊金山及洛杉磯，最後安頓在瓊斯城。這個小村落距海邊的首都喬治城很遠，搭乘輪船、內河船要三十六個小時才能到達。選擇圭亞那是因為此地曾是各種難民避居之地，包括許多罪犯及黑人領袖邁可X（Michael X，註釋）都曾在此落腳。瓊斯本人在一九七七年七月成為這裡的永久居民。跟隨瓊斯到圭亞那的人，約有百分之七十是黑人，約有三分之二是女性。如芭克兒指出，人民聖殿的成員與大部分現代教派的成員不同。瓊斯城最初被稱為農業社區，而且，人民聖殿在成員大量死亡之前，都不被歸類為新宗教運動。〈3〉

瓊斯建立的社區被宣揚為理想的境地：因瓊斯的神蹟治療而幾乎百病不侵的一個地方；是種族平等、經濟平等、眾人皆有福的一處樂園。實際上，如某些人的報導，這裡更像是一座集中營，完全聽命於一名殘忍冷酷的司令。瓊斯想要掌控一切事物的慾求，幾乎都在這天涯海角滿足了。

黛柏拉．布萊基（Deborah Blakey）曾是聖殿的財務秘書，她設法在一九七八年四月逃離。據她說，整個社區活在恐怖的統治之下。她告訴千里達的作家記者奈波爾（Shiva Naipaul，一九四五—一九八五），大多數人每天都要飢渴交迫地在田裡工作十一個小時。〈4〉醫療服務幾近零。一個曾在商船當水手的中年人被迫不停地工作，肩膀因一再扛運木材而磨破皮，終於崩潰啜泣。他被狠揍了一頓，被迫爬到瓊斯面前乞求原諒。社區一直都有武裝警衛巡邏。瓊斯揚言要殺死企圖脫逃的人，禁止對外通電話，審查郵件、沒收護照、金錢。他還跟他們說，社區有傭兵或圭亞那的軍隊團團圍住，叛逃者會被逮捕、被拷打，企圖逃跑的男人會被閹割。

瓊斯本人和一些心腹就不一樣了；他們享用他私人冷藏庫裡極其豐盛的食品。他自認為有權和任何男性或女性發生關係，不過他兒子史第凡注意到父親的性伴侶幾乎全是白人。有些無疑是給了藥，使之更溫順。瓊斯堅稱自己是社區內唯一真正的異性戀男性，硬說其他許多男性都還不能接受本身的同性戀情感。為了證明這一點，他覺得最好雞姦幾個人。據報導引述，就有這樣的一個男人曾說：「我現在明白了，就是要你肏我的屁眼，才能解放我這壓抑極深的同性情慾。」〈5〉這個人似乎不明白自己被利用，完全沒有察覺瓊斯可能在逞其威風，也在遂其私慾。「聖父」是不會錯的，一般人都說能與「聖父」性交，是無與倫比的經驗。

懲罰，通常是在教堂裡、在大庭廣眾之下進行。打人的工具是三呎長的槳片，有時一打就是半個小時。葛利絲．史頓就眼睜睜看著自己的兒子被打，但她在一九七六年七月終於逃出社區時，卻不得不把孩子留下來。挨打者的嘴唇都貼著麥克風，他們的叫喊就這樣大聲放送。小孩便溺在褲子裡，會被迫把褲子戴在頭上，非但不准吃東西，還得看著別人吃。孩子有時會被丟到瓊斯住屋附近的一口井裡，早就在井裡的助手會把孩子

註釋

邁可X：皈依伊斯蘭教，加入黑人權力團體。因販毒被英國驅逐出境，逃到千里達，後來又因殺人逃到圭亞那。

直往下拉。整個社區都聽得到孩子驚恐的尖叫。另有一種懲罰是拳擊比賽：犯規的人要與一個強壯許多的對手搏鬥，一直被打到半昏迷。有些犯規的人會被迫吃辣椒或在肛門裡被塞一根辣椒。瓊斯的兒子史第凡記得他十六歲的朋友文生（羅培斯）被迫嚼辣椒。他用手接住文生吐出來的東西，讓文生吞回去，免得被迫再吃一根。還有一種懲罰是把人關在一個小得讓人不能站立的柳條箱裡，一關就是好幾天。有些犯規者被一種叫做「大腳丫」的儀器電擊。隨著瓊斯本人的身心每下愈況，瓊斯城簡直就像二次世界大戰德國境內的貝爾森集中營。

然而，如奈波爾在《不知何處去的旅程》一書指出的，瓊斯城還有另一面。有些人說他們的生活徹底改變、改善了；又因為瓊斯城堅持種族融合，他們洗刷了黑人的污名，獲得新的尊嚴。有些原本酗酒或吸毒的人聲稱因聖殿或瓊斯本人而「得救」。精神醫學專家戈登醫師（James S. Gordon）在十年期間與無數個生還者晤談；令他深刻難忘的是，沒有一個人後悔在瓊斯城待過。顯然，有些人在傳統社會裡被視為異己，在這裡卻第一次覺得被接納、被重視。奈波爾寫道，有些人看瓊斯城如海角一樂園，有些人卻覺得歷經了一場夢魘。

你我大多數人的自信都來自朋友、親人的愛和賞識，吉姆．瓊斯卻不同。他的自信心建立在他的能言善道，在他慷慨陳詞、撼動人心的能耐。我相信這位孤僻的年青人很早就如他說服別人一樣說服自己，確信自己天生就有特別的力量及洞識。瓊斯就像華格納樂劇《萊茵的黃金》裡的矮子阿伯里希，放棄愛的追尋，選擇權力的掌握。上述殘忍的處罰是誤用權力的展現。很難相信一個母親居然忍心看著自己的孩子這樣受虐，而大人竟然甘心如此公然吃苦受辱；但是，我們將會看到，用這樣的處罰方式，除了瓊斯，還大有人在。他的性行為顯示他不把性當成愛的表現，而是用性支配別人。他放蕩的性行為，其實與他自以為高人一等的優越感互為因果。他的信徒吃不飽、住不好，他卻覺得自己獨具權利，可以吃美食住華屋，不過，雖然人民聖殿累積了相當多的資金，瓊斯對勞斯萊斯、遊艇或金銀珠寶等傳統的財富象徵，似乎不太感興趣。令他著迷的，是在別人身上施展權力。

瓊斯是活生生的例子，說明信念、妄想、詐騙及精神病之間的界線實難劃分。我所討論的古魯當中，或許葛吉耶夫除外，瓊斯是最明目張膽的騙子。他佯裝能治病，無所顧忌；他假裝病倒，只要情勢於己有利；他謊稱被敵人攻擊，假想的敵人。有一次他打破玻璃，卻說有人拿地上的一塊磚頭扔向他。倒霉的是，房間內不見玻璃碎片，證明玻璃是從室內往外打破的。在瓊斯城，他聲稱敵人向他開槍，還出示子彈作證據。其實，那是養子吉米開的槍，而且被文生（就是前述被罰吃辣椒的男孩）看到。瓊斯總是懷疑美國政府在迫害他，這當然是因為他其實在財務上違規犯法，也因為他直言譴責政府是法西斯、有種族歧視。然而，隨著年紀漸長，他多疑的心態愈來愈像偏執的妄想，最後，在瓊斯城，他那冗長激昂的廣播訓詞，變成精神病患的譫言妄語。這種精神衰退又因服用大量藥物而更加惡化；他用這些包括安非他命和抗憂鬱劑的藥物治療各種病痛，有些是真有其病，有些則是假想的痛。瓊斯的偏執妄想在一九七〇年代，愈來愈明顯、愈來愈嚴重。他硬說舊金山當局正在為少數民族設置集中營，於是到了一九七〇年代中期，他已累積了至少兩百枝槍。在瓊斯城期間，除了這些軍械，他還走私多箱機關槍。這些武器通常是從舊金山槍枝交易局（在瓊斯城稱作「聖經交易所」）取得。

瓊斯在一九七四年左右開始自稱為神。之前，他通常都說自己是神派來的使者，具有治病的神力，後來又說「我是有神性的社會主義者」。藥物使他更常宣示自己的神聖地位，但他到底有多麼相信自己的神聖性，卻未能確知。根據一九九三年十一月二十二日的〈紐約客〉週刊，瓊斯的妻子瑪瑟琳曾設法要兒子史第凡勸父親戒除藥癮。史第凡回答：「你是要我去跟神說祂是毒蟲嗎？」

瓊斯城的居民早就準備赴死。瓊斯一直告訴他們，他預料會被各方的仇敵攻擊，果真如此，唯一的出路可能就是自殺。他宣佈，整個社區的人，要活一起活、要死一起死，不能分開。如果最後必須死，也不會白白死，因為那是活生生地向全世界證明美國政府的邪惡本質。儘管如此，到底多少人真的自殺，又有多少人可能是被謀殺，仍然存疑。生還者的說詞、屍體注射部位的檢驗結果顯示，被殺死的人比原先估計的還要多。瓊斯城這樁慘案的規模震驚全世界，但類似的悲劇層出不窮，將來也一定還會再出現。

我們且從瓊斯城轉往末日啟示農場。一九五九年八月十七日，一個十四歲的女孩生下本名弗農·霍威爾（Vernon Howell）的大衛·科日許（David Koresh）。兩年後，女孩的情人走了，她就把孩子交給母親和姊姊照顧。一九六四年，她嫁給一位曾跑商船的船員之後，才領回孩子，也才跟他說她是真媽媽。根據維農·霍威爾自述，繼父和他處得不好，常常揍他。他在學校的表現很差，被編入特別班，還被取笑是「弱智」。他又說自己被一群較大的男孩強姦。他據說不是精神有障礙，而是閱讀有困難，但這似乎不妨礙他閱讀聖經，因為他母親說他到了十二歲，就已熟記全本新約聖經。後來，這個學習遲緩的孩子更誇口說，所有大學者畢生之所學，也沒有他一個人的知識多。

這樣的成長背景當然不幸，但有些人的童年更坎坷，長大後卻不會精神異常或殘酷冷血。霍威爾在十四歲被退學，此時他已是個優秀的運動員，也不再像早年那麼不得人緣。他對這一切的回應是自大、高傲，這樣的態度也讓他多次找到臨時工卻又保不住。霍威爾如吉姆瓊斯，對於被拒絕特別敏感。十九歲時，一個被他弄懷孕的十四歲女孩不願與他同住，理由是他不適合養小孩。他的信心粉碎了，於是開始出現異常強烈的情緒起伏，時而覺得自己罪大惡極，時面覺得他得天獨厚。霍威爾用各種方法尋求宗教的慰藉而不可得，最後，他加入德州泰勒市的「基督復臨安息日教會」，在一九七九年受洗。他迷戀教區牧師的女兒，聲稱上帝曾顯靈說要把這個女孩交給他。霍威爾的行徑愈來愈囂張，因而在一九八一年被牧師及教區信眾逐出教會。

霍威爾被排斥之後的反應值得注意；那是大多數古魯特有的轉折，亦即，歷經一段困頓期或疾病期之後脫胎換骨。在最初的憂鬱期之後，他逐漸深信自己是上帝精挑細選的子民；這種信念可能因為服用他十八、九歲就開始用的迷幻藥LSD而更加堅定。霍威爾被官方核准的基督復臨安息日教會開除之後，就加入這個教會分裂而立的「基督復臨安息日教會大衛教派」。他如何變成此一教派的教主，在大衛・雷帕德（David Leppard）的《火與血》一書裡都有敘述，我們且不在此多言。一九八八年，科日許設法在德州韋科東方十哩、一個佔地約七十七英畝的地方，為自己和跟隨者建立一個據點，起初命名為「新卡梅爾山中心」。四年之內，已改名為大衛・科日許的霍威爾就建立一個極類似吉姆瓊斯在圭亞那的那種體制。（希伯來文的Koresh〔科日許〕相當於英文的Cyrus〔居魯士〕，一般是指Cyrus the Great〔居魯士大帝〕，即聖經裡的波斯王「古列」；科日許也把一個兒子命名為居魯士——譯注）家住夏威夷的夥伴馬克・布洛特（Marc Breault）幫忙說服許多富商，資助此一教派。科日許把籌得的資金花費在兩個主要的用途：其一是購買音樂器材，助他實現當搖滾明星的壯志；另一則是購買武器抗敵。到了美國當局對這個教派進行調查時，科日許已花費二十萬美元在武器上。〈6〉他的年收入高達五十萬美元左右。就因為一位送貨員說有手榴彈被送往科日許的社區，才會引發一連串事件，直到最後，聯邦調查局包圍此地，住民也引火自焚。

科日許像吉姆瓊斯，能言善道，可以一口氣讓聽眾聽數個小時。瓊斯的願景是廢除私有財產、打造種族平等的共產社會。科日許想像的是善終於勝惡的末日大動亂。如同其他預示世界末日的先知，科日許特別著力於新約聖經的末卷，《啟示錄》，也宣稱只有他能詮釋得正確。他尤其強調他對「七印」的獨到見解。根據雷帕德的記述，科日許說：「不懂七印，就真的不懂基督……七印是懂不懂上帝的嚴峻考驗。」〈7〉

《啟示錄》可能寫於西元九十五—九十六年前後，卷中把耶穌描述為一位戰士，帶領一大群天使打敗敵對的撒旦勢力。終於戰勝邪惡之後，一個王國隨之建立，國度內的選民永生不死，萬萬世世過著太平祥和的生活。這書卷用七個印嚴封著，揭印開卷之後，預示了一連串駭人的事件；而如同其他的末日災難預示，必須先經歷這些事件，才能建立最後的秩序與和平。揭開第一印，會看到一匹白馬，馬上的騎士帶著弓，被賜予冠冕，於是他出發去求勝。第二印揭開之後，出現的是一匹紅馬，馬上的騎士被賜予一把大刀，有權力使人互相殺害。揭開第三印後，看見一匹黑馬，騎士手上拿著天平，似乎在預示饑荒。開第四印之後，是一匹慘灰色的馬，騎士名叫「死」，有權力用刀劍、用饑荒、用瘟疫或用野獸殺死地球上四分之一的人。揭開第五印，看到因信仰上帝而被殺的人在申冤，但有人向他們保證，給他們白袍，告訴他們要等待，直到注定為了基督而被殺的人符合一定的數目。揭開第六印看到強烈的地震。太陽轉黑，月亮變紅，星星從天空墜落。上帝的羔羊揭開第七印之後，天上寂靜了半個小時，接著就是三分之一的人類被滅絕，最後則是黑暗的勢力終於被擊敗。

科日許似乎讓跟隨者相信他本人有權力揭開第七印，使《啟示錄》描述的大災難更快出現。他說，上帝會帶著火和閃電回到地球上，在以色列建立一個新王國，由科日許坐王位。他說服信徒：今生的死只是來世的前奏，較美好的來世；到時候，他們都是出類拔萃、永遠不死的人，注定要殺死地球上邪惡的人，而基督教會就是萬惡之首。

科日許像吉姆瓊斯，他的妄想思維是逐步形成的。起初，他說自己只是先知，對七印有獨特的理解。隨著權力日增，他也更自以為是。離他而去的馬克·布洛特被問及科日許是否自信是上帝之子，布洛特強調的確如此。被問到科日許如何用此一信念操控信眾，布洛特說：「絕對的控制。我知道這很難理解，但是，只要想像你相信某個人是耶穌基督，他會告訴你任何事。你若爭論，那就見鬼去吧。他是上帝之子。誰會想對抗上帝呢？」〈8〉到了一九九三年四月，科日許在德州大草原的避居地遭到最後的圍攻時，他已自稱為上帝，信件的簽名是耶和華．科日許。

被科日許改名為末日啟示農場的卡梅爾山，是封閉、污穢不堪的一處地產，幾乎沒有熱源、自來水或管線設備。教派成員不得不排泄在便盆裡，再把穢物埋到土裡；水是大卡車載來水箱供應的。像瓊斯城一樣，教派成員不久就出現包括B型肝炎的各種疾病。科日許認為尋求醫療協助會威脅他的權威，也禁止去看醫生。他不斷推出一套套荒謬的飲食禁制令。在某一個月期間，水果只准吃香蕉。同一餐不准既吃橘子又吃葡萄。有時候，接連幾天只能吃青菜；有時候，又只准吃水果和爆玉米花。這個地方沒有熱食，而且不經科日許允許，就不准在外面買食物。科日許把飢餓當懲罰，許多人如吉姆瓊斯在圭亞那的教派成員，都有營養不良的問題。科日許本人卻像吉姆瓊斯，完全沒有飲食的限制。他那些荒謬的規矩和禁忌，只是更證明他擁有幾近絕對的權力，無異於其他古魯對信徒無聊又無益的工作要求。科日許操弄權力的另一個手法，是在半夜把社區內的所有人都叫醒，強迫他們聽他曠日持久的聖經講述，有時還長達十五個鐘頭。

科日許制定的罰則和瓊斯用的方法一樣殘忍冷酷。他告誡，八個月大的小孩做錯事就該接受體罰，還告訴小孩的母親，若不打小孩，她們就有的罪受。小孩犯了一點小錯，就用通稱「助手」的木條打；每個小孩都各有寫著自己名字的「助手」。科日許就曾狠狠打自己三歲的兒子居魯士，看得馬克布洛特既驚又怒，這當然也是布洛特終於醒悟的一個原因。最後被放出來的二十一個小孩，就有幾個身上帶有挨打不久的傷痕。還有一種處罰，是把犯規的人浸泡在污水裡，還不准洗澡。然而，最終圍攻的一位生還者勒夫樂克（Derek Lovelock）卻堅稱科日許是「非常關心別人、富同情心的一個人」，也否認殘暴及性虐待的指控，不過他倒也承認父母有時會打小孩。〈9〉他告訴作家記者威廉·蕭（William Shaw），在農場那幾個月是他一生最快樂的日子。「『我們是個大家庭』，他說。『我們都同樣有這一個信仰，也志同道合。我們共同成一體。』」〈10〉

科日許如吉姆瓊斯，性方面貪得無饜。他在一九八三年與大衛教派一位行政人員的女兒瑞秋結婚。她當時才十四歲，但沒有人反對這樁婚姻。她為他生了三個孩子。科日許在一九八六年開始與瑞秋才十二歲的妹妹睡覺。在他掌控末日啟示農場之後，就拆散所有家庭，要男人和女人分睡不同的樓層。斬斷親情是強化對他效忠的一種方式，也讓他更方便誘姦他想要的女人。科日許自認為有權與這社區內的任何女性有性關係，包括十二、三歲的女孩。有個孩子太小，不能插入，卻硬是被要求用大號棉塞，把陰道撐得足以迎合他。〈11〉

科日許也如吉姆瓊斯，精神狀況愈來愈差。他服用各種維他命及草藥配方，治療他所謂的無力，但他的妄想卻不能像瓊斯的情形，歸咎於藥物。科日許的騙子行徑不似瓊斯的那般明顯，但布洛特被問到科日許是真的相信自己的主張或根本只是騙局一場，卻回答：「我想都有一點吧。維農（科日許）有一股強烈的願望。他又發現神學能讓那種渴望名正言順。於是，別人完全吃他那一套教義之後，他自己也開始相信了。」〈12〉

到了一九八六年，他說他有權擁有一百四十個妻子。末日啟示農場最後在熊熊烈火燒毀時，死亡的二十二個小孩，就有十七個是科日許的骨肉。他宣稱只有他才准傳宗接代，他的這一項使命就是要讓這個世界充滿正直的小孩。

在聯邦調查局圍攻之初，科日許允許非他親生的孩子被放走。與這些孩子面談的精神科醫師一再聽到死嬰的事。有些孩子還供述，死嬰都先存放在冰箱裡，然後才扔掉。雖無法證明，但科日許可能用教派成員的孩子獻祭，因為那都不是他親生的。他當然也設法說服這些成員，要他們相信可能有必要以小孩為祭品。不過，必須再說明的是，孩子被放出來之後，關於他們的身體狀況，各路報導言人人殊。李維斯（**Dick J. Reavis**）在《韋科的灰燼》一書裡，主要是抨擊美國煙酒槍炮管理局和聯邦調查局以粗糙的手法，無端進行圍攻。他聲稱，有證據顯示社區內的兒童被照顧得很好，還引述一位曾為釋放的孩子做檢查的精神科醫師的話說，沒有性虐待的跡象。聯邦調查局炸毀社區的小屋之後，以為小孩的母親會趁機帶著孩子逃走。結果，沒有人逃。最後，教派成員用煤油燈引發烈火，策動了這場浩劫。死者並非全都是活活燒死；連同科日許在內的二十七位教派成員是槍擊喪命。

建立或採納一套以一個人為上帝的先知或就是上帝本身的信仰體系，是把自我膨脹到無以復加的地步。科日許比較熱衷於宗教，吉姆瓊斯則關注種族平等及平等的社會。但是，兩個人為了補償孤單、缺乏愛的童年，都迷戀權力，最後也都妄以為自己有神威。

看起來幾乎難以置信的是，這兩位古魯的信徒竟然能對他們效忠這麼久。雖然科日許曾稍微遮掩他帶上床的孩子的身分，但這兩位古魯對於自己令人髮指的性行為及殘暴駭人的行徑，多半時候像是在大事張揚，不是試圖掩飾。幾乎沒有人逃離這兩個營區。看來，古魯一旦說服信徒相信他的救世主地位，他的實際行為若以常人的標準論斷，非常名不副實。只要對一位古魯還懷著信仰，這信仰就主宰著理性的判斷。狂熱的信徒如熱戀的情人，沒有理智可言。

精神病學上，有一種大家熟知的現象叫做「感應性精神病」（folie à deux，也叫雙人精神病）：兩個人住在一起，其中一個人瘋了，另一個人也會深信這伴侶的一些瘋言妄語。這個瘋伴侶被送進醫院之後，另一個通常就會恢復神志。共享的妄想會相互強化；一個由精神錯亂的人領導的教派，教主及沈迷於其信念的門徒，雙方都會得到安慰、激勵。吉姆瓊斯和大衛科日許都嚴密監控信眾，令他們插翅難飛。所幸，這是罕見的特例。參加「新宗教運動」的人，多半不像一般以為的受到脅迫，許多人要走就走，不致於難以脫身。但是，在瓊斯城這樣的社區裡，正常的資訊來源被隔絕，因此會比較依賴領導者給予的任何訊息，也比較無法質疑訊息的真假。針對所謂「知覺剝奪」的研究顯示，一個人若被安置在隔音、不透光的房間裡，各種感覺輸入大都被切斷，就比較會受人左右，也比較不會批判提供給他的任何訊息。與外界隔絕的社區也是如此。另外，社區內任何人若膽敢懷疑古魯的看法，就很可能被同夥視為叛徒。瓊斯和科日許，除了他們的信徒，在所有人看來都是邪惡的狂人。他們以誇張的形式、以幾無可取的特色，展現古魯所有可能的最惡劣的特質。所幸，大多數古魯都沒有這麼壞。我們得再看看別的古魯。

第二章

喬凱・伊凡諾維奇・葛吉耶夫

葛吉耶夫之所以引起我們的興趣，是因為門徒烏斯匾斯基（Peter Damien Ouspensky，一八七八—一九四七，俄國哲學家）對葛吉耶夫本人或其學說的論述，曾魅惑許多受人注目的知識分子，包括小說家曼斯菲爾德（Katherine Mansfield）、〈新時代〉雜誌的社會主義名主筆奧瑞治（A. R. Orage）、〈小眾雜誌〉的編輯安德森（Margaret Anderson）及其合作編輯友人希普（Jane Heap）、外科醫師兼性學專家渥克（Kenneth Walker）、建築師萊特的第三任妻子奧兒吉瓦娜，以及後來也變得有點像古魯的貝內特（John Godolphin Bennett）。精神醫學專家揚（James Young）、尼科爾（Maurice Nicoll）及精神分析學家艾德（David Eder）也是信從者。詩人艾略特（T. S. Eliot）、里德（Herbert Read）及小說家加尼特（David Garnett）也斷斷續續出席烏斯匾斯基的聚會。烏斯匾斯基在一九一五年初遇葛吉耶夫，後來大部分時間都在倫敦，因此比古魯本人更有機會接觸有心的英國民眾。

葛吉耶夫的出生年月日不詳。有人說是一八六六年；有人則引用他多本護照的一本，說他生於一八七七年十二月二十八日。葛吉耶夫最晚近的傳記作者即《葛吉耶夫與凱瑟琳．曼斯菲爾德》一書的作者詹姆斯．穆爾（James Moore）〈1〉認為比較可能是較早的一八六六年。葛吉耶夫對這一點如同對出生背景的諸多要點，始終諱莫如深。他在一九四九年十月二十九日去世。他的出生地是俄屬亞美尼亞的亞力山卓波爾

（Alexandropol，舊稱昆姆魯 Gumru），位於西邊的黑海及東邊的裡海之間、高加索山脈以南的一個地帶。葛吉耶夫的父親是希臘人，母親是亞美尼亞人；家裡說亞美尼亞語，但他也懂一點希臘語、土耳其語及一些方言。他在自傳性回憶錄《面遇卓越人士》一書裡，宣稱自己通曉十八種語言，但無證可考。終其一生，他都說著不標準的英語和俄語。

葛吉耶夫是六個孩子中的老大，有一個弟弟、四個妹妹，其中一個妹妹早夭。他年幼時，土耳其軍隊在一八七八年被俄國沙皇之弟尼可拉耶維奇大公打敗，全家隨後就搬到附近的卡爾斯城（在土耳其東北）。小葛吉耶夫被卡爾斯軍人天主教堂錄取為唱詩班團員，又因為特別聰明，引起波許神父的注意，資助他就學。他逐漸熱愛學習，廣泛閱讀希臘文、亞美尼亞文及俄文的書籍，發願找出「生命的意義」這個問題的答案。他與其他古魯一樣，歷經一段疑惑期之後獲得啟示，並且在新的宇宙起源論及學說裡呈現這些啟示。我們不明白的是，他的困惑何以重大到驅使他花二十年的時間去尋求真理。

葛吉耶夫的祕傳知識及其精神導師——古魯——的地位，都出於他在中亞的遊歷，但這一部分的資料只能完全相信他不精確的自述。他在一八八七年至一九一一年這段期間的行蹤依然成謎，無法證實。葛吉耶夫聲稱在「薩沐恩大隱修院」逗留三個月的期間學得很多，又說這個屬於一個兄弟會的隱修院讓他認識了從西元前二千五百年就開始流傳

喬凱・伊凡諾維奇・葛吉耶夫（Georgei Ivanovitch Gurdjieff）

下來的祕識奧義，包括自我變質的肢體技巧及神聖舞蹈。葛吉耶夫小心翼翼，從未具體指出這些祕識導師確實在何處，不過他後來又說他從未離開某一位導師，而且大概是透過心電感應吧，始終與這位導師保持聯絡。我們無法確知薩沐恩隱修院的真假或有無，就連信徒也認為葛吉耶夫的說法只是寓意，不是真有其事。他在《面遇卓越人士》一書裡的自述，也充滿矛盾、時序前後不符。這本書真正呈現的是他足智多謀，又總能絕處逢生、總有辦法弄到錢。他販賣地毯和古董，修理縫紉機，買進大量老式的女用緊身胸衣、再改製成時興的樣式，做油和魚的生意，還聲稱能用催眠治毒癮。他說他醫病的本領絕對是前無古人（葛吉耶夫從不故作謙虛）。被烏斯扁斯基問及他的研究及發現時，他說他曾和一群各行各業的專家一起四處遊歷，最後他便集各家之大成；但是，他沒有透露這些人的名字或他們身在何處，也不回答他曾到過什麼地方這種直接的問題。「關於學校或他確實獲取知識的地方，他幾乎閉口不談，也總是輕描淡寫。」〈2〉難怪謠傳他是俄國雇用的特務。

葛吉耶夫於一九一二年在莫斯科開始被視為精神導師——古魯。他主要的論點是：人都不瞭解自己，所以不是以本來的面目活著。他認為現代文明使個人的身體、情感及理智三方面難以協調，也相信這三方面分別由三個中心控制。他說，大多數人都「睡著了」，所作所為像機器那樣盲目地回應外力。他特別設計了鍛鍊方法，用以喚醒精選的跟隨者，使他們有更高層次的意識，對現實有另一番認知。

現代人活在睡眠裡，在睡眠中出生、在睡眠中死去。關於睡眠、睡眠的意涵、睡眠在生命裡的作用，我們以後再說。但是眼下你只要想想一件事：一個在睡覺的人能有什麼「知識」呢？你若思考這個問題，同時又想到「睡眠」是我們生命裡的主要部分，你會立即明白：一個人若真的想要知識，首見就必須想想怎麼醒過來，也就是說，怎麼改變「存在的狀態」。〈3〉

幸運的少數人若積極參與後來大家熟知的「用功」課程，就可能透過自我觀察而更能協調三個控制中心。已醒來的人不會活在充滿一連串一閃即逝的「我」的夢境裡，不再活在零碎不全的「引號」裡，而是達到新的整合，從而主宰自己的命運，也就是如葛吉耶夫之言，變得能「做」。「『做』，就是有意識的，依自己的意志的行動。」〈4〉這意識上的變化就像其他每一種事物，也有一種物質基礎：腦內的一種痕量化合物就是這意識變化的呈現。

葛吉耶夫學說的基調，當然就是，除非以個人為基礎，否則不會有進步——人類

的進步。團體工作要能促使個人達到自我完善，才堪稱有益。〈5〉

去世於一九七四年的貝內特（J. G. Bennett）在一九二〇年初遇葛吉耶夫。他在《葛吉耶夫：創造新世界》一書裡，特別用三章的篇幅敘述葛吉耶夫的遊歷以及追尋祕傳智識的過程。貝內特和穆爾（James Moore）都不得不承認葛吉耶夫的遊蹤確實不可考。傳說在中亞某處有一群智者或「智慧大師」守護著人類的命運，時而會推出新觀念及新的思考模式，從而干擾、改變事態的發展過程。貝內特雖謹慎地不對此一傳說全心表態，但他顯然相信確有其事。他認為葛吉耶夫曾接觸這樣的一個團體；此一「人類的核心集團」或許就是薩沐恩兄弟會，其中成員都有高度發展的心靈，能產生較強大的能量。貝內特寫道：

> 這樣一個團體的真正意義在於其使命。一個人愈明白心靈的真貌，就愈確信世界正在進行一項偉大的行動。我們眼前的任務就是幫助人類冒險犯難地過渡到一個新時代。若能找到證據而顯示葛吉耶夫從事這項任務，甚而為我們開闢了參與之道，我們就大可以說他曾與這個「核心集團」有往來。〈6〉

我們在後文討論容格時，還會再碰到人類即將邁入新紀元這個觀念。

貝內特長期追隨烏斯扁斯基，所以與師父本尊還有一段距離。不過，他一直斷斷續續地與葛吉耶夫有聯絡，在葛吉耶夫生前最後兩年期間，更常常去探視。貝內特相信葛吉耶夫的觀念及主張改變了他本人的生命，他自己也在倫敦主導幾個葛吉耶夫路線的團體，有時卻使學員受到極不良的影響；我就記得曾見過一、兩位這樣的精神病患。話說回來，有些人不斷地尋求祕傳智識，卻從未確實找到自己想要的；這也正是貝內特的心路歷程。

貝內特……在一九五五年退出葛吉耶夫主流派，轉而追求兼容並蓄的信仰（特別是由胡塞因．羅非〔Hosein Rofé〕「開導」而參加「素布」心靈淨化運動，成為瑪赫西大師〔Maharishi Mahesh Yogi〕的入門弟子，被羅馬天主教會接納入會，由埃德利茲．沙〔Idries Shah〕引薦給「隱形統治集團」。）〈7〉

葛吉耶夫因一九一七年的俄國革命而遷往喬治亞的第比利斯，接著再到康士坦丁堡，然後又到柏林。他的傳記作者穆爾一一列舉了這一路令人疲乏不堪又危險重重的旅途。葛吉耶夫的親近夥伴湯瑪斯．哈特曼及奧兒嘉．哈特曼在他停留的某個地點與他會合，耶森圖基則在高加索加入。此時是一九一七年八月，沙皇退位之後成立的聯合政府前不久才剛宣佈克倫斯基擔任總理。接著，葛吉耶夫突然宣佈要前往黑海邊的圖阿普斯。哈特曼夫婦聽命隨行。他們說，儘管他們穿著不當又疲累不堪，葛吉耶夫仍然強要他們星夜趕路。這個例子顯示葛吉耶夫對跟隨者的要求既專橫又無理，但他們依然唯命是從。奧兒嘉是雙腳腫脹流血，不能穿鞋，只好光著腳走路；湯瑪斯則是有一晚受命去站崗，一整夜都沒有睡。他們都手腳酸痛、筋疲力盡，但還是走下去。

> 葛吉耶夫先生要求我們拼命盡力，格外難熬的是，我們不知道這要到什麼時候才結束。我們受苦，也但願能休息，但我們都沒有抗議，因為我們真正想望的，就是跟隨葛吉耶夫先生。除了這個，別的似乎都不重要。〈8〉

這是反覆出現的行為模式。哈特曼夫婦說這些要求是在教他們克服身與心的障礙。葛吉耶夫的確把人逼到體能的極限，有些人倒也發現自己比原先想的更有耐力。

葛吉耶夫缺錢時，就做魚子醬和地毯的買賣。他原本希望定居英倫，但英國內政部對他有疑慮，只准許他以個人的名義逗留；這表示他必須離棄他的核心信徒。最後是報業大亨羅瑟米爾子爵的分居夫人慷慨解囊，加上其他富有的支持者鼎力贊助，他才得以成立「人類友好促進協會」。這個組織位於法國楓丹白露附近，一個叫做「隱修堡」的大莊園。

「用功」的課程是分組進行，包括特殊的運動和舞蹈、消耗體力的勞動、記憶及內省的訓練，還有葛吉耶夫不定期的演說。有些跳過「聖舞」的人發現這些舞蹈比瑜珈或其他訓練更能激發身體的存在感。專注於此刻正在做的事，是葛吉耶夫的一個中心思想，也是他本身行為的一個寫照。熱切地活在當下；不念過去、不想未來，才能充分體驗此時此地。並非只有葛吉耶夫才有此一堅決的主張；禪宗也把過去和未來看做倏忽即逝的一場空。永遠真實的，就只有當下。〈9〉

葛吉耶夫專斷獨裁。他會徹頭徹尾羞辱信徒，連成年人都因此大哭了起來，但隨後他又會特別招呼受辱者。他要求絕對地服從他專橫的命令。譬如，有一次他突然宣布所有的信徒都不准在協會裡交談，彼此要溝通，也一定要用他教的特別的肢體動作。葛吉耶夫有時會強制信徒禁食達一個星期之久，但工作量並沒有減少。他這樣的威權讓信從者深信這些命令全是為他們好。比較不狂熱的人，十之八九都認為葛吉耶夫像其他古魯，不為別的，就只是喜歡施展權力而已。此外，他會在聚餐時大量供應酒品，然後向用餐者榨取大筆錢。

葛吉耶夫還構思一套詳盡的宇宙觀。他對宇宙及人類處境的思維很複雜，也沒有支持其論點的客觀證據。那是刻意模糊的概念，往往前後不一。在存疑的讀者看來，葛吉耶夫的思想是精神異常者的虛妄思維，但他是有權有勢的古魯，信徒不乏見多識廣的才智之士，因此就有信徒努力想在其中找出條理。這件差事又因葛吉耶夫採用大量新詞而更顯困難。要提醒讀者的是，慢性精神分裂症患者常發明一些對他有特別意義、別人卻覺得難懂的字詞。尤金．布洛依勒（Eugene Bleuler）——精神分裂症（Schizophrenia）一詞的創用者、蘇黎士伯爾戈茨利精神病院的院長——曾引述一位病患的記述：

在阿貝爾平坦的教會國裡，人們的風俗習慣有些是來自口舌的信仰，因為父王想要進入f.狀態，而他們又相信父王只用音樂去調和巴別塔的雞同鴨講。所以他們就去高高的奧塞梯，來到捲心菜之地，這裡千邪百惡，全是壞勾當。顛倒的奧塞梯會有谷地，而父王的正義就在裡面。〈10〉

另一位患者說他被「肘狀的人」折磨。誠如布洛依勒指出，用字遣詞愈劲爆愈好。「患者裝腔作勢說著雞毛蒜皮，彷彿這是全人類最關注的事。」〈11〉我並不是說葛吉耶夫精神分裂，但他的用語類似一些精神異常者的詞句。

譬如，據說他相信上帝，稱之為「我們永遠存在的獨一無二的創造天地的全能博愛的眾生之父」。〈12〉這樣的描述堪稱勁爆。最初，太空裡有「最最神聖的太陽至尊」，這也是永遠存在的，但蘊涵著一種原始的宇宙質素「乙太基能」（Etherokilno）。「由於這種雲霧狀的『乙太基能』呈靜態平衡，超級太陽才得以存在，並由我們的眾生之父養護著，完全不受制於外在的刺激，只依循眾生之父的意旨運作，並由「自主自控體」（Autoegocrat，即「一切都在我的控制之下」之意）負責意旨的發落。」〈13〉

然而，「時間」，這個欺負我們的惡棍，卻以無情不仁的希羅帕斯（Heropass）之貌現身，使太陽至尊的體積有縮減之虞，因此必須採取步驟先發制之。於是，眾生之父就從自身發送出一位有創造力的字語之神，狄奧默馬邏各斯（Theomertmalogos）；這一位神會與乙太基能互相作用，創造我們的巨大宇宙（Megalocosmos）。此一創造過程在一種叫做「自食自主自控」（Trogoautoegocrat，意思是「吃自己而維生」）的原則或定律之下進行：「就宇宙而言，上帝以創造的萬物為食，萬物則由上帝得到滋養。」〈14〉所以，上帝及其創造物變成分開的實體，兩者僅存微淡的關連，從此，創造的進行繫於新的定律：三級律（Triamazikamno）與七級律（Heptaparparashinokh 或Eftalogodiksis）。

三級律相當容易懂：「上與下混合，就出現中庸。」譬如，精子與卵子結合成胚胎。許多兩相對立而需要第三者和事的情況，都適用這一套公式——穆爾就舉法官解決被告與原告的紛爭為例，說明此一定律。

七級律比較複雜，而且在我看來，前後不連貫。葛吉耶夫設法聯結宇宙論和音階：他認為每一件事的執行過程都有七個各自分立的階段，相當於上行或下行的音列，其中也包括兩個半音音程，以構成必然的不規則。葛吉耶夫用一個叫做「天地萬物之光」的圖形表示宇宙，圖形開始於太陽至尊，結束於月亮。

葛吉耶夫說，一顆名為剛度爾（**Kondoor**）的彗星與地球對撞，產生兩個繞軌道運行的星體，倫地波左（**Loondeiperzo**，就是後來的月亮）及安努利歐斯（**Anulios**）。發生撞擊之後，「至聖的太陽至尊立即派遣一整團的委員前往那個叫做『奧爾斯』（**Ors**）的太陽系；這批委員由天使和大天使組成，都是創造宇宙及維護宇宙的專家，領隊是偉大的大天使撒卡基（**Sakaki**）。」〈15〉葛吉耶夫對月亮的信仰更怪異。他說，月球是尚未出生的行星，只是愈來愈暖，也愈來愈像地球，猶如地球愈來愈暖也愈來愈像太陽。安努利歐斯被遺忘了，月亮卻需要促進發展的能量。撒卡基於是做安排，要地球把「神聖的振動體阿斯克金（**Askokin**）」送往月球。地球上的有機生命死亡之後會釋出阿斯克金。根據烏斯扁斯基在《追尋聖蹟》的記述，葛吉耶夫說：

> 月球的增長及暖化與地球上的生死有關。每一個生物死亡時都會釋出曾賦予他生命的能量，而這能量——也就是動物、植物、人類，每一個生物的「靈魂」——像

是被一塊巨大的電磁鐵吸往月球，把月球賴以成長的暖熱及生命力——也就是天地萬物之光——帶過去。就宇宙的經濟結構而言，沒有任何損失；某些能量在一個行星上完全發揮作用之後就到另一個星球去。〈16〉

他接著又說，月球影響地球上發生的一切。

人，像其他每一種生物，在日常生活裡無法與月亮脫離關係。所有的動作、所有的行為都受月亮控制。殺了人，那是月亮做的。為別人犧牲自己，那也是月亮做的。所有的壞事、所有的罪行、所有的英勇事蹟、日常生活所有的行動，都是月亮在控制。〈17〉

貝內特也寫道：

在地球發展過程的某一時刻，「高層」覺察地球上有一種非常不利的危險情況正在形成，這可能危及整個太陽系的均衡，更可能危害月球的演進。〈18〉

如果人類明白他們受月亮控制、個人的努力因而都是徒勞，他們不就不想大規模自毀了嗎？——於是月亮也得不到發展所需的阿斯克金。為了防範這種可能，「高層」就在人體的尾椎植入一個器官；葛吉耶夫還為這個器官取了一個可愛討喜的名字「靈蛇」（Kundabuffer）。〈譯註〉這個器官的功能是要使人看到是非顛倒的現實，價值觀的基礎因而就只是滿足欲望、追求快樂。如此一來，人就會盲目地為月亮服務，殊不知只要他開始進行自我發展，就能完全擺脫月亮的控制。一旦度過月亮危機，「靈蛇」這個器官就不見了，但大多數人的所作所為都彷彿這個器官還存在似的，依然盲目、自私、不知內省。不過，要成全自然的旨意，這其實是必然的現象。根據烏斯扁斯基，葛吉耶夫曾說，人類整體的演進可能有害。

譬如，人類演進到一個程度之後，更確切地說，演進得超過某個百分比，就會成為月亮的致命傷。月亮目前仍以有機生命為食，靠人類維生。人類屬於有機生命，亦即，人類是月亮的「食物」。果真所有人都變得太聰明，就不想被月亮吃掉了。〈19〉

大多數人類死後都會提供阿斯克金給月亮，之後就只能淪為沒沒，從此無人聞問。然而，有一些人依循葛吉耶夫指示的自我發展、自我實現的路子走，卻能在生時創造阿斯克金。這樣的人最後或許能修養出一顆能繼續存在、甚至能達到「客觀理性」境界的靈魂，於是，他們能與「最最神聖的太陽至尊」合而為一，長存不朽。

怎麼會有人把這種事當真呢？有些人把葛吉耶夫的學說當神話，巴萬．什利．拉吉尼什則說葛吉耶夫在開月亮的玩笑，但依貝內特的記述，葛吉耶夫的確要人們如實解讀「靈蛇」這個器官的生、滅過程。〈20〉貝內特還引述當時倫敦法語學會會長德尼．索拉（**Denis Saurat**）的話，認為葛吉耶夫的主張「恐怕不是人間之物。若非葛吉耶夫獲得只有先知才得有的啟示，就是他曾接觸超自然層次的教誨。」〈21〉探討葛吉耶夫的作者，往往對那些非常誇張的論點不太著墨，但〈新英文週刊〉主編菲力普．馬雷（**Philip Mairet**），一位熟悉佛洛依德、容格及阿德勒的作品，本身又有才智的文人，據傳曾說：「現今世界已發表的玄祕救世哲學體系，在權威性及學術的表達上，沒有一種體系堪比他的學說。」〈22〉讀了烏斯扁斯基在《追尋聖蹟》裡對葛吉耶夫學說的闡述，也

譯註

葛吉耶夫的許多新詞很顯然都是轉化詞。「靈蛇」這個器官附著在脊椎的底部，因此這個名稱可能就是出自拙火瑜伽（**Kundalini**）。在這種瑜珈的教理裡，有一條代表生命力的蛇蜷曲在差不多的位置上。

努力讀了葛吉耶夫本人寫的《萬象萬物》一書，我只能對馬雷的見解嘆為觀止。我摘錄的章節或許已足以讓讀者略知葛吉耶夫的宇宙觀，也足以顯示葛吉耶夫的著述卷帙浩繁、晦澀難懂。連他的狂熱信徒都說《萬象萬物》必須一讀再讀，才能解明其中意涵。有些人聲稱葛吉耶夫的晦澀難懂是深思熟慮；信徒要理解，就必須親自下相當的工夫，不能只是生吞淺明的陳述及教條。

乍看之下，很難相信葛吉耶夫詳述的宇宙觀就只是一種有計劃的、滑稽的詐術，特地用來證明他的信徒可以輕易上當到什麼地步。他自述早年浪跡四方的求生經驗，就顯示他是多麼擅於詐騙。葛吉耶夫說，他用苯胺染料把麻雀上了色，然後在撒馬爾罕（烏茲別克東部）把它當「美國金絲雀」賣，還說他得趕緊走，免得一場雨就把麻雀洗出原形。有人拿縫紉機或其他器械來找他修，他明知道只要動一下什麼桿子就可解決問題，但他會裝模作樣，說東西修起來費時又費工，也據此收費。他又說，他事先得知新闢的鐵路會通過哪些鄉鎮，就是就跟這些地方的當局說他有辦法調整鐵道的路線。他誇口說他做假人情而撈到大筆錢，還說這樣做也不會良心不安。〈23〉

我們由貝內特得知，葛吉耶夫和信徒因哥薩克騎兵與布爾希維克的衝突而處境危險，此時他就散佈謠言，說他知道高加索山區有豐富得可以充實國庫的金礦和白金礦，由此終於取得地方政府發放的通行證。貝內特寫道：

在這整件事裡，他也是在向學徒示範暗示的力量，在顯示要人們「相信老掉牙的故事」是多麼地輕而易舉。〈24〉

葛吉耶夫的傳記作者弗里茨．彼得斯（Fritz Peters）曾描述一場精心策劃的騙局：葛吉耶夫把一瓶沒有產地標示的普通葡萄酒用水稀釋之後，再用沙和蜘蛛網覆在酒瓶上。兩位來訪的名媛被哄騙得以為那是稀世佳釀，還恭恭敬敬地表示那是她們喝過最可口香醇的酒。〈25〉

彼得斯想起有一次葛吉耶夫坐在一家咖啡館裡，一位富有的英國貴婦趨前表示，他若能告訴她「人生的奧秘」，她就奉獻一千英鎊。葛吉耶夫立刻把一位在咖啡館前地盤上的名妓叫過來，給她一杯飲料，接著跟她說他是從一個叫做喀拉塔斯（Karatas）的星球來的人。他訴苦說，用飛機把他需要的食物從地球送過去非常花錢，但他又一直要她嚐嚐他給她的東西。問她那是什麼樣的東西，她答說他給了櫻桃，就帶著葛吉耶夫硬塞給她的錢自顧自地走了，八成想著這個人瘋了。葛吉耶夫轉身對那位英國貴婦說：「這就是人生的奧祕。」她看起來很氣憤，說他是江湖騙子，然後也走了。不過，當天稍晚她又出現了，給葛吉耶夫一張一千鎊的支票，從此成為忠誠的信徒。〈26〉

葛吉耶夫有本事向美國人索取錢財，用來支付他在隱修堡的事業，還稱這是在「剪羊毛」。譬如，有一位美國婦人千里迢迢到隱修堡，就她抽煙一支接著一支的問題請教葛吉耶夫；她說那是崇拜生殖器的一種行為，與她婚姻的性生活障礙有關。葛吉耶夫停頓一下、想了想，就建議她改抽「藍色高盧」牌的煙，然後就這個意見收取大筆費用，而她也感激地欣然付錢。葛吉耶夫的確是能說動人心的騙子，想騙就騙，而且只要於他有利，隨時可以叫耳根軟的人上當。他一直都能言善道，說得讓聽眾如癡如醉。

他告訴彼得斯，「我不像別人那樣賺錢，而且錢太多了，我就花掉。但我自己根本不需要錢，我不必去『賺』，我只須開口『要』，人家就會給，他們也才有機會研究我的學說。」〈27〉言猶在耳，才一會兒，他又自打嘴巴，說他做假睫毛的生意，也賣地毯。葛吉耶夫在一九三三年到了紐約。在他設宴款待約十五位的紐約客之前，要彼得斯教他英文的三字經。等客人都喝了一些酒之後，葛吉耶夫開始跟他們說，很遺憾大多數人——尤其是美國人——都只是隨著性衝動做事。他挑了一位特別優雅的女士，用粗話告訴她，說她在外貌上花了這麼多心思，為的就是想要幹。賓客聞言，不久就開始放縱撒野、勾肩搭背、肢體交纏。葛吉耶夫於是宣布他已證實美國人墮落的論點，又說他給他們上了一課，所以要收費。依彼得斯的記述，葛吉耶夫共收了數千美元。

話說回來，葛吉耶夫的學說也不能完全用騙術解釋。如果葛吉耶夫隨便騙一騙就能養活自己，他何苦弄出一套宇宙起源論呢?葛吉耶夫覺得寫作很麻煩；他的演說遠比著述為人稱道。《萬象萬物》的篇幅極長，而且雖是由他口述、由奧兒嘉哈特曼筆錄，但一定也得相當用心才能完成。葛吉耶夫從一九二四年十二月十六日開始口述，到一九二七年十二月才完成第一卷《魔王別西卜給孫子說故事》。有人會為了騙人，花這麼多時間和精力創造連自己都不相信的東西嗎？我們其實徘徊在欺矇詐騙與精神違常之間的模糊地帶。葛吉耶夫關於宇宙的論述完全不符合天文學家及其他科學家的發現，只有科幻小說差堪比擬，但我想他自己是相信的，正如妄想型精神病患都相信自己的虛妄思維。

葛吉耶夫妄自尊大得出奇，也非常漠視既定的專業。他去參觀（法國西南的）拉斯可洞簾，告訴貝內特，布勒耶神父推定岩石上的畫是三千年前的作品，但他不以為然，因為他斷定這些畫作出自亞特蘭蒂斯消失之後才出現的一個兄弟會。他還告訴貝內特，說他打算讓他的協會變成一所「培訓研究中心，不但要研究人類本身的力量，也要研究整個太陽系的奧祕。他說他已發明一種特殊的方法，既可增加太陽及行星的能見度，又可釋出影響整個世界情勢的能量。」〈28〉

葛吉耶夫完全不尊重科學，不理會公認的專家之言，可謂自戀至極。但是他偶而的確會關心別人，也會同情受苦的人。他有時候顯得全心全意地關注每個人，這無疑是他極富奇力斯馬——人格魅力——的一個原因。彼得斯在父母離婚之後，由姨媽安德森及其友人希普（前文提及這兩位都是葛吉耶夫的信徒）合法領養。他十一歲時被帶到隱修堡，直到十五歲才離開。他這樣描述葛吉耶夫待他的態度：

每一次我去見他，每一次他吩咐我做什麼事，他都對我關懷備至，聚精會神地對我說著每一字每一句；我跟他說話，他也是全神貫注。他一直都知道我在做什麼、我做了些什麼。我想，我們任何一個人與他共處時，一定都感受到他的全心全意；我自己確實感受到了。我覺得人間最值得稱頌的關係莫過於此。〈29〉

我們知道這份專心一意是葛吉耶夫學說的一個重點。他的所作所為都含有這一層意思。他對別人會造成那麼大的感應，可能是因為他隨時都能聚精會神、專心致志。

你做一件事，就要全心全意地做。一次只做一件事。我現在坐在這裡吃飯，這個世界除了這些食物、這張桌子，別的都不存在。我專心一意地吃飯。你也應該這樣——做每一件事……能夠一次只做一件事……這才是獨一無二的全人，不是「引號」裡零碎不全的人。〈30〉

葛吉耶夫的舉止給人動靜合宜、精氣內斂的感覺。「他的舉手投足總是從容不迫，配合呼吸的節奏收放自如，宛如農夫或登山家一般。」〈31〉彼得斯說，葛吉耶夫的氣度及儀態的魅力「無懈可擊且所向披靡」。一九四五年夏末，在彼得斯離開隱修堡多年之後，他患了嚴重的憂鬱症，為失眠、厭食及體重減輕所苦，於是回到巴黎找葛吉耶夫。知道他病了，葛吉耶夫不准他說話，立刻給他一個房間，讓他要待多久就待多久。葛吉耶夫給彼得斯喝下又濃又熱的咖啡之後，就凝神定氣對著他。彼得斯覺得葛吉耶夫好像發出一道強烈的藍色電光，進入他自己的身體裡。不論原因為何，彼得斯的憂鬱症很快就好了。

然而，葛吉耶夫並非事事都這麼令人佩服。他個人的習慣可是會起人反感的。彼得斯還住在隱修堡時，有一項工作是清理葛吉耶夫的房間。

> 他把更衣室和浴室搞成那個樣子，我怎麼說，都會侵擾他的隱私。我只能說，葛吉耶夫先生實際上，至少是我得到的印象，活得像畜生……有些時候我得爬梯子清理牆壁。〈32〉

葛吉耶夫從自身的經驗引出一套通則，他自命為導師，能教人獲得他認為自己所擁有的智慧與自主性。但只有精選的少數人能吸收這樣的教誨。前文已指出，葛吉耶夫不相信人類能有整體的發展，也認為努力往整體發展的方向走不足取，因為那樣會妨礙月球的發展。葛吉耶夫像其他許多古魯，自以為高人一等又專橫獨斷。

葛吉耶夫的性行為放縱無度，與任何吸引他的女信徒發生關係，常讓她們懷孕。彼得斯十一歲到隱修堡時，那裡就已經約有十個小孩，其中幾個無疑是葛吉耶夫的骨肉。

葛吉耶夫像幾位我們已知的古魯，喜歡操弄權威。前文提到他是如何強令哈特曼夫婦操勞。他不會正面表現殘酷，但是他硬要信徒遵守的生活規則卻嚴苛到為之力盡氣竭的地步。

日常作息的要求極苛。我們早晨五、六點起床，工作兩個鐘頭之後吃早餐。飯後有更多工作：蓋房、砍樹、鋸木、照料種類幾近齊全的家畜、煮飯、打掃及各種家務。迅速吃完簡單的午餐、休息片刻之後，就是一、兩個小時配合音樂的「體操」及「律動」，音樂通常是湯瑪斯哈特曼的鋼琴伴奏。有時候會有一、二、三天，甚至長達七天的禁食，所有的工作卻如常進行。晚間是律動及儀式舞蹈的課程，可能一上就是三、四或五個鐘頭，直到每一個人都筋疲力盡。〈33〉

難怪一位信徒在架設一根離地二十五呎高的橫木時，雖小心翼翼在一條窄木上保持平衡，但竟然睡著了，還得勞駕葛吉耶夫去救他。

貝內特沒有指出這種作息是否有助於心靈的發展，但經營隱修堡而有這樣免費的勞工，自是方便划算。再說，葛吉耶夫深諳催眠術，他一定明白體力耗盡會使人更容易感受暗示，雖然他公開宣佈的一個目標，是要設法「摧毀人內心易受暗示的癖性」。〈34〉有一次，葛吉耶夫吩咐奧瑞治挖一條菜園的排水溝。奧瑞治辛辛苦苦挖了好幾天。接著，他又受命把水溝的邊側弄齊整，於是又花了更多的工夫。都做完之後，葛吉耶夫立刻要他把水溝填起來，因為已經不用了。

葛吉耶夫有一位信徒名叫奧兒吉瓦娜・伊凡諾芙娜・拉左維琪，後來成為美國建築師萊特（**Frank Lloyd Wright**）的第三任妻子。她與葛吉耶夫初識於一九一七年，她人生的轉折期。當時十九歲的她即將產子。她的第一段婚姻正受挫，父親生病，母親在遠方。葛吉耶夫遷移到隱修堡之後，她就來加入，成為他最優秀的一位舞者，並擔任「用功」課程的輔導。一九二四年，葛吉耶夫不知為什麼，建議她到美國與她哥哥一起。到了美國不久，她就在一場芭蕾表演裡偶遇萊特，愛上了他。葛吉耶夫不只一次拜訪萊特夫婦。他得知萊特對自己的腸胃非常憂心，就邀夫婦倆外出用餐，請他們吃一道道又辣又難消化的菜，隨後免不了一杯杯的白蘭地。萊特雖覺得消受不了，但隔天早晨醒來，卻發覺自己的焦慮消失了。〈35〉還有一次，萊特煞有介事地說，他或許應該先把弟子送到巴黎給葛吉耶夫開訓。「回來之後，才由我收尾結訓。」

葛吉耶夫生氣地說：「由你收尾？你這笨蛋！好個由你收尾！不行！你開頭，我來收尾。」萊特顯然棋逢對手了。〈36〉

萊特自己也有許多古魯般的個性，難怪這兩個獨斷獨行的人互相在較勁。即使如此，葛吉耶夫還是勝萊特一籌。葛吉耶夫去世不久，萊特在紐約接受贈勳時打斷儀式的進行，宣佈：「全世界最偉大的人最近去世了。他的名字是葛吉耶夫。」〈37〉

奧兒吉瓦娜似乎發揮了葛吉耶夫許多不太討喜的特點。打圖樣的人、學徒及他們的妻子都得坐在她腳邊聽她下指示、聽她無情地數落他們的疏失。令他們更感煎熬的，就是聽她閱讀葛吉耶夫的著述。〈38〉隨著年紀愈來愈大，她也愈來愈專橫，變成一位「跋扈又嫉妒」的寡婦，學者或機關團體都覺得還是不與她打交道的好。〈39〉

葛吉耶夫學說的忠誠信徒稱心地說，葛吉耶夫沒有壓迫追隨者留在他這裡，實際上還常打發他們走。他們認為這樣做，表示他希望信徒不要依賴他。不過，有時候倒有可能是他已察覺信徒即將叛棄：大凡古魯，寧先下手擺脫可能背叛他的人，也不願被他們離棄。葛吉耶夫的通譯、最忠實的信徒烏斯扁斯基，早在一九一七年就不再信任葛吉耶夫這個人。葛吉耶夫擅自解散烏斯扁斯基自己在耶森圖基的會眾，似乎加深這分異心。烏斯扁斯基依然相信葛吉耶夫的觀點及學說是遠古流傳下來的祕識奧義，真實可靠，但愈來愈不能容忍他這個人。烏斯扁斯基在一九二四年一月與葛吉耶夫正式斷絕關係，禁止自己的弟子與葛吉耶夫往來或提到他。〈40〉

〈新時代〉的才子主筆奧瑞治放棄倫敦的文學生涯，先是到隱修堡住，後來又遷到紐約，成立自己的葛派團體，還匯大筆錢給葛吉耶夫。在他與葛吉耶夫密切往來的七年期間，幾乎沒有自己的創作。誠如學者卡斯威爾（**John Carswell**）之言：「當時英國最著名的主筆已神秘流亡，對一位美國巫師執禮甚恭。」〈41〉奧瑞治的一片丹心終究也到達極限：葛吉耶夫對金錢需索無度，奧瑞治若沒有即時從命，辱罵就接二連三。他對葛吉耶夫的忠誠更因妻子潔西・德懷特而動搖；她在一九二七年與他結婚，很不喜歡去隱修堡。最後，葛吉耶夫明白奧瑞治已然有所悟，於是趁奧瑞治不在紐約時突然現身，聚集他的學員，譴責他並要求每一位成員簽下書面聲明，表示不再與他們的導師有任何牽連。有人簽了，也有人拒絕。奧瑞治從英倫被召回，要求見葛吉耶夫，又說他也要與葛吉耶夫創造的那個奧瑞治一刀兩斷，然後就簽下譴責他自己的教義的那紙聲明。

貝內特曾列出葛吉耶夫蓄意打發的親信名單。貝內特本人在一九二三年離開隱修堡，一直到一九四八年，也就是葛吉耶夫去世的前一年，才又見到他。彼得斯童年時深受葛吉耶夫的影響，而且如前所述，長大之後也在深陷憂鬱時求助於葛吉耶夫，但連他都說：「我覺得他似乎開始像『一個貨真價實、道道地地的冒牌貨』這一絕妙好句的寫照。」〈42〉

到了一九三二年初，隱修堡的財務已開始吃緊。葛吉耶夫對錢的用度一向自不量力，而美國的資助在一九二九年的大崩盤之後就斷絕了。「人類友好促進協會」終於在五月關閉，但葛吉耶夫本人依然活躍。第二次世界大戰期間，他居住在德國佔領下的巴黎，還是靠他典型的勾當度日。他在各種食品店賒賬，說服店家，說他有個美國弟子已經把德州的一口油井送給他，戰爭一結束，保證就能支付欠款。

葛吉耶夫的宇宙起源論只能以「異想天開」形容。細看他對宇宙的描述，實在難以理解明智的有識之士會相信。然而，信徒卻使勁閱讀《萬象萬物》，彷彿其中的前言不搭後語必定深藏奧義；彷彿讀不懂是自己的錯，不是作者無法把人類和天地描述得可信、不是他寫得不清不楚。一九二四年七月，葛吉耶夫發生車禍，幾乎喪命；他說這意外「表示有一股力量不利於他的志向，一股他無法對抗的力量。」〈43〉這顯示他潛藏著一種偏執的信仰體系。其實，他開車險象環生，信徒都盡可能不搭他的車。他說的那股力量或許是指行星不友善的作用力，他聲稱第一次世界大戰就是因此而起。依葛吉耶夫怪異的觀念，行星與行星時而會走得太靠近而造成張力，人類因此相互殘殺，殊不知自己只是宇宙棋局裡的一顆棋子而已。

葛吉耶夫的宇宙觀雖是一派胡言，但他的主張倒也有一些可貴之處。葛吉耶夫相信人的權利與義務兼而有之。他不以為世界是專為人類創造的，不以為進步就是在科技上進一步支配環境。他認為人類存在的意義是要對宇宙有用處，不是只求個人欲望的滿足，但人的作為卻已失去這一層意義。我們都明白我們在破壞賴以為生的地球，因此，葛吉耶夫的見解似也貼切。我們大多數人或許如葛吉耶夫說的，都「睡著了」，行事只憑本能的驅使，不經思索，不依自我意念。葛吉耶夫展現的人格魅力，有些就是來自他熱切活在當下的能耐。有一位弟子記得他曾說：

> 你活在過去。過去是死的。眼前就要行動。如果你活得一如已往，未來就會像過去。在自己身上下功夫，改變自己內在的什麼東西，未來或許就會有所不同。〈44〉

有些人遵循葛吉耶夫的技巧，以期喚醒自己，從而能主導自己的命運。這些人當然都說獲益良多，但克萊兒．湯瑪林（Claire Tomalin）在凱瑟琳．曼斯菲爾德傳記裡的總評堪稱切中肯綮。

葛吉耶夫教信徒維持內在平衡的操練術是否可取或非常可取，這是另一回事。由於整件事都繫於他這個人，不訴諸科學（猶如精神分析），也不講求宇宙學或道德論（猶如基督教大多數支派），因此始終就是不專精、七零八落的一個事件；而且，雖然有人深愛葛吉耶夫，有人痛恨他，但他那一套似乎沒有造成什麼長遠的傷害，有些人顯然能以看似於己有益的方式改變自己。〈45〉

我們知道，葛吉耶夫自己也承認是詐騙高手；必要時，二話不說就騙人詐財。騙子能得逞，是因為他本人幾乎完全相信自己的虛構。葛吉耶夫就只是個騙子嗎？我說過，他不會只為了行騙才煞費苦心地建構那一套宇宙起源論。葛吉耶夫的宇宙觀，不論來自祕傳或出於他本人的構思，都使他得以擁有自己的神話，也讓他自己回答了生命意義這個問題——那可是他行旅二十年、四處尋求的東西。這個神話使他的信念堅定不移。就是這種相信自己找到「答案」的堅定信念，才造就他的人格魅力及他的說服力。有些信徒即使不接受或不全然瞭解他的宇宙學說，依然相信他「知天識地」。我們在後文論及其他古魯時，還會看到這種現象。

第三章

巴萬・什利・拉吉尼什

巴萬·什利·拉吉尼什（Bhagwan Shree Rajneesh，三個字分別是神、偉大、王之意，一九八九年開始以奧修〔Osho〕）為名），這位古魯最為人熟知的，就是擁有九十三部勞斯萊斯，把性奉為啟智、開悟之道。提倡科技、資本主義及自由性愛的古魯，十之八九都會受人支持；拉吉尼什就吸引了眾多追隨者，尤其是中產階級的白人。根據芭克兒的記述，在一九八〇年代初，單是英國，就有三、四千人信奉「一種可能是英國最流行、發展最迅速的另類心靈／宗教運動」。〈1〉拉吉尼什有許多類似其他古魯的特質，不同的是，他的主張兼容並蓄，很難判定何者出自他本人。葛吉耶夫的著述當然對他有影響，他常提及葛吉耶夫，也與葛吉耶夫有部分類似。這兩位古魯都表明他們的使命是把人們從沈睡中喚醒；兩個人所依恃的，也都是個人的奇力斯馬，不是整套條理分明的學說。

拉吉尼什像葛吉耶夫，本人予人極深刻的感受。許多初次見他的人都覺得他能立即理解他們私密的情懷，也覺得自己不是被評頭論足，而是被接納、絕對受歡迎。他似乎會放射能量；與他一接觸，他似乎就會喚起你的潛在價值。羅伯騰教授（Prof. Ralph Rowbottom）發覺拉吉尼什是「一位能用言語解明人生基本議題的導師，他的身影深深觸動了我。」〈2〉蘇格蘭整骨師、後來成為拉吉尼什保鏢的修·謬恩（Hugh Milne）述及他的初次會面：「我強烈感覺我已回到家。他是我的心靈之父，一個無所不知的人，他能把意義與價值注入我的生命。」〈3〉娥努拉（**Ma Yoga Anurag**）在拉吉尼什《至高的領悟》一書的序言裡寫道：「你能託付你的生命——你的身心靈——唯有這麼一位大師，才能帶你走一趟這樣的旅程。聆聽巴萬，我逐漸明白，他，就是知道，他有那股力量；我只要說『好吧，我把一切都交給你』，就一切都會妥當。」〈4〉探討拉吉尼什的書籍，以精神醫學家戈登（**James. S. Gordon**）寫得最好；他說，拉吉尼什的信徒一再說的一句話，就是「這個人，就是知道」。〈5〉

然而，拉吉尼什就像其他許多古魯，漸漸被財富及權勢腐蝕，身心兩方面也每下愈況。最後，他在美國被關進牢裡，也被驅逐出境。被好幾個國家拒絕入境之後，他終於回到印度，在一九九〇年去世。這真是令人不禁唏噓的一個故事：由他的論述看來，他在生涯之初，原本可以大有作為。

拉吉尼什在一九三一年十二月十一日出生於印度中央邦、一個叫做庫其瓦達的小鎮。那是他外祖父母住的地方，他也在此度過大半的童年時光。兩老似乎對這個孩子寵愛有加，而據說他長得體面、漂亮，祖父因此相信他在某一個前世裡必定是個王公。就因為這樣，他才名叫「拉甲」（**Raja**，印度王公之意），後來才變成「拉吉尼什」（**Rajneesh**）。在他五歲時，有一個妹妹死了。他很傷心，但他幼年的至痛，莫過於一九三八年祖父的死，當時他才七歲。祖父先是中風，接著病了很長、很痛苦的一段時

巴萬・什利・拉吉尼什
（Bhagwan Shree Rajneesh）

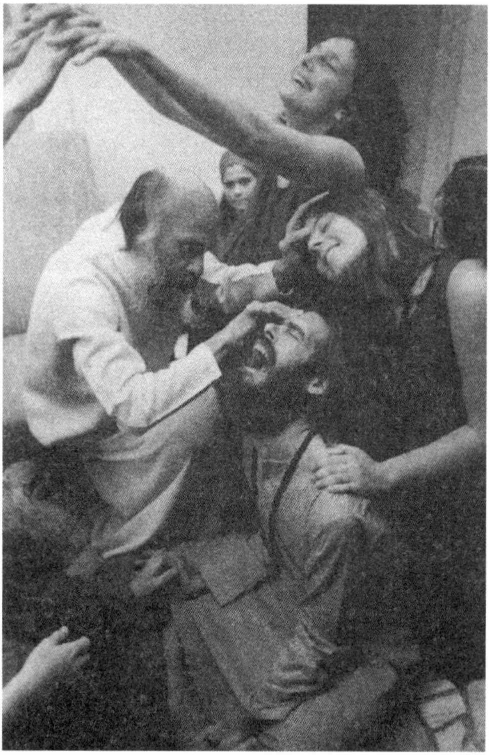

間才去世。拉吉尼什說，這件事讓他決定永遠不再與人相依相親，惟恐類似的傷心事再發生。拉吉尼什據說在祖父死後，有三天的時間不起床也不吃東西。喪失這位至親之後，他搬回加達爾瓦拉與父母同住，也在那裡上學。

兒時的拉吉尼什孤僻、專注於自己而且十分聰明。古魯一般都只吸引信徒，不與人為友，而且都很早就顯露這個特質。拉吉尼什總是帶頭搗蛋、公然反抗權威。他還是個帶有氣喘的病童，曾經好幾次與死亡擦身而過。他為了面對死亡的恐懼，冒險玩死亡遊戲。譬如，他會潛入夏卡爾河的漩渦裡，任由自己被吞沒，直到被甩了出來。拉吉尼什像其他有病、聰明又孤僻的人，廣泛閱讀且持續多年。他逐漸通曉東方的聖典，熟悉西方主要的哲學家。他追尋宗教的真理，但最後總是嗤之以鼻或嘲笑以對。他不服從權威，也不能接受任何意識形態，是不安分、好鬥、自高自大的一個人。一位同輩就曾說拉吉尼什非常有才氣，卻也說謊成性。早年也有人懷疑他在金錢上不老實。他談社會主義、說無神論，都又不當真，還加入印度國民軍的青年團。一九五一年，他中學畢業，進入贊浦爾的希卡利尼大學就讀。他因愛爭論又難以約束而被退學。另一所大學雖准許他入學，但他寧可待在家，不願去上課。

後來，他似乎長時期精神有病，頭痛得無法做事，又厭食、人格解體且嚴重地喪失信心。有一次他覺得他的身與心斷了聯繫。他每天跑十六哩，設法讓自己覺得正常，也開始打坐靜心。他的父母親認為他的精神出了問題，於是帶他四處求醫，但有一位採用朗恩治療法的印度藥草醫師要他們放心，說拉吉尼什適逢重大的個人危機，終會否極泰來。

一九五三年三月二十一日，拉吉尼什二十一歲時，隨著他所說的「悟道」，他病癒了。這是他在七天之內不爭、不求，只是消極地放手、等待而得到的結果。他進入一種欣快、喜極的狀態，覺得「事事明朗、生氣勃勃又美妙無比」，他自己更覺得「快樂得不得了」。佛陀據說是坐在菩提樹下，拉吉尼什也一樣，坐在一棵默什利樹下（這棵樹俗稱「奧修樹」），不過，他在欣快狀態之下悟道，似乎又與佛陀相去甚遠：佛陀是在平心、靜氣、不動感情的心態中對人類的處境大徹大悟。

這一連串事件聽起來像是精神疾病的發作過程。拉吉尼什很可能在十九歲到二十一歲期間患了相當嚴重的憂鬱疾病，病情好轉之後，呈現欣快興奮的輕躁症狀。拉吉尼什這一段精神受磨難、繼而悟道康復的歷程，比其他古魯來得早，但仍與典型的模式相符。有強烈的跡象顯示他成為古魯之後，仍有憂鬱症的患期。二十一年之後的一九七四年三月，拉吉尼什不再參加任何活動，接著沈寂了數個星期。一九八一年，他又有幾個月的時間未能回應關心他的人，而且顯然連閱讀也不能。也有謠傳指他酗酒、吃鎮靜劑、吸大麻，還服用包括笑氣在內的其他藥品。這些藥物可能都是用來緩解或防止憂鬱症狀，而他的親信自然會隱瞞這些事。我想，我們可以推斷拉吉尼什這個人就如其他許多領袖，既自戀又時躁時鬱，間或真的躁鬱成疾。

拉吉尼什終其一生，身體狀況一直不好。他患有糖尿病、氣喘及各種過敏症，也因椎間盤突出，常有背痛而接受治療。

然而，拉吉尼什年輕時期那一次欣快的體驗似乎永遠改變了他；他愈來愈樂得活在當下，為當下而活。他在一九五五年拿到沙加大學的哲學學士學位，一九五七年又取得文科碩士學位。到了一九六〇年，他已是贊浦爾大學的哲學助理教授。在此同時，他開始在印度四處旅行、演說。由於演說內容頗具爭議，他博得辯士、破除傳統之鬥士的名聲，不過，許多印度人也因他的自大、他對傳統價值的攻擊而大為震驚。他在一九六四年開辦他的第一個「靜心營」（或謂「靜坐冥想營」）。一九六六年，他迫於贊浦爾大學當局的壓力而退出學術界。一九六九年，當全印度都在慶祝甘地百歲冥誕之際，拉吉尼什抓住這個時機，公開抨擊一般人的見解，聲稱甘地的絕食是受虐狂，他的禁慾戒色是一種變態。後來他也百般嘲弄德蕾莎修女，稱她是江湖騙子。

到了一九六〇年代末，拉吉尼什已經與一些追隨者安頓在孟買的一間公寓，從此，這個地方到一九七四年為止，一直是他的活動中心。他開始招收更多信徒，他們自稱「撒尼耶辛」（梵語的「遁世者」之意）。若要入門，就必須打坐靜心，穿上橘色或紅色的衣服，帶著瑪拉（mala）——附有拉吉尼什的相片、由一百零八顆木珠串成的項鍊，還要使用拉吉尼什取的新名字，拋卻過去的一切並接受拉吉尼什的權威。到了一九七一年，已經有四百一十九位入門信徒。

大多數古魯都會承認師承已逝或仍在世的前人，拉吉尼什雖明顯受葛吉耶夫的影響，卻不承認曾受惠於任何人的任何事。他說他不曾有師父，不過也聲稱他下了很大的工夫研究過去的幾個前世。他閱讀的範圍極廣，他的主張自然就百家雜陳，包括老子、佛陀、耶穌及穆罕默德等歷史上所有偉大的宗教領袖。他可以引述從柏拉圖到佛洛依德，每一位著名西方思想家的言論——只是不一定都引述得正確。作家記者雷文（**Bernard Levin**）在一九八〇年造訪他的靜修園之後說，拉吉尼什侃侃談了一個小時四十五分鐘，不重複、不停頓、不看筆記。他的嗓音「低沈、圓潤又美妙動聽。」〈6〉他會用逗笑的比喻使嚴肅的話題變活潑。他也會開黃腔，說一些很幼稚的情色趣聞。

拉吉尼什本人沒有任何著述，但忠誠的信徒記錄他的言談和評論，出輯成書。設若這些言論集如實記載，我們可以看出拉吉尼什必定擅於詞令，而且說得饒富興味。我閱讀一九七四、一九七五年的言論集之後，開始明白拉吉尼什儘管晚景衰頹，他的確為尋求生命意義的人提出一個新願景。他的學說主旨在於他所謂的「沒有宗教的宗教情操」，意思是，不特別信奉某一教義的信仰人生觀。容格也有同樣的觀點。然而，拉吉尼什視宗教為奢侈品，認為飽暖思宗教：物質需求已滿足的人才有餘裕思考人生意義。「在一個貧窮的社會裡，宗教不會有意義，因為人們還沒停止。」〈7〉，也就是說，他們還未發現買一棟房子、變得有錢或擁有一心想要的物質好處，這些都不會帶來快樂。拉吉尼什一向厭惡、鄙視貧窮，也大言不慚，稱自己是富人的古魯。另一方面，他在論耶穌名言的一次談話裡卻說：「積聚的東西愈多，就愈浪費生命，因為這些東西都要用生命去買。」〈8〉他在這一方面的教誨，自己顯然未能身體力行。

拉吉尼什把人分為三個類型：收集東西且向外發展；收集知識且不太向外發展；培養意識且向內發展，要愈來愈有自覺。他說他要追隨者的兩種人性面——佛陀象徵的人性面及希臘左巴體現的人性面——更彼此趨近。最基本的要求是解開過去的枷鎖、活在當下，並要遵守最根本的戒律：愛自己。「你不是以乞丐之身，而是以帝王之尊來到這個世界的」〈9〉，拉吉尼什如是說。

拉吉尼什援引密教裡關於性的精神意涵，申明性是悟道的一條路。所有的禁忌與佔有慾都必須拋棄，應該鼓勵與不同的伴侶進行性實驗及自由性愛。性行為應該儘可能持久，才能達到他所謂的「低谷性樂」——與「高峰性樂」相對的境界。全身的性高潮不能與思考並存，那是一種「只是存在而不想明天」的寶貴經驗。這個例子說明前一章論及葛吉耶夫所指的，熱切活在此時此地。性慾能使人超凡入聖，而頌揚禁慾、試圖壓抑性慾的宗教，在拉吉尼什看來，只會引起挫折，引發神經（官能）症。拉吉尼什有一次說，來到他面前的人，百分之九十九的問題都出在性。但是，他的主張也只適用於異性戀；他認為同性戀是病。一個這麼不能容忍性約束的人會有這樣的看法，似乎古板得出奇。另外，在自己內部尋求異性——譬如男性人格裡的女性氣質——也可以使性慾向上提昇，但得要有大師指引。〈10〉這一點非常類似容格的 **anima** 觀念（**anima** 即男性的女性意向）。

拉吉尼什明確表明自己就是大師，當之無愧，不過，他在一段談話裡卻不承認是古魯。我想，他的意思是，他自知他沒有宣揚一套嚴整的教義。

我只有技法——只有心理學的解答。這解答也不在我。而是取決於你。因為是你，我才必須給一個特別的解答。這就是我何以不能當古魯——不可能！佛陀能成為古魯，我卻不可能。因為你們都這麼反覆無常，每個人都這麼不同，我又怎能始終如一呢？我不能。我也不會創立宗派，因為要創立宗派，就非常需要這種始終如一……所以，我稱不上是古魯，倒比較像精神醫學家（再加一點什麼）。〈11〉

他的談話，有一些內容與耶穌的話相互呼應。「我在這裡的時候，我待久一點的時候，你千萬不要錯失良機。」〈12〉他一再勸聽眾要放空、要放鬆、要放自然。一定要明辨行動和活動之分。行動是往目標走，能滿足需求；這好比葛吉耶夫的「做」的能力。活動是百無聊賴：不做無益之事，就無以為生，譬如同一份報紙一讀再讀。道德與宗教截然分明：道德在於否定，在於對抗本能的衝動；宗教則在於增進意識，在於點亮內在的光。滿懷怒氣的人不再明心見性。透澈的意識與怒氣，兩不相容。人都能遠離自己的情緒，也應該都能透過愈來愈清楚的意識，脫身於思想之外。一個人的意識若到達恰當的層次，就可能目睹自己的思緒。在他演講的大廳入口，有這麼一個告示：「鞋和心放在此處」。一定要拋棄傳統的思考方式，才能接納神。

根據拉吉尼什，趨近真實，有三種主要的管道：科學——以實驗為基礎；邏輯——以推理為基礎；隱喻——呈現於詩與宗教。「詩，是貴重如金的橋樑，連結主觀與客觀。」〈13〉宗教，本質上是詩。密教經典的主張永遠向生命說「是」。真正的無神論者一直向生命說「不」。〈14〉「人是唯一違反自然的動物——所以才需要宗教。」〈15〉拉吉尼什如容格，認為某些類型的精神官能症狀自有其益處，能促使人往內心深處看、面對自己真正的問題。

拉吉尼什並不以為他的學說有獨創性，他只說他的表達方式很現代。不過，他採用一種以過度換氣為主的靜心術，這倒是我不曾在別處見過的。所謂「動態靜心」（或「動態冥想」），首先是和著一再重複的音樂，進行十分鐘快速、不規則的強力呼吸（即過度換氣）。接下來是為時十分鐘的精神宣泄：要叫喊、哭泣或跳舞——百無禁忌地體現當時的任何心思——從而釋放壓力。戈登醫師說他不知不覺就對過去討厭的人——老師、父母、護士、玩伴——尖聲叫罵，口出穢言。在第三階段的十分鐘裡，就是要盡量跳得很高，而且邊跳邊叫著蘇非派的咒語「呼、呼、呼」。拉吉尼什解釋說，「你跳起來，腳掌心又重重著地，這樣，聲音就會傳到深處的性中心。要把自己弄得筋疲力盡。」〈16〉接下來就完全不做任何事；在這十分鐘裡，剛才過度換氣及劇烈運動引起的痙攣及疼痛開始緩解。最後一個階段是和著更多的音樂跳舞，直到心平氣和、身體舒坦。

拉吉尼什在一九七一年採用巴萬（**Bhagwan**）這個稱號，有些印度追隨者因此離他而去，因為這個名稱是「受佑、受福」之意，暗指神的一個化身。他的信徒拉希密（**Ma Yoga Laxmi**）曾對雷文說，許多撒尼耶辛（信徒）奉拉吉尼什為神，但拉吉尼什本人只自比為渠道，負責轉送神的能量。我認為拉吉尼什有可能漸漸相信他自己有神性。他習慣把剪下來的頭髮或指甲裝盒送人，惟恐信徒帶著他的相片還不足以相信他永遠與他們同在。他的自戀也表現在拍照；為了呈現他最好的一面，每一次拍照，他都堅持把姿勢、燈光調整得恰到好處。

一九七四年初，拉吉尼什送三、四十名撒尼耶辛到他的家族在凱勒什的農場。這是望之令人驚駭的一個地方，老鼠與蠍子四處橫行，炙熱異常，幾乎就是不毛之地。拉吉尼什沿用葛吉耶夫的手法，要信徒相信令人疲憊又無益的工作是開悟之道，他也藉此試探信徒是否忠於他。這些撒尼耶辛吃不飽又工作過度。他們不准離開農場、不准請假；許多人得了阿米巴痢疾和其他疾病，包括肝炎、肺結核和登革熱。有一些人的健康永久受損。他在數個月之後放棄這個實驗。

隨著愈來愈多的信徒加入這一項運動，空間必須更大。幾位印度商人成立一家投資信託公司，也就是後來的「拉吉尼什基金會」。他們在浦那市買下科瑞岡公園大道十七號的六畝大莊園，於是「什利·拉吉尼什靜修園」開始壯大、活躍。從一九七四年起，任何時候總有大約六千名拉吉尼什的信徒住在這裡。靜修園漸漸名聞遐邇，每一年都有三萬人從世界各地到此參訪。靜修園的開辦得力於大量獻金，而園區的住宿費用、賣書所得、演說的入場費及個人或團體治療的收費，則帶來每個月十萬到二十萬美金的固定收入，用以維持整個靜修園。

靜修園的一天開始於早晨六點到七點的動態靜心。接著就是拉吉尼什英語、印度語交替使用的即席談話，為時兩個鐘頭。一九七五年開始有各式各樣的交流小組。集體或個人治療的種類五花八門，多到記者菲茨傑羅（Frances Fitzgerald）說浦那靜修園是「心靈維修廠，拿得出一套方法的任何人都可以來」〈17〉，雷文則說那是「心靈超級市場」。〈18〉集體治療漸漸因漫無節制的性發泄及挑釁行為而惡名在外。發泄怒氣的課程引發多起骨折事件，當地的醫院雖起疑，園方卻婉言搪塞，推說是從梯子上跌落或騎腳踏車摔倒才造成骨折。謬恩說浦那的性開放「相當聳動」。女孩穿透明的衣服且不著內衣褲，因為拉吉尼什曾說內衣褲妨礙能量的通行。某些團體強迫成員眼睜睜看著自己的愛人與別人性交，詭稱不要太執著於性。有些團體以口交為主。很受歡迎的一種活動是，把熟透的芒果插入女性的陰道，由男人去吃。

拉吉尼什聲稱他是歷史上與最多女人交媾的男人，但他本身做起性事，似乎漫不經心。他像其他一些古魯，任意取用送上門來的可餐秀色。成為巴萬的性伴侶當然是殊榮，讓人另眼看待。不過，真槍實彈的經驗通常令人失望，因為他似乎有早洩的問題。他比較愛窺淫，不是個好情人。成對的男女有時被慫恿在他面前作愛。園方會要求新進成員脫個精光、接受仔細的檢查，但也不一定會被碰觸。有些人會在沒有性交的情況下被手淫。

然而，拉吉尼什關於愛的主張，顯示他明白愛可以有另一種層次。

愛到深處，肉慾不再。那片刻就已足夠：對未來無所求。我若愛一個人，在愛的那一刻，心靈是不存在的。那片刻即永恆……因此，愛常常會瞥見神聖。〈19〉

他一而再、再而三地說，不愛自己的人或只會要求被愛的人，都不會被人愛。

拉吉尼什還有一個觀念：大多數人都不適合養小孩，世界上已經有太多太多的小孩。他認為全世界只要禁生小孩二十年，就可解決許多問題。婦女懷孕了，會被鼓勵墮胎，然後做絕育手術。在靜修園內，隨時都可進行輸精管的切除或結紮，而絕育，也成為忠於拉吉尼什的一種象徵。俯首聽命的多達兩百位，有些人後來懊悔萬分。

來自紐約、為拉吉尼什編輯靜心術專書的信徒芭爾娣（Ma Satya Bharti），為了追隨拉吉尼什，把三個孩子丟給前夫照顧，有人還跟她說她做得很對。相較於信徒與古魯的關係，其他所有的人際關係都被視為微不足道。據述，拉吉尼什曾說：「最偉大的一種關係就在大師與信徒之間……奮力對抗不是辦法，甘於屈服才是要訣。」〈20〉

隨著信從者愈來愈多，拉吉尼什本人卻愈來愈難得一見。大約從一九七九年起，他的演說品質愈來愈差。一九八一年四月，他「陷入沈寂」，不再公開談話，改成每天與信徒一起靜坐一個小時。如我先前說的，他的憂鬱病可能又犯了。他身體的疾病——糖尿病、氣喘及各種過敏症——明顯地惡化，矯形外科醫師西里亞斯（James Cyriax）也從倫敦搭機前來，看看能否治他的背痛。已成為拉吉尼什保鏢的謬恩記述說，拉吉尼什對藥物治療很容易動氣，他只好佯稱處方是給他自己，不是給古魯大人。

撒尼耶辛的行為引人側目，又因衣衫不整惹惱了印度人，把自己弄得很不受歡迎。有些人開始以販毒為業，有些則賣淫為生。拉吉尼什鼓勵的性開放恰與印度的傳統教養背道而馳，也引起反感。最後，印度政府撤銷「拉吉尼什基金會」的免稅資格，並設法追索四百萬美元的稅款。拉吉尼什也不准購買更大的一塊地皮興建新的聚會園區，而且謠傳他可能以煽動宗教動亂的罪名被逮捕。於是，園方先把數百萬美元非法運出印度之後，就準備離開浦那，前往美國。據宣佈，拉吉尼什需要到美國接受印度欠缺的醫療。他在一九八一年三月三十一日飛抵紐澤西，一到達就宣佈：「我是美國期盼已久的彌賽亞。」

先遣小組早就選定奧勒岡州的第二大農場，並以七十五萬美元買下這個占地六萬四千二百二十九畝的地方。後來，此地就成為拉吉尼什的新園區「拉吉尼什村」（**Rajneeshpuram**）拉吉尼什本人在一九八一年七月抵達此處，對外宣稱來訪問、作客，避免美國移民歸化局起疑。到了一九八五年，這裡已經有兩千五百名永久居民，另有兩千名長期訪客。拉吉尼什採取葛吉耶夫的手段，堅稱工作是一種靜心、敬拜，或是一種遊戲。不論是哪一種，工作都是悟道必經之路。撒尼耶辛長時工作下來——每星期一百個小時或更多——幾乎沒有時間做或不想做任何知性或藝術性的活動。他們最喜歡的作者似乎是專寫西部小說的多產作家拉穆爾（Louis L'Amour）。以他們的教育程度來看，這實在出人意外。這些信徒有百分之八十三受過大學教育；百分之六十四得到學士學位；百分之三十六的學歷更高，包括百分之十二的博士。他們幾乎全是白人；百分之五十四是女性，百分之四十六是男性；百分之八十是中產階級；平均年齡是三十剛出頭。信徒席拉（Sheela）是整個企業的行政總管。她一再叫窮，常常不顧一切就迫使撒尼耶辛打電話給父母親，編造理由要錢，譬如需要兩萬美元做腎臟手術。有一位負責募款的人指稱，在拉吉尼什第十一部勞斯萊斯交車的那一天，根本沒有足夠的錢給拉吉尼什。四年之內，約有一億兩千萬美元花在農場上。

許多信徒確實樂在其中。在這裡，擁抱不斷、笑聲連連。菲茨傑羅說農場好比「為都會年輕專業人士開辦的全年無休夏令營」。〈21〉這歡樂場景的陰暗面是性傳染病的流行，包括淋病、疱疹、非特異性尿道炎，最後就是愛滋病。一九八四年，高層下令園區內的每一個人都要戴保險套或塑膠手套才能做愛。有十一位撒尼耶辛被告知他們的HIV（人類免疫缺陷病毒）呈陽性，被隔離在農場一個偏遠的角落，但是，後來有人建議管理階層找藉口把這些人移出農場中心，因為他們對電話竊聽及當時已出現的電子監聽知道得太多了。〈22〉有一名撒尼耶辛雖說是死於愛滋病，但也可能是被毒死的。拉吉尼什斷言愛滋病就是法國占星學家諾斯特拉達穆斯（Nostradamus，一五〇三—六六）所預言的天譴，將會變成大流行，在世紀末之前會有三分之二的世界人口因病致死。他還預言一九九〇年代會發生核武戰爭，沿著聖安德列亞斯斷層（美國加州向西南延伸的斷層）會出現地震。唯有透過冥想靜心而心靈平和、堅強的人，才能在這未來的亂局裡活下來。

拉吉尼什本人的狀況還是愈來愈壞。以前的他幾乎一整天都在閱讀，如今卻只看錄影帶。他最喜歡的影片是《巴頓將軍》和《十誡》。他收藏勞斯萊斯的熱情依舊，直到累積了九十三部。拉吉尼什像葛吉耶夫，開起車來驚險無比；他闖紅燈，接到一張又一張的超速罰單，還常常把車子開到路面外，只好花大錢送修。拉吉尼什一直有強迫性收藏癖。小時候，他收集海邊的石頭，多到他的母親得在他的衣服上多縫幾個口袋。長大後，他收藏鋼筆、袖口的鏈扣、錶，而且永遠都是最貴的，往往有鑽石和翡翠的外殼。拉吉尼什積聚數千名信徒；這是另一批收藏，專門用來抬舉他的自尊。他在一九八五年誇口說他在全世界有一百萬名信徒，但這實在說得太過頭了。

研究古魯，總不斷碰見一種弔詭的現象：看起來極度自信、渾身散發人格魅力的人，也是特別需要信徒加持的人。拉吉尼什用盡方法抵擋憂鬱、支撐自尊，但終究敗下陣來。據說他每天要服用六十微毫克的「安定」鎮靜劑；他的牙醫師還給他吸笑氣，表面上說是緩解他的氣喘，但可能是給他暫時的欣快感。果真如此，他的惡化就事出有因。

依拉吉尼什前保鏢謬恩的記述，拉吉尼什有一次吸完笑氣在聊三話四時說：「我真是鬆了一大口氣，不必再假裝已經悟道。可憐的克里希那穆提，他還得假裝。」〈23〉（克里希那穆提〔**Jiddu Krishnamurti**，一八九五—一九八六〕，專門講述哲學及心靈議題的印度學者）這番坦言引人發笑納悶，不知道謬恩是說真還是說假。謬恩在一九七三年初遇拉吉尼什就為之神往不已，但最後也醒悟了，在一九八二年秋離開農場。謬恩對自己的背棄非常不安，不過依然堅稱碰上這一項運動，讓他收穫很多。他在一九八三年企圖自殺，也接受精神治療。他寫的《巴萬：落敗的神》，即使有一、兩個不明確的段落，仍是在拉吉尼什身邊就近觀察這一項運動的珍貴記實。

「拉吉尼什人」在奧勒岡一如在浦那，行徑囂張、瞧不起當地人，最後也很成功地把自己弄得惹人討厭。安提勒普是最接近農場的小城，只有少數居民，大部分是退休人士，有些是重拾信仰的基督徒。他們聽聞這些新鄰居的性行為及粗暴的舉止，莫不震驚。居民為了防止「拉吉尼什人」擴建園區，就開始做法律的攻防，但是拉吉尼什的人馬塞爆會場，最後以多數票擊敗當地人。拉吉尼什這一方成功接管安提勒普市政府，甚至把街道名稱由美國的英雄改成印度聖人或其他賢哲，最後更把安提勒普市改為拉吉尼什市。當地居民對這種言辭上及其他方面的騷擾提出控告。

農場在一九八四年春加強保全設施並添置武器，與吉姆瓊斯在圭亞那、大衛科日許後來在德州的作為如出一轍：有突擊步槍、短筒防暴槍、半自動卡賓槍及其他各式各樣的火器。「拉吉尼什新聚會園區」的特種警力也成立了。農場愈來愈像個警察國家；住民除非十萬火急，片刻不得離開。拉吉尼什還建立一套只有席拉能與他對話的裝置；這位行政總管已近乎擁有絕對權力的獨裁者，態度也愈來愈偏執。

園區引進一套精巧的電話竊聽及電子監聽系統，用以揪出可能的叛徒。他們還大量訂購氯哌丁苯；這是強效的精神安定劑，用來治療精神分裂症，有無色、無臭、無味的優點。不服管束、想離開的撒尼耶辛就會吃到混有這種藥的馬鈴薯或啤酒，變得比較安分。據信，有一個人因用藥過量而死。席拉不喜歡拉吉尼什的醫師德瓦拉吉（Devaraj）與拉吉尼什走得太近，深怕這位醫師要以他的妻子取代她。她一再對德瓦拉吉下毒，使他腹瀉、嘔吐、痙攣，最後還企圖打一針讓他死，結果他因咳血而住院兩個星期。這種毒殺撒尼耶辛的事件層出不窮。

另外，他們也在瓦斯科的郡選舉裡動手腳，企圖加強園區的政治勢力。大量遊民被引進農場，對外宣稱是慈善工作，實則灌充選票。作弊的票卡紛紛流入各辦公室，選舉人不是已死亡就是已不在當地。一九八四年九月，席拉和助手蓄意污染數家大飯店的沙拉吧，使瓦斯科郡的人口密集區爆發沙門桿菌的感染——他們要看看這麼一來，能不能減少投票日的投票人數。三位地方官員造訪農場之後，有兩位就病了，另一位喝了幾杯他們給的水而差點死掉。

美國移民歸化局（INS）一直在懷疑「拉吉尼什人」的意圖，因為許多人都和美國公民有婚約——雖然他們的領袖已表明自己反對婚姻。這些人多半都只有觀光護照。INS的波特蘭分局在一九八二年十二月就已頒佈命令，不准給予拉吉尼什永久居留權，不承認他的「宗教工作者」身分類別。農場的律師群立即反對並設法讓他被確認為宗教導師，不過無法使居留權的裁定撤銷。拉吉尼什的律師擅用拖延戰術，但最後，拉吉尼什以違反移民法的法條被逮捕。

席拉和其他十九個人在一九八五年九月十四日、十五日搭機飛抵德國。他們在十月二十八日被捕並拘留、等候引渡。席拉後來對移民詐欺、電話竊聽、策劃沙門桿菌感染的爆發都俯首認罪，也承認在瓦斯科郡的規劃局放火、企圖謀殺德瓦拉吉、人身侵犯瓦斯科郡的官員。她被判處兩個二十年及兩個十年合併執行的徒刑。據傳她在瑞士的銀行放了數百萬美元，因此，縱火毀損的修繕賠償六十九萬美元及罰款四十萬美元，在她或許只是九牛一毛。

在此同時，包括三十五項罪狀，主要是違反移民條例的一份起訴書要用來逮捕拉吉尼什。他聽到這個風聲，於是逃到北卡羅來納州的夏洛特，打算從這裡逃到百慕達，但美國聯邦執法人員等到他並逮捕到案。他當時隨身帶著價值約四十萬美元的白金錶和金錶共三十五只，另有現金五萬八千美元。他在牢裡待了十二天之後交保釋放。十一月，他對觸犯移民法承認有罪。與地方檢察官敲定協議之後，他被處以十年緩刑，付出四十萬罰款，也同意在五天之內離開美國。沒有美國檢察總長的書面許可，他在五年之內不得回來。於是，他啟程赴印度。許多人認為拉吉尼什落跑得極其輕鬆快活。

九月間，幾乎是席拉一逃離，拉吉尼什就提出譴責，聲明她的所作所為完全違反他的教誨，但他毫不知情。他會多此一舉是因為擔心席拉會把他牽扯在內，以換取免起訴。他以為若把她的罪行公諸於世，她就比較不可能透露他是同謀。看起來，拉吉尼什的確知道事情的原委，而席拉的罪行，即使不是全部，也有部分是來自他的指令。這也說明拉吉尼什何以企圖逃逸；若只是被控違反移民法，他何必逃呢？

拉吉尼什才氣非凡。他早期在浦那的言論顯示他的確有獨到的識見，的確言之有物。我們不難理解，尋求精神導師的人認為拉吉尼什就是他們要找的人，而他，有一段時期，也的確名符其實。浦那的撒尼耶辛充滿活力，顯得很快樂，令雷文印象深刻。他確信拉吉尼什的教誨「已經讓這些人知道如何在天地間安身立命。」〈24〉但是，拉吉尼什活生生體現了阿克頓男爵的格言：「權力使人腐化；絕對的權力使人絕對的腐化」。拉吉尼什漸漸貪得無饜。他永遠是領袖：自高自大、不服權威、自學成材且不承情於任何大師。難怪他自負到不可一世。即使貴為教宗，也還有聽他告解的人，拉吉尼什卻無人可告解，沒有人指出他的錯或勸他懸崖勒馬。他個人心目中似乎也沒有一位神可以祈求指示、祈求寬恕。我確信他曾有狂喜的經驗（或用禪的用語：開悟），確信他認為愛別人有時能超乎肉慾，但我想，他最後，猶如當初，還是孤僻、自戀，無法像尋常人建立對等的人我關係。讀了他的言論集，我體認到拉吉尼什的失落令人感傷。他有淵博的知識，有安身立命的願景，結果卻只是知而不能行。

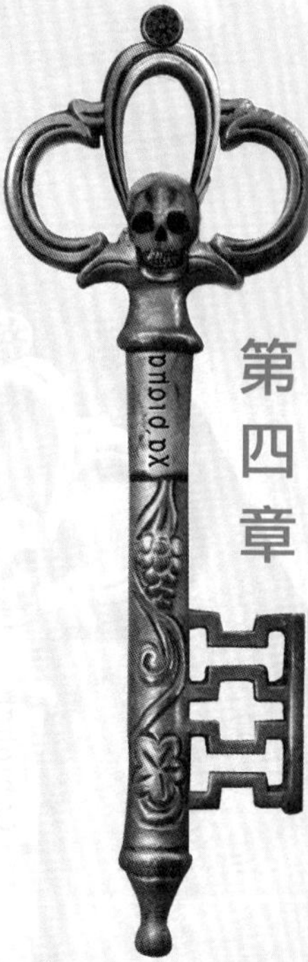

第四章

魯道夫・史坦納

魯道夫・史坦納發起一項至今仍在歐洲、美國進行的心靈運動。由他創辦於一九一三年的「人智學協會」持續在宣揚他的理念。協會的英倫總會位於北倫敦的「魯道夫史坦納之家」，內部有一家書店、一間圖書室及協會的辦公室。史坦納與目前為止所討論的古魯不一樣；他比較像聖人，不是惡棍。

anthroposophy（人智學）是瑞士醫師哲學家、貝多芬的友人特羅斯勒（Ignaz Troxler，一七八〇－一八六六）創造的字，本意是：「一種認知方法論，由人類的精神本質出發，探討世界的精神本質。」〈1〉這是史坦納用這個字的意涵，而不是字面上的意義（關於人性的知識）。「人智學新聞社」及「魯道夫史坦納出版公司」陸續出版了史坦納許多內容多樣又大部頭的書。他熱衷於教育，在第一次世界大戰末期發起「華德福與學運動」。這一項運動取用第一所史坦納學校的名稱——那是為華德福阿斯托利亞煙草工廠的員工子女特別設立的學校。從此，史坦納學校在許多國家紛紛成立，目的是讓各個年齡的兒童都能發揮身心兩方面的任何潛能，不強調競爭、考試，也不強調在一個競爭重於實利的社會要有所成就的特殊技能。史坦納重視的是全人，不是片面的智識發展。他對個人成長的看法，在許多方面與容格的見解類似：容格要我們注意許多神經（官能）症患者的片面性，也指出這些人要開發人格裡被忽略的面向，才能更「完整」。

史坦納也為身心有障礙的兒童開辦治療性教育。史坦納秉持其信念（我們稍後會討論），尊重這些兒童的個性，這是許多人很難做到的。他在一八八四年，二十三歲時，到一個家庭當私人教師；這一家有一個十歲的殘障男孩，據說患腦積水（就是「水腦」）。這個男孩很遲鈍，被認為幾乎無法受教，但史坦納教導有方，讓他能上普通學校，後來還成為合格的醫生。史坦納與這一家人同住到一八九〇年，才從維也納搬到威瑪。我想，參訪過史坦納殘障教養院的人，看了院方對兒童的照顧，無不難以忘懷：這些孩子或許有腦損傷、或許心智遲緩，也或許有程度不同的痲痺，但他們全被視為有獨立的個性、有發展的潛力，也絕不會被認為無可救藥而被放棄。

史坦納是精神導師（古魯）的一個典範：他熱心、善感、親切且寬大為懷，很受人敬愛。有一個對他知之甚深的人就形容他是「善心的化身」。〈2〉史坦納對人有感染力，部分原因在於他能誠心體恤他人，不會一開始就突顯自己或自己的意見。他呈現的態度是接納、尊重每一個人，不倉促下結論、不做判斷。他博學廣識，曾研讀生物學、化學、物理及數學，所以很明白科學證據之必要。然而，史坦納卻聲稱他，以及任何願意跟隨他的人，能超越自然科學的準則；只要透過一種技術，就能直接領會他認為存在物質外表之下的精神實質。

史坦納四處演說，宣揚他的理念，已出版的演講稿有六千多篇。他確實有奇力斯馬

魯道夫・史坦納（Rudolf Steiner）

（人格魅力），據說聽眾覺得像是在做一種禮拜，不像是在聽一般的演講。法國作家舒雷（Edouard Schuré，一八四一—一九二九）在一九〇六年聽了史坦納的演講，他說：「要我橫越大西洋來聽，我也願意。」〈3〉不過，史坦納的魅力不在於慷慨陳詞、激昂吶喊。他有自己的信念，又誠實正直，能敏察聽眾的心緒並與之共鳴，如此自然散發魅力。他通常不事先準備講稿，而是面對聽眾才自然做出回應。然而，史坦納給我們一種似是而非、不合常情的感覺。他的信仰思維非常離奇、怪誕、缺乏實證，理性存疑的人不免視之為虛妄。

史坦納是奧地利一名鐵路工人的長子，一八六一年出生在匈牙利與克羅埃西亞邊境的一個村莊。他受洗為天主教徒，不過，父親卻自有主見、不拘於傳統信仰。在他八歲那一年，全家搬到諾依多夫爾；這個村莊離維也納新城不遠，也靠近鳥類豐富、頗受鳥類學家喜愛的著名淺湖，諾依西德勒湖。根據史坦納的自述，他顯然從小就相當內向，非常專注於自己的內心，不太注意外在世界。一位傳記作者推斷說，這個男孩在搬家之後，「一定覺得很孤單，與人格格不入。」〈4〉這一來是因為史坦納兒時的同伴多來自農家，而他父親則是電報員，在鐵路公司工作。另外也是因為他從很小的時候，就有「神視」的經驗，讓他又覺得跟別人不一樣。一九一三年在柏林的一場演說裡，他敘述了這樣的一次經驗：他看見鐵路候車室裡有一個女人好像穿過門來求救，然後又消失。

後來知道，有一位遠親就在他出現幻象的那個時刻自殺。史坦納深信他曾看到這位死去的親戚的靈魂，也一直確信自己有特異功能，可以和死人的靈魂溝通。他若把自己的信念告訴同輩，多半會遭白眼，於是就一直孤立到成年之後。但是，他倒真的有一位對神祕學同感興趣、專門採集藥草的朋友柯谷茨基（Felix Koguzki）。史坦納是早熟的學者，才十五歲就閱讀康德，接著又繼續研究費希特、黑格爾、謝林、叔本華及其他哲學家。史坦納與羅素、愛因斯坦幾乎沒有共同點，但他們三位都對幾何著迷。羅素十一歲初識歐幾里得，他形容那是目眩神迷如初戀。十歲的愛因斯坦拿到一本幾何教本之後，為之心馳神往，因為他體認到「人只要透過思考的力量，就能達到開風氣之先的希臘人用幾何呈現的那種平穩與純粹。」〈5〉史坦納在九歲那一年無意間讀到一本幾何書，也同樣喜不自勝。愛因斯坦明言其目標：排除主觀的一切，只用思考認識世界。同樣地，史坦納表示幾何令他快樂，因為他不參照外在世界，只用心靈就能理解其概念。在數學外行看來，擇取幾何為例、說明抽象的樂趣，似乎很奇怪，因為比起數學其他分科如代數，幾何好像與外在世界比較有關連，也比較實用。無論如何，史坦納因為幾何而堅信有一個真實如外在世界的內在精神世界存在。

小時候，我雖不明所以，但就是覺得精神世界的知識是可以用心靈去領會的某種

> 東西，一如用心靈就能理解幾何的概念——因為我確定精神世界和物質世界一樣真實。不過，我得想辦法證明我言之成理。〈6〉

但是，愛因斯坦以思考認識世界的方法，已由實驗及數學證據證實為真，史坦納的方式卻始終是極主觀的產物，容不得客觀的確認。

愛因斯坦設法解釋他所謂的「思考」時，稱思考是「自由發揮的概念遊戲；這個遊戲的道理在於我們的視野能藉此而超越感官的經驗。」〈7〉這很容易懂。愛因斯坦認為，為了形成關於世界的新概念，你必須擺脫你對世界的直接感知，必須能「在腦海裡」把玩早已在那裡、可能產生新連結的一些概念。他能想像一個以近乎光速行進的人所看到的世界是什麼樣子；這份能耐就是來自這樣的遊戲，而相對論也於焉問世。

愛因斯坦的概念遊戲說有他例可援：著名的法國數學家龐加萊（**Henri Poincaré**，一八五四—一九一二）及其他思想先驅似乎都有同感，覺得若要解決數學問題或物理問題，在專心積極的工作之後，必須有一段被動消極的時期。思想家必須讓各個想法細火慢燉，任憑這些想法自成新的組合，從而生出解答。根特的化學教授凱庫列（**F. A von Kekulé**，一八二九—九六）就是眾所皆知的例子。一八六五年的一個下午，凱庫列在爐火前打盹時，出現原子鏈如蛇一般盤繞成環、自咬尾巴的幻象，由此而發現有機分子的環狀結構，從而發展出現代有機化學。這種歷程也出現於藝術創作。依作家和作曲家的描述，長時間把玩、推敲各種不同的可能之後，新的念頭往往就「不請自來」，解決了藝術上的問題。

史坦納對思考的看法完全不同，而且在我看來，極其異乎尋常。受過教育的人，多半認為思考是一種抽象過程，擺脫實物的牽連，進入可以「把玩概念」的心態。史坦納卻認為透過思考，可以更深涉實物。他的《自由哲學》一書以〈以自然科學的方法進行內省的若干結果〉為副標題。實驗科學家或許會認為這個副標的用詞矛盾，因為他們努力的一個目標是：客觀檢視自然界的現象，不容許內在省思或主觀經驗沾染觀測的結果。史坦納反其道而行，聲稱自然世界的現象之下有精神實質存在，而思考，就能通抵這個實質。他認為精神總是先於物質，物體是由精神形成的，一如冰是由水結成。史坦納還認為我們眼前的世界是他稱為「精神」與「本質」的二元組合，而知識會把這二元性轉化為單一性。「用思考，就能獲得現實裡的兩個元素，即感知與概念；而認識的過程則會把這兩個元素融合為一個整體，從而消弭這個二元性。」〈8〉他說，「我們精神生命的歷史，就是不斷尋求我們本身與世界的合體。」〈9〉

在思考的當下，有一種元素把我們單獨的個體與宇宙接合，成為一個整體。我在

感覺（也在感知）時，就只是單獨的存在體；在思考的時候，我們卻是滲透萬象，集萬物於一體的人。〈10〉

早期基督教的諾斯替教派也提出類似的主張，認為知道自己，就會知道上帝、知道人類的命運。

根據康德和叔本華，基於人腦及知覺器官的結構，我們只能在時間、空間裡，在因果關係的左右之下，感知外在世界的物體。這些先天的限制表示我們看到的物體、物體與物體的關係，可能不是本來的樣貌。我們是透過摘不掉的哈哈眼鏡看世界。就因為如此，康德和叔本華深信人類永遠不能感知「物自體」，即物體本身。

史坦納全不以此為然。「若把所有的感知都歸於一方，再用第二方，即物體本身，做對照，那就說得太虛無飄渺了，那只不過是在玩弄概念而已。」〈11〉史坦納就這樣，用三言兩語駁斥了康德和叔本華關於感知的看法，也認為愛因斯坦所說的創造性思考平淡無奇。他深信他所謂的「思考」才真的會揭示「物自體」。

思考之後，我們很快就陷入索然寡味的回想裡，彷彿靈魂的生命已經乾涸，不過，這其實只是其真正本質的鮮明殘影而已——實際的思考會發光、發熱，還會

深深穿透世界的現象。會這樣穿透，是因為思考的活動本身流著一股力量——以精神形式出現的愛的力量。〈12〉

史坦納對科學及自然界的觀念，最初都來自歌德。他才二十一歲時，就開始編選歌德的科學著作，第一部出版於一八八四年。從一八九〇年秋直到一八九七年，他一直在威瑪的歌德／席勒文物館工作，表現得認真勤懇，也遇見許多知名人士。但是，根據他書信裡的自述，他在威瑪愈來愈孤立，覺得沒有人瞭解他的用心、他的想法。這一段艱辛苦悶的時期，以艾倫伯格稱為「深遠的心理質變」的狀態——或許也可稱為中年危機或創造性疾病〈13〉——結束於他三十五歲的一八九六年。依史坦納的自述，他對物質世界的觀念、對他的人際關係的看法，都在此時起了變化。昔日，他偏重自己的內心世界，從而視外在的現實為夢境；如今他比較敏察物質世界，也比較能接納人。在這個歷程裡，史坦納也逐漸體認他所稱的「各各他的奧祕」，即耶穌的受難、死亡與復活，是他的世界觀裡最重要的部分。他相信基督的本體恆久不朽；相信基督始終存在精神的國度裡，而且在基督誕生之前的社會裡，就以各種不同的名稱被敬奉著。耶穌在約旦河受洗的那一刻，這永恆的基督就附身於一個名叫耶穌的人，而且一直在那裡，直到他被釘死在十字架上。那位羞澀、內向的學者已經開始轉變成這位自創人智運動的古魯。

歌德依然是指引史坦納的明燈，尤其是他一直在編選的科學著述，只是後來的作者大都不再談論這些作品，認為有偏見且明顯錯誤。歌德以斯賓諾沙為師，在德國領導一項稱為「永恆自然法則」（Naturphilosophie）的運動，反對牛頓科學對世界的支解、剖析，認同整體論的自然觀。基於這樣的觀點，他也強烈排斥牛頓的光／色理論，誤以為這是破壞人類對光現象的感知。詩人布萊克有同樣的見解，認為那是喪失人性的做法，還痛斥「德謨克利特的原子與牛頓的光粒子」（Democritus，德謨克利特，古希臘哲學家，原子論的始創者之一）。歌德似乎相信直接凝思個體的現象，就可由殊相見到普同性，譬如，仔細觀察一棵植物，就可感知原初的植物，他又認為原初植物就是所有植物的原型。他譴責科學所要求的中立、超然、客觀的觀測，認為那是片面、違反自然地在運用人類的官能。正如物體必須完整、不能切割，才能直接被感知，人在進行觀測時，也必須全人投入。雖然「永恆自然法則論」的學說激發了一些重要的科學假說，譬如能量不滅的觀念，但是現代科學輝煌的成就是依賴超然、客觀、分析及實驗，也在於能把大結構化為基本的組成。

然而，歌德和史坦納的主張即使被現代科學家視為旁門左道，依然值得關注。其實，歌德和史坦納提倡的那種根據觀測而理解的方式，的確能增進我們的自知之明及識人之明，而這是客觀的科學觀測做不到的。實驗心理學家經由科學的縝密觀察及嚴謹的實驗，累積了人類行為方面的寶貴資料，但這是人類互動的殊例，與平常的社交往來相去甚遠。一個男人若「以客觀的態度」對待妻子，當她是參加心理研究的一員，他很快就會賠了夫人。在日常的人我交往之中，我們若想瞭解別人的想法、感覺，就得依賴我們的主觀經驗。我們必須假定別人的內在也有與我們雖不盡相同卻類似的情感、思緒、欲望、企圖及信念，即使沒有客觀證據顯示真有這樣的內在。初見一個人，我們會根據呈現在眼前的信號，推測這個人在想什麼、有什麼感覺、他是怎麼樣的人。認識一個人，有一部分就是在修正這些初步印象。隨後若深交，或許還有出乎意料之事。但是，我們大多數人都有程度不一的直覺，知道別人的感覺，也因而足以處理社交生活。你我每一個人或多或少都能設身處地，能以「人同此心、心同此理」待人。這種對別人的主觀反應或許不容於心理實驗室，卻有生物的適應性，使我們能隨機應變：至少，我們能分辨敵友；進一步，能理解人、能與人共事、能將心比心、能愛人。瞭解一個人，瞭解外在世界的一件物體，真的是兩碼子事。

話說回來，歌德和史坦納不會贊同這種說法的。他們也要把這種其實只適用於人的直覺、主觀的理解應用於物體。動物學家提醒我們提防擬人論：研究動物，千萬不要把人類的特性加之於動物。史坦納試圖把整個世界都擬人化，不僅推己及人，還推己及花草、推己及動物、推己及其他所有現象。歌德的「永恆自然法則論」反對科學的客觀性，視之為不充分，但歌德絕不會接受史坦納那更奔放的奇想。

史坦納相信，耐心觀測物質的實體，就會察覺物質表象之下的精神真實。譬如，你若注視一顆種子夠久，這顆種子看起來像是裹在一小朵燦爛的雲裡。「用一種感官與心靈並用的方式，會覺得這像一種火焰。焰心給人一種丁香紫的感受。」〈14〉同樣地，每一朵花，若觀察得夠徹底，奧秘會赫然顯現。專心一意地冥想凝思，就可培養這種透視物體的能力。史坦納給我們的忠告十分切合實際：許多人可能都會覺得拋開日常的煩擾而冥想靜心，就已經很有助益，隨後不見得要有他所描述的那種感受。他說，平心靜氣地自我凝視，學習把自己的經驗和行為看得彷彿是別人的經驗和行為，如此就能培育自己的內在生命。拉吉尼什也主張這種隔岸觀火的超然態勢，學習眼睜睜看著本身的情感和思維，不使本身和情感、思維化成一片。史坦納認為，一旦養成這種態度，再微不足道的經驗、再不起眼的舉動，都顯得「與宇宙的眾生、與世事的變遷」〈15〉息息相關。堅持冥想、持續凝思，終有一天，「心靈之光會環繞在四周，而內在之眼會見到一個前所未見的全新世界」——史坦納如是說。〈16〉

初識門道的人若培養了充分的超覺感知力及「神視的器官」，在精神世界就有取之不盡的知識。史坦納一如早年深信自己能與死人溝通，聲稱他知道靈魂在人死後會發生什麼事。他說，每一個人死後，前世都一幕幕、一景景地攤在眼前。接著，這個人會依先後順序，經歷前世的每一件事，如此一邊身歷其境，一邊進行某種淨化。最後，精神世界裡的眾靈會把這個人前世的果實化為來生的種子。化身（轉世）一直是史坦納的信仰主旨。他在一本書裡就這個古老的信仰提出自己的說法，完全不引述前人的權威見解。他在一封信裡說：

> 關於心靈，我絕不說我不知道的，除非是我親身的心靈體驗——這是我的導星，也使我能看穿每一個假象。〈17〉

史坦納告訴我們，人類的精神或心靈必須一再化身、轉世，又說，每一個化身帶來的命運都取決於所有前世裡的行為表現。一個人可以在新生裡修復前世所受的創傷。史坦納關注身心有障礙的兒童，就是基於他的信念——受損的腦或變形的肢體不過是靈魂暫時棲息的家，在下一個化身裡，或許就能住在正常的軀殼裡。

史坦納原本加入布拉瓦茨基夫人（**Helena Petrovna Blavatsky**，一八三一—一八九一）創立於一八七五年的「神智學會」（或稱「通神學會」），後來因理念不合而出走，自創人智學。布拉瓦茨基夫人聲稱她的祕識來自喜馬拉雅山裡一群大師或高人的傳授。至今仍存在的「神智學會」起初極受歡迎，發明家愛迪生、達爾文的同事友人華萊士

（**Alfred Russel Wallace**）都被吸引入會。但是，神智學試圖融合西方宗教與東方智慧，未能以基督為中心，而史坦納的信仰體系都是以基督為尊，他因而在一九一〇年與之分手。不過，他仍保留布拉瓦茨基的一些觀念，譬如：她認為宇宙裡瀰漫著一種叫做「阿卡撒」的精神乙太（能媒），使神視及心電感應得以運作，也保存著人類全史——「阿卡撒記事」，人類透過心靈感知，就能獲知這些記事。

史坦納相信有一個住著高等生命的精神世界；這樣的信念在疑者看來，簡直異想天開，但是卻與柏拉圖的永恆理想國相去不遠——物質世界的一切都以這個國境的理念為範型，或轉化或模仿。容格也相信有一個他沿用諾斯替教用語，稱為「靈界」（**pleroma**）的精神世界。**pleroma** 在辭典裡的定義是「神的居所，集所有神力、神性於一體的地方」。史坦納認為這裡是「促使各種力量形成的一個世界，雖然肉體的感官無法察覺，但第一層級的高等意識卻能客觀地感知這個世界在賦予物質世界生命、動作及形態。」〈18〉

史坦納雖然聲稱他的所有主張都源於他親身的心靈體驗，卻也考慮到他的心靈感知或許來自主觀，但他又堅稱，真心誠意、按步就班去感知，就能分辨幻想與真實。

經由健康的內在經驗，你就會知道精神上的「想像」絕不僅僅是主觀上在構思，更是以圖像形式在表現精神的實質。身心健全的人都能透過感官的知覺，辨別自己只是在幻想還是看到真實；同樣地，透過精神，也能獲得類似的辨識力。〈19〉

除非已深信史坦納的精神實質說是真理，一般人可能不會接受此一艱澀、缺乏佐證的主張。

史坦納採納各種生機論的觀點，認為既然人的肉體一死，就開始腐敗，那麼，人活著時，必定有某種作用力在阻止這件事。他稱這一股力或這個要素為「乙太體」，又說肉體內的每一個器官都潛藏著一個相當於乙太的東西，在心靈的感知裡，這個東西甚至比有形的物質更真實。除了肉體和乙太體，他認為還有一個叫做「星魂體」的第三體，負責喚醒睡著的潛意識——星魂體滲透到乙太體裡，激發潛意識。第四種成分是「自我」或「我」。星魂體雖會經歷痛苦與歡樂，但它沒有記憶，無法感覺長遠之事。人在睡覺的時候，星魂體就回歸大宇宙的和諧裡，等到一覺醒來，星魂體已為各種體帶來充分的力氣，而它也可以再離開那留宿之處一段時間。〈20〉人類具有意識經驗的部分是自我，因為它有記憶。史坦納用「體」說明人的各個分部，但是用「力場」一詞或許能使大多數人更容易懂。

不明白神智學或人智學的人，一定覺得這樣分割論人希奇古怪，但別忘了，佛洛依德也有自我、超我、原我之分，而且這些在解剖上或生理上不存在的實體已經廣被接受，公認是精神機轉的典型。

史坦納對世界的演進，也有一套超自然的主張：「我們的地球已歷經三次星際生態的改變，變化與變化之間都是在進行精神化。」〈21〉因此，生物和無生物都會化身轉世。史坦納認為目前的太陽系是第四個化身，三個前世分別是「老土星」、「老太陽」及「老月球」。人類的肉體在「老土星」開始演進。

「老土星」包含整個太陽系。「老土星」是由交融、洶湧的暖流組成，沒有空氣。在這個原初的星球裡，空間瀰漫著一股股均勻穩定的暖流。這些暖流就是人類的前身。我們的軀體在當時就只是一股股流動的暖流。〈22〉

太陽、月球及地球脫離「老土星」之後，仍是三合一的狀態。在月球脫離之後，就開始有醒、睡之分。月亮會在夜間激發靈魂的生命。人類逐漸察覺月亮對他們的作用力，也明白這些力量讓他們能神視。人類的乙太體在「老太陽」上開始發展，星魂體則在「老月亮」上逐步形成。自我是在目前的星際化身——地球時期——開始演化的。讀者或許還記得葛吉耶夫也有一套完全不同但一樣古怪的月亮觀。

史坦納相信地球的演進有七個時期：兩極時期、極冷時期、狐猴時期、亞特蘭蒂斯時期、後亞特蘭蒂斯時期、第六時期及第七時期，〈23〉他相信亞特蘭蒂斯時期已在一場翻天覆地的大洪水中結束，而且終將有《啟示錄》所預言的毀滅性「全面大對決」。在這一場大災難之後，人類會進入一個新的時期，而心靈也終會征服肉體。

我們必須明白，靈魂的演進與軀體的演進有所不同。人的靈魂會在一個時期又一個時期裡，一再發覺自身是在不同的軀殼裡。這些靈魂有一天會目睹出生於後亞特蘭蒂斯最末代的人類靈魂在你爭我奪。這個鬥爭經驗將是個教訓，促使他們不再以自我為中心。於是，他們得以漸漸進展到自我意識只有益處卻無害處的一個時代。一個具有神視環境的時期將會來臨；這種環境與古代亞特蘭蒂斯普遍的環境相仿，但不同的是：人類會有無拘無束的自我意識。我們到時候也會得知物質世界在後亞特蘭蒂斯時期的七種文明裡已經有哪些成就。這種自我感知或自我意識只有在肉體裡才會甦醒，但人類必須再制服肉體。在「全面大對決」之後，我們就已到達演進的另一階段，屆時，我們會以肉體的本質活著，不再奴役於肉體。〈24〉

史坦納的著作約有四十部。即使我讀遍了，也無法在此摘略，不過，我想我所說的，已足以表明我的重點。史坦納無疑是一位具有使命感、散發人格魅力、能以口才服眾且立意良善的古魯。他認為他的心靈感知力使傳統的技術和制度有了另一番氣象。譬如，他對醫師及醫科學生講述治療學，也寫了一本書，討論如何把精神科學用於醫學上，但完全沒有批評或反對現代醫學所根據的科學原則。德國和義大利有許多醫師都遵行史坦納的主張，許多診所及研究中心也都採用他的治療法則。史坦納還傳授一種新的建築風格，典型的代表作是位於瑞士多爾納赫的人智學中心，由他親手設計並名為「歌德館」。此一場館在一九一四年落成，卻不幸在一九二二年焚毀。所幸史坦納活得夠久，還能再設計一座。新館在他去世後三年完成並開幕，至今依然舉辦演講、專題討論會及戲劇表演；歌德的《浮士德》及史坦納本人編寫的神秘劇都是演出的劇目。

史坦納在教育上的遺產已開花結果。一九二五年他去世時，德國有兩所史坦納學校，荷蘭和英國也各有一所，如今，全世界約有五百所。我們已提過史坦納的教育觀：發揮個人身心的潛能，不著重傳統的考試成績。史坦納是早期提倡男女同校的人。他還認為兒童不應彼此競爭，應該鼓勵他們不論什麼學科，都要互相幫忙。兒童經過數年的同窗相處，會形成一個縮影的社群，身處其中，能學得社交上容忍、合作的技巧。特別令人欣慰的是，史坦納堅持教育要重視人文學科。音樂、繪畫及雕刻、捏塑等手工藝都是每個孩童必須學習的正課，不像一般學校往往只視之為「課外活動」。

史坦納接納腦損傷或精神有障礙的人，認為他們每一個人都能有精神上的發展。這種態度激勵了照護者，使他們懷著新希望，也更有能力奉獻。各地的「坎普希爾殘障教養院」就是以史坦納的基本信念為宗旨。

史坦納在一九二四年舉辦農業講座。此舉讓一些視他為知識份子的人大為訝異，但史坦納的農村背景始終依稀存在，他也的確通曉農事，所提的建議即使都基於他那古怪的地球─宇宙觀，卻也不失實用。他早就見到我們目前關心的環境破壞問題，提倡有機耕作，禁用化學肥料及其他人工助長物——我們都知道這些往往會干擾自然界的平衡並傷及野生動物。

史坦納有高超的理想、過人的才智，也能激勵別人；他的為善遠遠超過為害。不過，他所謂的「思考」、所設想的超覺感知力，最後都形成他的世界觀、宇宙觀及宇宙歷史觀，但那是毫無佐證的想像，與現代物理及天文幾乎完全相左，堪稱科幻小說之最。史坦納對自己的稱道也很驚人。他完全相信他主觀的「心靈感知」能揭示宇宙真相，而正統科學卻力有未逮。他也深以為他的感知成果適用於生活的每一部分，從醫學和農業到正常兒童、殘障兒童的教育，無不適用。這個溫和善良、體貼親切的人在某種程度上，堅決相信他「就是知道」。就是這麼不折不扣的確定，這麼的古魯典型，他才會引人跟隨，也才能讓門徒信奉他的精神科學，以他的學說為人生觀。史坦納的信仰思維別具風格又不可思議，但他在人道方面的成就卓越非凡且長存不朽。

第五章

卡爾·古斯塔夫·容格

或許還有人認為卡爾．古斯塔夫．容格只是一位傑出的精神醫學家，對心理治療有重大的貢獻，也使我們更瞭解心靈。的確如此，但是，他這一類型的分析不僅僅用以緩和神經官能的症狀，還可能是解救靈魂的一種世俗方式。容格是醫師，更是精神導師。他在許多方面都符合我在引言指出的典型古魯。他與佛洛依德決裂之後出現心理障礙且為時甚久，而他堅稱他最重大的識見都發端於這個時期。他在第一次世界末期度過精神磨難，懷著新的啟示再現。容格在晚期的著述裡，公然自稱為先知，因為他自認為獨具洞識。他說，中年以上的所有人要療癒，都在於建立或重新建立一個有信仰的人生觀。容格沒有立意吸收信徒，但蘇黎士一群親近的同事逐漸圍繞著他，一九四八年還在當地成立「容格學會」。隨後，培養分析師、宣揚容格理念的「容格學研究中心」陸續在歐美各地成立。

容格自稱為科學家，也確實希望被視為科學家。一九三五年，一位女士請容格談談他對魯道夫史坦納的看法，他回信說：

> 我讀過史坦納的幾本書，我得坦承那些對我都毫無用處。你要明白，我是做研究的，不是先知。我關心的是能用經驗證實的事。對經驗做憑空的推斷，我完全不感興趣。〈1〉

可是，容格本人的許多看法就像史坦納的觀念，都直接出於他自己的主觀經驗，無法客觀地證實。

容格結識佛洛依德之前，是出色的精神醫學專家。他當時已完成的「詞語聯想」實驗，比佛洛依德離開布律克實驗室之後所做的任何工作，都要「科學」多了。他一定從醫學訓練中明白科學證據之必要，而且，他的數學雖然很差，但他對現代物理始終保持興趣。不過我想，容格不會以為科學、客觀的方法就能醫治精神病或神經（官能）症。其實，他因為讀了埃賓的《精神醫學教本》，才專攻當時還被忽視、被低估的精神醫學：教本裡指出，精神醫學這個領域幾乎還沒有任何建樹，連教科書都是斑斑的主觀痕跡。容格若是純科學家，會因此而卻步，但他反而立即被吸引。這一門醫學可能讓他有機會利用自己的個性去理解、治療精神有病的人，與不帶感情的外科或當初他想望的內科截然不同。容格才二十一歲時，在「嵯芬加學生聯誼會」以「精確科學的邊緣地帶」為題發表演說。依他的設想，嚴格檢視理性的科學主張，就會走向非物質的或形而上的領域。〈2〉果然由小見大，容格在學生時期就嶄露頭角。

容格根本不相信身為心理治療師的他，能用物理問題的解決方式去處理、理解他所面對的人性問題。這是通情達理的想法。我曾在別處就實驗心理學家特有的客觀姿態以及你我在日常社交裡的互動，做了對照。〈3〉人際關係是基於人同此心、心同此理。

卡爾・古斯塔夫・容格（Carl Gustav Jung）

我們若只看所作所為，就無法瞭解他人或自己。佛洛依德把病患安置在長榻上，他本人保持一段距離，坐在病患後方；容格喜歡與病人面對面而坐，用比較合乎人情的日常方式看待病人。

容格展現古魯般的一些性情，原因可追溯至他的出身及成長背景。我先前說過，可能成為古魯的人，往往在年幼時相當孤獨。容格也確實如此。他雖有一個出生於一八八四年的妹妹，但在他生命的前九年裡一直是獨子。容格在自傳裡說到他就是一個人玩遊戲，不喜歡別人看著他玩或打擾他。後來擔任巴塞爾〈新聞報〉主編並成為瑞士國會議員的厄歷（Albert Oeri）在年幼時，父母會帶他到容格家，希望兩個小男孩能一起玩。令厄歷失望的是，小容格對他不理不睬，兀自玩著九柱戲。厄歷是在擁擠的育兒室長大的，與其他小孩總是你來我往；他就說從來沒見過像容格這麼不合群的怪胎。〈4〉

容格說他喜歡上學，因為終於找到了玩伴，但他也說他努力與土氣的同學打成一片，結果好像愈來愈不像原來的自己。容格一生始終孤獨。只在獨處時才覺得完全是自己。他在蘇黎士湖北岸的波林根蓋了一棟鄉居，頂樓有一間他專屬的「避修室」。他在自傳的最後章節這樣說：

小時候我就覺得自己是獨自一個人，現在仍是這樣，因為我知道事情，也必須對容格的宗教背景是另一個影響的因素，讓他不僅僅是精神醫學家，還成為一位古魯。容格的父親是瑞士新教的本堂牧師，兩位叔叔也是牧師。另外，他的外祖父是神學家，母親的家族還有五位成員都在教會任職。容格覺得家裡的氣氛沈悶難耐。他在極年幼時就表現出對傳統基督教的反感。他在自傳裡述及記憶裡的第一個夢，那時他大約三、四歲。夢裡，容格發現一間地下室，裡面有一具約十五呎高的陰莖立在金色的寶座上。這幅景象在他青春時期一直浮現於腦海，而且他覺得這意味著有那麼一位與他熟悉的主耶穌非常不一樣的地下神祇。容格在十一、二歲時曾有一個幻想把他嚇壞了。起初他嚇得不敢幻想到底，最後他果敢地斷定是上帝本尊基於某種他無法領會的意圖，把這個幻想放到他的腦袋裡，這才讓他把幻想做完。你若讀過容格的自傳，或許記得他的幻象：上帝坐在巴塞爾教堂上方的寶座上，然後讓一大坨糞便往下掉，散落在教堂的屋頂。容格開始覺得上帝可能不像傳統基督教說的那麼博愛。上帝或許也有恐怖的一面。容格那傳統、守舊的父親不肯與稟賦較高的兒子談論宗教，還說兒子想太多了。容格牧師活到他兒子到達法定年齡的一八九六年；他認為人不必思考，只要相信。

容格到了十五、六歲就已放棄伴他成長的宗教信仰。他廣泛閱讀，特別受到叔本華著述的影響，更深受尼采的感化。但是，就像尼采及其他成長於濃烈宗教氣氛的人，容格發覺很難過著沒有信仰的生活。他後來的所有作品可說是一路艱辛的嘗試，設法要為已失去的宗教信仰找到某種替代。

容格如佛洛依德，不喜歡透露個人私事。他在自傳裡極少談及他的人情關係，譬如，幾乎不提他的妻子。容格的形象始終是獨來獨往。佛洛依德的精神分析學以完全成熟的性關係為人格發展的終極理想；容格的分析心理學則以整合為目標，亦即，個人心靈裡的各種力量達到一種新的平衡，不牽涉到人際關係。時下心理學往往宣揚成熟的人際關係乃幸福的真諦，容格的觀點與此大異其趣。

容格的「創造性疾病」開始於一九一三年，持續到第一次世界大戰結束，病期長、病情重。他自己推斷他「恐有患精神病之虞」，我本人卻認為他這個病不只是「堪虞」。我想，他其實是生了一場精神病，而且早年的一些經歷就已種下病根。像一般常見的情形，這個病的殘跡終其一生都揮之不去。

容格的父母親相處得並不愉快。母親在容格三歲那一年因為某種原因而病倒，必須在醫院待數個月。容格說，後來他的父母就分房睡，他與父親同房。

我母親的房門有時很嚇人。母親一到晚上就變得奇怪又詭秘。有一天晚上，我看見她的房間門出來一具朦朦朧朧的不明形體，頭離開脖子，在脖子前面的空中飄浮著，像是一小輪月亮。脖子立刻又生出一個頭，卻又離開。這樣重複了六、七次。我會作夢作得很焦慮，夢裡的東西忽大忽小。比如說，我看見很遠的地方有一個極小的球；這個小球慢慢靠近，很有規律地愈長愈大，最後變成一個讓人喘不過氣的龐然大物。又比如，我看見很細的電報線上停著幾隻鳥，然後電線愈變愈粗，我也愈來愈怕，直到被嚇醒。〈6〉

這樣的幻視及視覺失真極類似精神分裂者描述的境況。伊莉莎白・琺珥（Elizabeth Farr）曾就本身的精神分裂疾病作了絕妙的自述，內容也被收錄在莊明哲醫師（Ming T. Tsuang）的《精神分裂症記實》一書裡。〈7〉她描述了各種視覺失真的境況：空間好像變了，眼前的景象錯亂、令人困惑；她的膝蓋看起來很大，然後又縮小；她的雙腳好像離她很遠，遠得讓她以為她的雙腿變長了；有一個房間的牆壁看起來會膨脹、收縮，彷彿這個房間在呼吸似的。〈8〉任何精神科醫師聽到上述的經驗，又知道容格多麼孤僻、脆弱、敏感，或許都會認為容格在往後很可能出現精神分裂症。精神分析學家溫尼考特（D. W. Winnicott，一八九六—一九七一）曾在〈國際精神分析學期刊〉上撰文評論容格的自傳。他是小兒科醫師，又專精幼兒分析；在他的解析之下，容格是幼兒精神

分裂的寫照，也是幼兒精神病痊癒的實例。〈9〉

容格與佛洛依德分手之後，他形容自己因為處於一段「不確定的時期」而備感煎熬，他的「創造性疾病」或「中年危機」也就這樣萌發。容格與佛洛依德最後的一次會面是一九一三年九月七日、八日，在慕尼黑舉行的「第四屆國際精神分析學大會」。他在不確定時期之後，內心產生一種「壓力感」，而且這種感覺「好像一直在向外移動，彷彿空氣裡有某種東西，我覺得這種氛圍其實比先前的更暗淡，好像壓抑感不再只是來自心境，而是來自真實的世界。」此時，容格開始像典型的精神疾患，出現內在、外在混淆的狀況。他把內心的劇變歸因於外在世界的動亂。他在一九一三年十月形容自己「突然生出一個強烈難擋的幻象」。

> 我看見巨大的洪水淹沒整個北部地區及北海、阿爾卑斯山之間的低窪地區。大水沖到瑞士時，我看見山峰愈長愈高，保護我們的家園。我意識到大難當頭。我看見黃色的滾滾巨流，看見文明的瓦礫漂流四散，看見無數溺水的屍體。然後，整片汪洋就變成血海。這個幻象持續了約莫一個鐘頭。〈10〉

一個星期之後，這個幻象再度浮現，血水還更多。容格在一九一四年初一再夢見一個摧毀眾生萬物的新冰河期。這種幻象及世界毀滅的夢境，往往是精神分裂發作的前兆。容格的精神醫學生涯開始於伯爾戈茨利醫院，這家醫院的主治醫師布洛依勒在他的精神分裂症教科書裡說：「病人在真正發病之前，常常主訴困擾的夢，這些夢在不睡覺的時間裡依然縈繞不去。」〈11〉

容格卻不理會這位前上司的教誨，把自己的幻象和夢境解析為先知先覺，認為自己預料到數個月之後爆發的第一次世界大戰。這樣解析，或許使容格確信自己沒有精神病，但他顯然得相信有超感官預知力這回事。這樣解析，也顯得他自戀，因為必須先假定這獨特的識見只予自己，不予他人：這是容格及其弟子都欣然接受的假定。我先前已引述他知人之所不知的自評。容格似乎相信他是某種高等能量的流注之器，能洞見未來。許多在幼年時期無法與人建立對等關係的人，都幻想自己「很特別」，覺得自己超乎常人、非泛泛之輩。容格的才華和學識都遠高於同輩，他自然明白這一點，但他卻相信自己是特定的選民——這已近乎誇大妄想。

容格的病持續到第一次世界大戰接近尾聲。他的病情嚴重，妻子不得不接納他近三十年的情婦童妮．薇爾芙（Toni Wolff），讓她成為家中一員，因為只有她能安撫他。容格形容他的病是自願與潛意識交鋒，是在做一項科學實驗，但接著他又反過來說他被拿來當實驗。他寫道：「說來當然諷刺，我，一位精神科醫師，在自身實驗的幾乎每一個步驟裡，竟然會撞見精神疾患和瘋子才會有的精神內容。」〈12〉我想，比較簡單也比較精確的說法是，容格生了一場極需妻子和情婦耐心支持的精神病。我先前提到我不贊同朗恩的「精神病是獲取更高智慧的一個途徑」理論，但是，確實有些人在劇烈的精神病之後脫胎換骨，還可能變得充實。這樣的歷程似乎特別常見於成為古魯的人，因為病中獲得的啟示奠立了他往後學說的基礎。容格確實為幻覺所苦，也不時受人格解體的折磨。他卸下大學的教職，發覺自己無法閱讀科學文獻。他在這些年裡寫得少之又少。在這期間，他一度覺得滿屋子都是幽靈，他斷定這些都是死人的鬼魂。「從那個時候以來，死人在我看來更加清晰，他們專為一切未獲得答覆的、未解決的、未得救的人或事發聲。」〈13〉〈七度對逝者宣道〉一文，就是對這種景況的回應，卻被約翰·寇爾（John Kerr）形容是「十足誇大、幾近偏執的短文，是刻意用諾斯替教的語彙加上《查拉圖斯特拉如是說》的體裁寫成的晦澀之作，通篇是自我辯解的哀訴。」〈14〉我認為此一出色的作品比較得力於叔本華，來自尼采的影響較少。我也以為寇爾的批判失之粗糙，但作品倒真的是晦澀難解。

容格本人說，他後來的所有作品都立基於這一段漫長、緊張難展的時期：「我不斷尋求內在意象的那幾年，是我人生最重要的時光。每一件重大的事都在這期間決定了。」〈15〉容格幾乎被擊垮，但這個病卻也讓他明白內心分裂的同時，療癒的過程也與之齊頭並進，設法解明經驗並達到新的整合。誠如寇爾之見，容格「能觀察他自己的支離瓦解，『觀察』本身也變成一種治療方式。」〈16〉容格的病及病後的啟發是典型的混亂之後有新秩序、受苦之後得寬慰的歷程，格外有趣。值得關注的是，容格早在一八九八年，〈17〉就曾引用尼采的《查拉圖斯特拉如是說》：「的確，一個人內心一定要有混亂，才會亂中生出一顆舞動的星星。」〈18〉二十年之後，這正是容格的寫照。他稱這一路通往新整合的進程為「個性化的過程」；這可能是他閱讀叔本華而得到的一個概念，因為「個性化原則」（principium individuationis）在叔本華的思維裡起著重大的作用。

容格發現，他意識上的自我或許受威脅又無依無靠，但他能學著傾聽並依賴內在的聲音，這些聲音都顯現在夢境裡、幻想裡，及其他從潛意識自然流露的現象裡。容格有一個助益良多的觀念是：精神會自體調節。他受過醫學訓練，明白人類的心理是一套制衡體系，會確保太傾向於某一方時，就往相反的另一方回盪。這些體內平衡的機理是依賴負反饋。譬如，有一中央控管中心接到血糖起伏不定的通報，就立即啟動代償的變更，使恢復正常的功能平衡。容格認為類似的機制也出現於精神疾病。一個人患了神經症（有時是患了精神疾病），就是已經偏離了他本身真實的發展路徑，原因或許是知識的傲慢、極外向或極內向，也或許是任由自己受著別人的影響、被牽著鼻子走。正如有一個管理人類生理的控制中心，也有一個管理個人精神的控制中心。這兩套控管系統都不受制於意識上的意志，不過，肉體有智慧，精神同樣也有智慧。

我覺得這真是合情合理的灼見，在臨床上也得到證實，而且確實適用於每一位精神科醫師都會見到的案例。譬如，野心勃勃、只會拼命工作、忽略人生其他意涵的人，常常在中年時因嚴重憂鬱而一蹶不振。這種情況可以解析為精神在設法進行自體調節。這些人因病而被迫放慢腳步、重新考慮其價值觀。不過，容格把心理自體調節的想法做系統性的闡述，除了上述切合實際的說明之外，在他而言，還另有一層特殊的意義。喪失宗教信仰，是容格要解決的一個問題。在他患病期間，他發覺他需要某種內在的、不受意識取向影響的東西指引他。這個東西可不可能在心理上相當於神？可不可能就是某種「內在的神」，而不是「外面那一位神」？

果真如此的話，容格就可宣稱他已經解決信仰失落的問題；這既是治療的過程，也是心理上的宗教替代。我曾在別處說過，「個性化的過程可說是一種「天路歷程」，只不過，這歷程沒有宗教信條，目標也不在天堂，而是在整合及整體性。」〈19〉

容格在一九一一年曾寫一封信給佛洛依德，討論加入一個新學會的可能。那是納普的「國際倫理文化同人會」，簡稱 **I. F.**。

宗教只能以宗教取代。I. F. 裡容或有一位新的救世主？那裡能給予何種新神話，讓我們據以安身立命？唯有智者單憑智識的推想，就能有道德準則，其他人如你我，都需要神話的永恆真理。

你或許從我這一番聯想看得出我對這個問題不會置身事外，不會無動於衷。性自由，這個道德問題何其大，值得高尚人士費心盡力。但是，兩千年之久的基督教，只能以分量相當的某種東西取代。〈20〉

從這一封信看得出放棄傳統基督教，對容格是天大的傷害。容格在一九〇〇年，也就是他與佛洛依德初遇的大約七年前，開始當伯爾戈茨利醫院的精神科醫師，而且從一開始就老是說他對佛洛依德的一些看法很不以為然。不過，他在醫院的助理布利爾（A. A. Brill）卻說「當時的容格是佛洛依德最忠實的信徒。」〈21〉佛洛依德的精神分析學在容格看來，或許如傳統基督教，是另一盞不再發亮的燈，是另一種他不得不離棄的信仰，也陷他於失落、迷惘。與佛洛依德分道揚鑣之後，才迫使容格探索自身的神話、信念，即使他得為此而經歷一場精神病。

容格揚名於世之際，專門治療一種特別的病患。他說這些人患的病，不是臨床上能明確診斷的神經（官能）症，而是生活沒有意義也沒有目標。這些人多半是資質好、事業有成、很能順應環境或時勢，而且已屆中年。不過，他們缺乏安身立命的依憑；沒有宗教信仰、沒有自構的信念或神話，甚至連一套妄想思維都付諸闕如。容格用「膠著」形容這些人，因為他們不再往某個目標前進。他們缺乏宗教信仰可能給予的東西：信念、希望、愛及理解。容格認為這是人類活動的四項最高成就，但他也說這些都是「天賜」，教不來也學不到，只能透過經驗一窺究竟。〈22〉

> 在我的病患當中，已經走到人生下半段的人——也就是三十五歲以上的人——每一位的問題到頭來，無非是找到一種有信仰的人生觀。我可以很有把握地說，他們每一位都病了，因為他們已喪失各個時代的宗教給予信徒的那些東西，而且，沒有重拾其宗教觀的人都沒有真正病癒。這當然不是要信奉某種特別的信條或皈依某一教會。〈23〉

我們可以說，容格或許以為他本人的問題就是這些病人的問題。然而，大部分精神科醫師都見過拼命尋求人生意義，但稱不上是一般所謂精神病患的人。事實上，這一類人往往求教於操守遠不如容格的古魯。

容格認為他的啟迪經驗與上述的病例相稱，卻不以為人人都要進行他稱為個性化的心路歷程。他認為他的中心思想只適用於已走到人生下半段的人，較年輕的人或許覺得佛洛依德或阿德勒的分析法比較能滿足他們的需求。容格對他本身的工作有前後矛盾的看法；一方面聲稱有科學根據，可由別人證實，另一方面卻說那是主觀的告解。

一般人認為容格與大部分古魯不同；他不會強迫別人接受他的論斷，有人要成立學會以宣揚他的理念，他也曾阻擋多年。然而，臨床心理學家諾爾（Richard Noll）在其《容格宗派》一書裡錄印了一紙才發現不久的文件，看起來像是容格在第一個容格學社團，蘇黎士的「心理學會社」，開幕時的致詞。諾爾聲稱這是一個「祕密教會」成立儀式上的演說；教學的成員是幾位在容格本人的指導之下完成個性化的人，而這個小團體即將發展成，也預計發展成一項世界性的宗教運動。我懷疑這樣的說詞。我想，以容格的獨創能力及人格魅力，他的身邊幾乎不可能不圍著一大群信徒，這些人認同容格的潛意識觀，曾接受容格本人或其親近夥伴的分析，也想成立一個專門探討容格學說的論壇。但是這一切並不表示容格想要創立一個宗派，或如諾爾說的，要掀起一群個性化有成的菁英所領導的世界性運動。

> 在我們的社會裡，若無數十萬，也的確有數萬人以容格及其觀念做為個人信仰的基礎；組織完善的傳統猶太—基督教不是被容格學取代，就是與之並存。尤其，

對於兼具兩種信仰的人而言，透過容格分析法的經驗，就會如一群專業分析師所宣揚的，很有機會一窺奧秘的殿堂、身歷超自然之境；這是在任何教堂或聚會所都無法體驗的。〈24〉

諾爾大大誇大了容格門徒的數目。全世界始終沒有很多「容格學人」，遠不如「佛洛依德學人」那麼多。此外，諾爾的說詞讓人覺得容格的信徒要在世界各地成立一種獨門的「教會」，提出同樣的教義，而且主要的動機是要賺分析對象的錢。諾爾提到容格分析學組織的「廣大國際網絡」，還稱容格分析學是「資本家企業」。事實上，派系之爭一向紛紛擾擾，單是倫敦，就有四個各擁容格自重且互相扞格的團體。全球性的容格教會其實是莫須有。諾爾撰構了一套經不起檢驗的陰謀論。

容格的才識、學養及操守遠勝於大多數古魯，但他也有不少古魯的特質。他確實以精神領袖自居，不是一位治療神經症的精神科醫師。我第一次明白這一點是在一九五一年四月十四日與容格唯一的一次見面場合。他當時正在撰寫那一本頗具爭議的《答復約伯》。「我正在寫的東西，」他對我說，「真是討厭。但這是我欠我的子民的。」此話一出，我大吃一驚，因為我知道一般精神科醫師，沒有人會說「我的子民」這種話；那是古魯的用語。容格的信徒也許為數不多，但他毫不懷疑他的地位。容格身邊最有才華的女信徒芙蘭茲（Marie-Louise von Franz）曾說容格告訴她，他唯一不想重寫的一本書就是《答復約伯》。此書對上帝的觀點，的確非常違反傳統。容格對傳統基督徒的看法，其實怪有趣的。當時他說坦普爾大主教（William Temple）不久前才拜訪他，又說他發覺坦普爾真是個「不像話的大主教」。容格問坦普爾是否認為真的有「童貞女之子」，坦普爾卻不願面對這個問題。「要麼聖母馬利亞是童貞女，要麼耶穌是尋常百姓」──容格如是描述坦普爾的兩難。

容格說他的看法是主觀的告解，又說他不想把這些看法強加之於別人，但他無疑確信自己天賦異稟，能進入意識層之外的境地。一九五九年十月，弗里曼（John Freeman）在電視上訪問容格，問他：「你現在相信上帝嗎？」容格答得極妙：「現在嗎？很難說。我就是知道。我不必相信。」他談到夢的時候，對我說：「你每天晚上都可能與上帝靈交」；還有人跟我說，與容格熟稔的一班信徒每天早上都滿心期盼，想知道這位大人物是否又有來自潛意識的重大訊息。

容格在金錢上並無不端：他既已在一九〇三年娶了有錢的妻子，就不會想要這麼做。但是對於贊助的富豪，他當然不會不在乎，還努力結交。他與富裕的美國患者如麥考密克（Fowler McCormick，收割機大王）及梅隆家族結為朋友；他們都出資支持容格學的各種企劃，包括珍貴的波林根叢書（以波林根鄉間寓所為名的一套書）。

容格的確與兩位病人，史碧爾蘭（Sabina Spielrein）及薇爾芙，有曖昧情。他在自傳及寫給佛洛依德的信裡曾提及史碧爾蘭的事，但沒有指名道姓。勾引病患雖然違反職業倫理，但我們當記得，史碧爾蘭是容格最初的分析病例之一，他確實曾幫助她，而精神分析的守則在當時也尚未訂立。薇爾芙原本是容格的病人，但直到她最初治療成功之後很久，由容格的助理變成同事時，才成為容格的情婦。我想，我們不能說容格在錢財上或性方面剝削、利用其信眾。容格雖是維多利亞時期父權至上的一家之主，但我看不出有任何跡象顯示他曾利用權勢，對信徒做不合理的要求。

容格無疑是懷著優越感的菁英主義者。他寫道：「身為瑞士人，我是根深蒂固的民主人士，不過我明白，大自然實行貴族制，甚且是只有少數人能與聞的祕傳制。『准予神的，不准予牛』（Quod licet Jovi, non licet bovi），雖令人不快，卻永遠千真萬確。」〈25〉容格深深以為個人自有其價值，也認為類似他本身經歷的那種個人的信仰經驗，才能避免個人隱沒於群體裡，避免個人盲目依附共產主義之類的集體信仰體系。

容格提出「集體潛意識」之說：這是心靈的一個層面，負責產生許多文化裡、歷史上許多時期裡都共有的神話、想像、宗教觀念及某些類型的夢。這個觀念有時雖受批判，但是以其最單純的意義而言，似乎十分合乎情理。人在地球上存在的期間裡，解剖結構及生理機能並沒有產生巨大的變化。我們應當可以說，自有人類以來，我們的知識、技能已大為增加，但腦與心的功能基本上是一樣的。神話、想像、宗教觀念及夢，往往是表現所有人共有的、基本的心靈經驗。譬如，許多文化裡都有的英雄傳說，就可說是成長過程的比喻：成長的焦慮、磨難及報償。我們大家都是從無助的小兒成長為獨立、有能力自組家庭的大人。英雄神話說的是一個小孩的故事：這個常是最年幼的小孩踏上危險重重的旅程，面臨生命的威脅，屠殺怪獸，營救一位美麗的少女，最後贏得美嬌娘，或許還登上王位。這就是容格所說的「原型的」神話：全世界各個不同的文化都有的故事，反映人類處境的基本樣貌。所以，正如人的腦部結構都一樣，人的心靈也應該有同樣的基底，才會為人類的處境創造雷同的神話，建構雷同的天地演化說。

但是，容格推之更遠，到了許多人都無法理解的地步。我曾指出，容格在青少年時期深受叔本華的影響，而叔本華本人則在很大的程度上師承康德。叔本華明白人類對事實的感知受限於知覺的機制。我們只能在時間和空間之內、在因果關係之中感知外在世界的物體；我們無法突破時間、空間及因果的概念加之於我們的限制。叔本華推斷，我們永遠無法感知物體本身，即物自體，我們只能感知物體的表象。果真如此，那麼，必定有一個潛在的根本實體，而物自體就在存在其中，不受人類感知的約束。

然而，如此一來，在這個潛在的根本實體裡，物體必定無所區分，換言之，那是一個渾然的統一體，因為時間、空間及因果關係的藩籬既已撤除，物體與物體之間就不可能有區隔。叔本華重新喚起中世紀的「宇宙一體論」（或「萬物同源論」）：在時間和空間的範疇之外，在笛卡爾物質和精神的二分界域之外，有一個潛存的真實。叔本華承襲柏拉圖的理論：典型的美、典型的正義、典型的善等等「理念」，存在時間之外的某個境域，是可界定的實體。

容格熱烈接受此一觀念，把原型等同於柏拉圖的理念。他寫道：

每一顆心靈裡都有雖屬潛意識卻起著作用的模型——生活的意向，或柏拉圖的理念——這些都預先形塑我們的思想、情感與行為，也不斷在影響我們的思想、情感與行為。〈26〉

說每一顆心靈都存有原型，這容易接受，原因如上述。但是，柏拉圖、叔本華及容格都確信，而許多人卻比較難苟同的是：在人類的精神領域之外，在這個包含因果及時間的現象世界之外，有一種客觀秩序，而原型／理念永遠存在其間。容格在後來的著述裡，頻頻稱集體潛意識是客觀的心靈。在先前提及的〈七度對逝者宣道〉一文裡，容格用諾斯替教的「靈界」一詞表示潛存的「空無一物又萬物皆有」的狀態：在這個狀態裡，沒有善與惡、美與醜、時間與空間、力與物質等的對立，因為這些全都均等存在著。所有的對立都是「天地創造」的產物——開天闢地之後，世界才被分為時空分明的一段段進程。

德國物理學家海森柏格（Werner Heisenberg，一九〇一——七六，獲一九三二年諾貝爾物理獎）提出「測不準原理」：粒子的方位與速度無法同步測定，因為觀測，這個行動本身，會影響粒子的反應。自從確立此一原理，就已無法證實原子是循著因果律在進行變化。容格相信心理狀態也是這樣，因為觀測者與觀測對象不可分，而且讓潛意識的內容浮上意識面，就會改變心靈每一部位的運作方式。

容格以為，物理學者研究物質、心理學家探索心靈，兩者殊途同歸，都在趨近同一個潛存的真實。「海森柏格認為終極的真實不在電子、中子、質子裡，而在這些粒子之外的某個東西裡，在抽象的對稱裡，這些抽象的對稱顯現在物質世界，也可說是源自柏拉圖理想原型的科學產物。」〈27〉依容格之見，這潛在的真實非心非物，而是兩者兼具，他稱為「類心靈」的東西。主觀與客觀的間隙一直是現代物理學者備感困擾的問題，但知名物理學家、容格的病人鮑立（Wolfgang Pauli）認為容格的理論彌合了這道間隙。他還認定有一種潛存的、與現象世界截然不同的宇宙秩序。量子物理學家波姆（David Bohm，一九一七—九二）的「內隱的秩序」是異曲同工的觀念：物質、空間及時間的秩序可能全都是一種潛存的、內隱的秩序展現於外的結果。

既然相信有這麼一個因果關係不起作用或無法證明起作用的領域存在，接下來就有其他的可能。容格漸漸相信有一則「非因果律」會把內容類似的事件依時間的巧合、不依先後的順序連結在一起。他稱此定律為「同步性」。許多人都曾碰到看似饒富意味的巧合而心生困惑，但也只是猜想這種事有果必有因，總有合理的解釋。譬如一個不太熟悉的名字突然一再浮現，其實只是因為你才剛意識到這個名字。有些夢與外在事件吻合：日有所思卻夜無所夢，才奇怪。

但是，容格提出的同步事件少之又少，真正提及的，也是在他的作品集裡不同的地方一再重複的一些事件。他很喜歡的一個例子是：一個病人夢到有人給她一枚金色的聖甲蟲飾品。她在述說這個夢的時候，正好有一隻與聖甲蟲相似的薔薇刺金龜子撞在玻璃窗上，飛進來時被容格抓個正著。這是巧合呢，還是心靈與現象世界之間的同步表現呢？另一起是瑞典科學家司威登柏格（Emanuel Swedenborg）的傳聞：一七五六年，大火肆虐斯德哥爾摩期間，人在歌騰堡的司威登柏格也出現這場火災的幻象。〈28〉這第二個例子也顯示容格的世界觀始終如一，因為學生時期在嵯芬加學生聯誼會的一場演說裡，他就首度提到此事。同步性，是後來才用的語彙，在一八九七年五月的這一場演說當時，容格稱此幻象為神視，另外也說此例就足以滿足聽眾，多舉例子是浪費時間。「只要翻一翻相關的文獻，就可輕易找到許多證實這種現象的事例。」〈29〉真的嗎？

我懷疑。

我在前文曾引用大衛・庇特（David Peat）論同步性、以〈物質與心靈的橋樑〉為副標題的著述。〈30〉我雖不盡信庇特之言，但他充分論證，說明同步性符合現代物理學者提出的宇宙觀，而容格對同步性的贊同，也不應拿來與烏斯扁斯基和葛吉耶夫的科學虛構相提並論。

容格對神祕學的興趣，要回溯到他的博士論文〈論所謂神祕現象的心理和病理〉之前。他在嵯芬加學生聯誼會的一場演說裡，曾表明他相信招魂說，而且特別相信神祕之手顯形的事，還聲稱有相片為證。其實在那個年代，許多有才智的哲學家和科學家往往相信招魂說。

我在一九五一年與容格見面時，他興致勃勃地跟我說，蘇黎士附近的村民依然相信法術、相信當地的巫醫。譬如，有一位教師在父親去世之後就出現神經症。原來，他一時賭氣，就在父親最喜歡的一棵蘋果樹上釘了一根釘子。他父親雖不說什麼，但不久就病了、死了。有人發現兩隻牛的角交錯勾纏，頸部也套在同一副轠繩裡，整個模樣離奇得令人百思不解。那是巫術嗎？「這種事，說不得的。」容格如是說。

容格對占星術，不是消遣玩玩而已。在一九一一年十二月十二日寫給佛洛依德的信裡，他說他晚上的時間都用來推算星象。「說不定有一天我們會在占星術裡發現大量看天就直覺得到的知識。」〈31〉藝術史學者溫德（Edgar Wind）在一九七〇年的一封信裡說起他與容格見面的情形。

（一九三〇年代中期在倫敦）與容格談話的主題就只有一個——占星術。他說他推算了自己的天宮圖，也得知很多跟自己有關的事，又說他也常建議病人這麼做，他們也因此懂得他們自己的許多事。我接著問，他是說占星術的確像開業星相家堅稱的，能預測未來事件，或只是說拿天宮圖當圖解的道具——就像算命的吉卜賽人用的咖啡渣或紙牌，或水晶球占卜用的水晶球——藉以引發想像，把不知不覺盤據在心中的形象投射到圖裡。聽了我的問題，他放聲大笑，說他當然是指第二種，但他若如實告訴病人，就不靈了。我回答說，我不是他的病人，他或許可以不要用診間說的那種神祕難解的話，但他就是不肯。對他的病人好的、對他好的，就一定對每個人都好，而我謝絕推算我自己的天宮圖，就表示我不願意學著多瞭解自己一點。〈32〉

容格認為集體的心靈有長期的變化，而變化的進程與古時候的「大年」觀念一致：地球的軸繞著一個假想點運行一整周的周期，約為兩萬五千（地球）年。春分點大約每隔兩千一百年（大月），就會移動方位。容格以他曾經拒不接受的先知角色自居，覺得他有責任警告世人巨變即將來臨，不過他也明白大多數科學家及心理學家會斥之為一派胡言。

> 我不是自以為是，實在是身為精神醫學專家，良心驅使我盡本分，說出一個年代結束之際即將發生的事，讓少數會聽我之言的人有心理準備。我們從古埃及的歷史得知，這些事件都是心靈變化的呈現，也總是出現在一個大月之末、另一個大月之初。這顯然是主要的情意叢（即顯性的心理內容）有了更動，也就是原型群變了，或已往所說的「主宰的神明群」有了新的組合，而與之同時出現或隨之而來的，就是集體心靈的長期變化。這種變化開始於歷史上的年代，首先走過金牛宮時期、進入白羊宮時期，接著由白羊宮進入雙魚宮，而雙魚宮時期的開始恰好是基督教之興。我們目前正趨近這個大變動——在春分點進入水瓶宮時，可能就會出現此一巨變。〈33〉

容格確實相信以他出眾的識見、以他對潛意識活動的深刻瞭解，他可以名正言順地當先知。「重要的是，你要懷有一種秘密，一種對未知事物的預感。這樣，生命才會充滿某種非個人的東西，一種既敬天地又畏鬼神的情感交織（numinosum）。不曾有這種體驗，就是錯失某種重要的東西。」〈34〉

容格對傳統基督教、對佛洛依德的精神分析，先後喪失其信仰，結果在潛意識裡發現上帝。他自然而然就以為同樣苦於信仰失落的人，可以在他這類型的分析裡找到答案。但是，我想他未能考慮其他的解決方式。史碧爾蘭曾跟容格說，他苦苦應付的那些幻想，說不定與藝術有關，容格聽了卻動怒。他總認為宗教的意涵遠大於藝術，因此，當他察覺他心靈裡那股活躍的療癒力，就只好解析為宗教現象。容格無意間畫著曼陀羅，就把它解釋為「完整」的象徵，但這些圖案也大可不涉及宗教，從美學的角度去理解：透過美學，梳理他大感困擾的矛盾、紛亂。

我在另一本書曾就容格和尼采兩個人的信仰失落做對照。〈35〉尼采和容格都認為必須仰賴自我之外的某種東西，但尼采用美學語言描述他對意義、對秩序的追尋。尼采最後雖然深受麻痺性痴呆之苦，但他的確洞察他與容格都面臨的困擾。他們兩位都明白意識上的爭求、努力有所不足，生存的意義是在不知不覺的潛意識裡、在不受意志左右的狀態之下理悟而得的，不過，意識上適當的態度能在過程中推波助瀾。容格與尼采雖有志一同，但尼采的眼界更廣。他體認到包括音樂及美術在內的許多理想，都能使人專心致志，也能賦予生命價值。誠如司各拉頓（Roger Scruton）之言：「美學能輕易自然地取代宗教，成為富有哲學興味之事；看尼采的思維及人格，就知道多麼輕易自然。」〈36〉容格卻始終獨尊宗教。

容格與其他成為古魯的人一樣，最初都是孤僻的小孩。在某種意義上，他始終孤僻，而他本人也明白這一點。的確，容格自傳的一位書評就說到他那「瘋狂的自我專注」。我所知道的分析師，沒有一個人——除了他的親信——像他那般幾乎不提私情，所言盡是自我發展的道理。容格自戀成癖，在性方面或許就不太審慎，但比起其他精力充沛、幹勁十足的男人，他的行為並沒有更差。他不是騙子，也不耍花招。他的某些信念幾近妄想，但是他在精神患病期間，卻開啟了正常人無緣進入的感知之門。相較於葛吉耶夫及史坦納的觀點，容格提出的宇宙觀看起來只是有點怪而已。不過，容格與他們一樣，都堅信自己是對的，自己「就是知道」；如此信念完全輕忽明證，只根據精神崩潰之後的主觀啟示，不根據觀察及實證。

容格到了老年，依然儀表堂堂；他挺拔矍鑠、亦莊亦諧，而且口才遠勝於文采。你若覺得容格的文章費解惱人，不妨讀一讀逐字逐句謄錄的專題研究報告，當可發現他能以德語或英語即席做高妙的演說。他的奇力斯馬，即人格魅力，在於他那股自以為對的確定感，他又能言善道，也能援引許多鮮為人知的文獻作佐證，因而更添其魅力。容格對心理學及心理治療的貢獻一直都被低估；一來是因為他的立論基礎都是啟示性的、不可證的，二來是因為一般都認為他寫的東西艱深複雜，內容又多半是外行人看不懂的。像我這種心態傳統的懷疑論者，很可能認為容格的某些看法離奇古怪，但不能因此就排斥他所有的著述。「精神是一個自體調節的體系」，就是很令人大開眼界的概念。他對心理治療的獨特貢獻，意義深遠且歷久不衰。由於他本身的經驗，才讓人們注意到該受重視卻被忽略的一個現象：喪失信仰的人需要某種取代的東西；眾人崇拜的，若不是天際的神，而是史達林和毛澤東這樣的獨夫，我們大家都可能陷於險境。絕大部分實驗心理學家認為除了科學，其他都不必相信，不過，實驗心理學家畢竟只是人類的一小撮。

容格是古魯：他看見光，他從自身經驗引出通則，他拋棄養成他的科學傳統，而且他就是知道他對。儘管如此，容格在心理學方面、在我們對人性的認知上，做了很珍貴的貢獻。

第六章

齊格蒙・佛洛依德

佛洛依德在長長的一生裡，都自稱是科學家。若稱他為古魯，他會憤然否認；若說他在傳播一種信仰，他也會駁斥。不過，精神分析學有部分是以個人的啟示為基礎，因而既不是一門科學，也不僅僅是一種治療方式。捷克學者傑爾奈（**Ernest Gellner**，一九二五—九五）精闢的《精神分析運動》一書，旨在探索精神分析何以這麼迅速就成為「討論人的個性及人際關係的主流用語。」〈1〉他稱精神分析是「一種理論，一種技術，一種組織，一種語言，一種情操，一種倫理，一種氣候。」〈2〉佛洛依德遠比他的門徒所想的更像古魯。

的確，在德語國家裡，**Wissenschaft** 這個字的含意與我們常說的 science 不同。**Naturwissenschaft** 是我們說的科學（science），**Geistwissenschaft** 指人文學；但同一個字 **Wissenschafter** 卻用指學者或科學家，有點模糊不清。佛洛依德的職業生涯之初，是在布律克（**Ernst Brücke**，一八一九—九二）的實驗室從事解剖和病理研究。布律克眾所周知，是個頑固的決定論者；佛洛依德也始終是決定論者，認為所有的心理現象都取決於因果原則。假若當時情況許可，佛洛依德寧可畢生做科學研究，但是他想結婚，所以只好先取得醫師資格，然後開業行醫、賺錢養家。不能說佛洛依德不明白科學的要求，只是他棄之不顧。

我們可以說，佛洛依德做了大半輩子的工作跟哲學一樣，難以量化、難以再製。不過，儘管精神分析的假說幾乎都不能接受科學的檢驗，無法證明真偽，他仍執意稱精神分析是一門科學。精神分析的理論多半都以治療期間的觀察資料為基礎，但每一次的分析療程都是獨一無二、無法複現。此外，分析過程的觀察資料難免沾染觀察者的主觀偏見。這也是何以哲學家和科學家普遍不同意精神分析有科學依據。佛洛依德當初若只是強調精神分析是一套注釋系統，是按照過去的事件和影響詮釋人類行為的一種歷史方法，他或許仍會得到科學家的尊敬。

然而，佛洛依德雖不是他堅稱的科學家，他的名望並不因此稍減。他與馬克斯和達爾文並列為二十世紀深深改變人類對自身看法的三位原創思想家。雖然佛洛依德提出的每一則理論都證實為誤，但無可諱言地，他引發了一場思想革命。潛意識的觀念不是佛洛依德的創見，但他用之於臨床，使之起作用。他以還原的方式研究心靈，往往依據生物初始的單純表現詮釋極其複雜的行為。他擅於戳破虛飾、滅人威風，把人類所有的作為、努力都約化到最小公分母。這位精神分析的創始人對大多數人類的評價極低。他在一封給友人弗利斯的信裡就說，當治療師實非他所願，他也沒有想要解除他人的痛苦。但是他治病時這種冷然、就事論事的態度卻造就了他的深見，更因而發現情感轉移的現象。佛洛依德的觀察鞭辟入裡，他對憂鬱病及強迫性神經症等心理狀態的入微刻劃，至今猶發人深省。他的許多獨創論述都屬經典之作，更由於精湛的臨床描述，得一讀再

齊格蒙・佛洛依德（Sigmund Freud）

讀。佛洛依德不能取信於我們的，不是他對精神診療現象的描述，而是在於他依據幼兒期的經驗及幻想而做的因果解釋。

精神分析最基本的假說，有一些其實與臨床的客觀觀察無關，只是一般都還沒有充分明白這一點，如同已探討的古魯的啟示，這些假說都來自純主觀的感受，而且都出現在身心交瘁的一段時期之後，亦即，在佛洛依德的「創造性疾病」之後。戀母情結及夢的理論都是佛洛依德自體分析的成果。誠如艾倫伯格指出：

> 在約莫六年的這一段期間（一八九四—九九），有四件事在佛洛依德的生活中交織難分：他與弗利斯的密切往來，神經官能的障礙，他的自體分析，以及他對精神分析基本原則的苦心經營。〈3〉

在這幾年裡，他與第一位合作的同事布洛依爾（Josef Breuer）決裂。他還著手寫〈科學化的心理學提綱〉，試圖連結心理機制和神經機制，但隨即罷手。他一再出現心律不整、呼吸短促的現象，心裡有疑慮困擾著，間或深信自己即將有重大的發現。他無時不在深思神經官能症的問題。由他寫給弗利斯的信裡，我們知道他的精神一再受到折磨。他父親在一八九六年十月去世，使他更加沮喪、消沈。

出版於一八九九年十一月的《夢的解析》，比其他任何一本書都更能為佛洛依德的「啟示」加持，也表示他已從創造性疾病中恢復了。他深信自己真的發現了一套新的心靈理論。佛洛依德的傳記作者蓋伊（Peter Gay）說：「到了《夢的解析》出版的一八九九年底，精神分析的原則就已底定。」〈4〉但是，這些原則很少基於臨床的觀察，更多的是出於佛洛依德主觀的經驗及他自己的夢。他自己記述了夢理論的主觀發想。一八九五年七月，佛洛依德客居維也納城外的「貝維爾之家」（療養院）期間，做了那個有名的夢，「伊兒瑪的注射」。這個名夢引發了許多討論的文章，也出現在《夢的解析》一書裡。關於這種種，我們在這裡只需要知道的是，佛洛依德把這個夢解釋為他企圖證明自己沒有對病人做錯誤的處置，由此而得到結論：夢表示願望的實現。他在一九〇〇年再度來到「貝維爾之家」時，寫信給友人弗利斯：

你想，有朝一日，這房子會不會立個石碑呢？上面寫著：一八九五年七月二十四日，就在這裡，夢的秘密被齊格蒙．佛洛依德醫師知道了。〈5〉

佛洛依德在其創造性的疾病之後，就深信自己的確發現了一套新的心靈理論。他依然相信《夢的解析》包含了他最寶貴的識見。就因為許多想法都源於佛洛依德的自我分析，他才確信這些都站得住腳。譬如他寫信給弗利斯說：

有一個放諸四海皆準的想法開始明朗了起來。我曾發覺我也戀著母親、嫉妒父親，現在卻認為這是普世皆有的幼兒期現象。〈6〉

戀母情結就如此這般的成為精神分析理論的基石！

我們已注意到，從自身經驗引出通則，是古魯的一個特性。佛洛依德就是典型的例子。誠如布洛依爾給佛瑞爾（Auguste Forel）的信裡說的：

佛洛依德這個人，凡事都要求絕對的、獨一無二的公式：這是一種精神需求，而依我之見，這需求會導致以偏概全。〈7〉

佛洛依德的夢理論正是這樣的例子。他說，夢，除了極少數的例外，就是以偽裝的、幻覺的方式滿足幼兒期那種被壓抑的性慾。儘管有大量與之相反的證據，佛洛依德仍然固持這個理論，而且還用許多極其巧妙的詮釋作佐證。有充分的證據顯示夢境變化萬千、各色各樣，但佛洛依德一旦提出一個理論，就堅信不移，完全不為他人的批評所動。我們又看到了，這是信仰體系，不是可證明真偽的科學理論。

佛洛依德原本認為歇斯底里是幼年初期早熟的性經驗所致，還認為這是父親、母親或其他成年人誘奸的結果。他在〈歇斯底里病因研究〉一文裡說，以十八個病例為依據，

我們不論是在哪一個病例上或哪一個症狀上意見分歧，到最後，我們都不會走錯路，都會來到性經驗這個範圍。〈8〉

這是佛洛依德最後一次設法在病因研究上提出統計數字，而且連這個實例，都沒有對照組。此外，沒有證據顯示這些病例的任何一個已完成分析，或任何一位病患真的痊癒。

佛洛依德更進一步說：

我因此提出這個論點：歇斯底里的每一個病例，其根源都在於「一次或多次早熟的性經驗」；這雖然發生於幼兒期之初，但事隔數十年，仍可經由精神分析使之再現。我相信這是一項重大的發現，在神經病理裡找到了「尼羅河之源」。〈9〉

他認為壓抑這些事情，成年之後就無法獲得正常的性生活，不過，精神分析可以把創傷事件帶回意識層面，使患者宣洩事件連帶的情緒，從而清除有害的影響。

會出現歇斯底里症狀，其實有各式各樣的原因。其中之一是，必須逃避窘境。第一次世界大戰期間，長期處於戰壕緊張狀態的士兵，有時會出現麻痺、眼盲，或其他未發現器質性病源但暫離前線就會出現的病症。性創傷不是引發歇斯底里症狀唯一的一種創傷，但佛洛依德卻把性慾視為精神分析理論的關鍵，忽略了其他因素。就因為佛洛依德堅持性慾是「每一個」歇斯底里病例的致病因素，他與布洛依爾的合作關係才會走到盡頭。

佛洛依德後來也漸漸相信最初的理論不對，認為歇斯底里的病例，不是全部都能以幼兒期之初的實際誘奸作解釋。雖然他明白這樣的誘奸確實會發生，還可能造成長期的傷害，卻不相信他愈來愈多的病人，每一位都曾有這樣的創傷。再者，他注意到他的弟妹呈現歇斯底里的某些症狀。若實際誘奸是病因，佛洛依德恐怕得牽連到他自己的父親，而他又確信他父親不會這麼做。他特別花很長的時間做自體分析，才建構了令他滿意的替代理論。隨著兒時的記憶浮現，他愈來愈意識到他自己早年的性幻想，由此而下結論：神經官能的症狀與幻想比較有關連，不太涉及實際的事件。

佛洛依德最初的目標，是要比照身體疾病的醫療，使精神分析成為被接受的治療方式。他相信他已發現神經官能症狀的起因及消除這些症狀的技術。放棄誘奸理論之後，他斷定，會被壓抑的，往往就是以幻想形式呈現的本能衝動。若能幫助病人克服因壓抑而起的障礙，喚起最初的幼兒性衝動，這些障礙就會被帶到意識面、被發泄，從而打通先前受阻的性成熟之路。一旦達到這個目標，神經官能症必然隨之消失，因為，依佛洛依德之見，所有的神經官能症都是幼兒性衝動的間接表現，而成熟的性滿足與神經官能症又互不相容。

佛洛依德這個原創模式若所言不虛，精神分析就會如同其他的醫學或外科技術，有人教授、有人學習，而分析師也就一直是超然、訓練有素的醫者，只需要觀察病患的行為、解析病患的溝通言詞。這個希望始終沒有實現，原因有三。第一，最初，令佛洛依德懊惱的是，他碰到了情感轉移的現象。他雖然盡量堅守他偏愛的「登山嚮導」角色，但他發現病人無不把他當作父親、理想情人，甚或救星。他的病人根本不是要神經官能的症狀消失，他們要的是他對他們個人的瞭解、賞識，要他的關懷，甚至要他的愛。

其次，隨著精神分析理論的開展，佛洛依德把這張網愈撒愈廣，竟而包羅藝術、文學、宗教、幽默及人類學。換句話說，精神分析變成一門籠統的心理學，聲稱能解釋神經症，也能解釋正常人的狀況，而且還可用於人類的整個文明。

第三，求助於精神分析治療的病人類型變了。佛洛依德早期的許多病人都患有如今已罕見的一種歇斯底里症；還有些病人患的是症狀明確的強迫症，都有強迫性的習慣或想法。隨著精神分析的確立，心理健全和心理病態的界線逐漸模糊，於是，愈來愈多病人向精神分析師請教所謂的「生活的問題」，譬如人際關係的障礙、對生活普遍的不滿。有些分析師相信不論男女，若要發揮潛能，人人都必須被分析。對許多自願躺在長榻上的人而言，精神分析不再是消除神經官能症狀的技術。精神分析已經成為解明人生、賦予人生意義的一種方式。

最初，佛洛依德完全不考慮精神分析成為宗教替代的問題，因為他本人厭棄宗教信仰，斥之為偽裝的幼兒渴望——渴望有父親的保護——還說宗教儀式是日常的自衛方法，避免不可取的本能威力侵犯自我。依佛洛依德之見，宗教只不過是一種普世的強迫性神經官能症。他的《一個錯覺的未來》一書的最後一句是：

> 不，我們的科學絕非錯覺。但是，若以為科學不能給的，就能在別的地方得到——這才是錯覺。〈10〉

然而，佛洛依德對精神分析的信仰遠非任何科學證據所能證實。他在一九一三年五月寫信給門徒弗仁齊說，「我們擁有真理；十五年前（當時他正在寫《夢的解析》）就如此

確信，如今依然確信如此。」〈11〉

雖然佛洛依德不斷表示精神分析是一門科學，但精神分析逐漸變成更近似世俗信仰的一種運動，不像是一套科學理論。事情的演變雖令人遺憾，但或許也勢所必然吧：看似涵蓋人類生活這麼多層面的一個理論，竟會變成一種生活方式，而始創此一理論的佛洛依德竟被視為知道如何生活、教人如何生活的人，被視為一位古魯，而非僅是一位醫師。不過，扮演這樣的角色，佛洛依德當然也不以為忤。

若把佛洛依德與我們已討論的古魯作比較，我們可以說，佛洛依德在童年及青春期並不那麼孤僻。但是，他坦承對大多數同輩感到厭煩，只與一、兩位密友打交道。其中一位，希爾伯斯坦（Eduard Silberstein），是佛洛依德在十四、五歲時認識的羅馬尼亞青年。他們一起學西班牙文，還組成一種有通關密語的兩人秘密會社。佛洛依德與希爾伯斯坦的情誼，是他最接近雙方對等的一段關係。然而，誠如傳記作者葛洛絲寇兒（Philis Grosskurth）指出，「顯然，佛洛依德覺得寫信比見面重要。」〈12〉佛洛依德認為每星期一次的書信往返，各述近況，會比碰面更深知彼此。希爾伯斯坦承認自己迷戀一個女孩，佛洛依德認為她不如他，大感嫉妒。希爾伯斯坦後來結婚了，妻子嚴重憂鬱，他把她交給佛洛依德治療。我們不清楚佛洛依德是否真的見到了希爾伯斯坦的妻子，但是一八九一年五月十四日，她從佛洛依德的診所樓梯井跳樓自殺。

另一位密友是弗利斯（Wilhelm Fliess），也就是收到佛洛依德那一系列名信的人；這些信件明白道出了精神分析的歷史。弗利斯比佛洛依德稍年輕，但佛洛依德看重他，奉之為楷模，有時還把他奉承得令人難為情。弗利斯在柏林當外科醫師、佛洛依德住在維也納時，他們主要是以書信保持聯絡。後來，佛洛依德逐漸不再依賴弗利斯，他們的友誼也在一九〇二年初結束。佛洛依德在這一段情誼裡受虐狂似的低姿態，與他後來面對門生和信徒的那種支配威權，恰是天壤之別。佛洛依德就像其他古魯，很難有對等的人際關係。他的《自傳．研究》裡，幾乎都在寫精神分析的發展，對於他個人的生活或人際關係甚少著墨。這倒真的別有趣味、文如其人。

佛洛依德也如其他古魯，不容批評。他認為與他意見不一就是與他為敵。維也納精神分析學會始終由他主導，他也一直與其他會員保持距離，維持他的至尊地位。連他最初、最忠於他的信者，都只能稱他為大師，不能自居為他的友人。

佛洛依德一生曾多次更改他的看法，但這些改變始終都出於他本人的新識見，不是別人的評論所致。佛洛依德這個圈子最初的許多成員，都因精神分析理論上的枝節之爭而自行退出，或被視為異端而除名。這種現象似乎不是科學上的意見不一，倒像是一個教會裡的教義爭論。科學上有歧見，的確令人不快，但很少涉及人格謀殺，像佛洛依德對後來持有異議的信徒口出惡言的情形也很罕見。佛洛依德固執己見又不容異己，許多同事紛紛背離精神分析運動；先是阿德勒、史德克、容格，最後是蘭克及弗仁齊。同事還是忠誠的信徒時，他給予讚許；但他們有異議時，他就毀謗他們或說他們精神有病。佛洛依德說阿德勒是妄想狂，說史德克卑鄙、令人受不了，說容格蠻橫、假道學。精神分析愈來愈像一個教派，佛洛依德還用「異教徒」一詞稱呼離他而去的人。

佛洛依德斥宗教為錯覺，但他堅信自己是對的；這其實就是信仰，不是理性。文史學者韋伯斯特（Richard Webster）說得貼切：

佛洛依德在精神分析運動的領袖地位，很值得注意的是，他很顯然不相信任何一類的超自然造物主，但是信仰造物主的領袖所用的策略，他幾乎照單全收。實際上，他把他自己的理論當作上帝賜予他個人的啟示，也要求別人通常怎麼尊崇聖典，就怎麼敬重他的理論。〈13〉

佛洛依德本人或許已注意到如此堅持信徒無異議接受古魯的中心思想，證明古魯心底暗藏著疑慮，只是他沒有覺察自己也如出一轍。我們說過，正如信徒需要古魯的領導，古魯也需要信徒的再保證或加持。

佛洛依德對容格的背棄，當然深感痛心，不過，他稍感安慰的是，瓊斯（Ernest

Jones）和弗仁齊建議成立一個由真正信從的人組成的秘密委員會，藉以保護佛洛依德並保留他的理論。委員會的成員都是特別可靠的人，包括亞伯拉罕（Karl Abraham）、艾廷根（Max Eitingon）、瓊斯、札何（Hanns Sachs）、弗仁齊和蘭克，不過，如先前說的，末兩位最後也都出走。

佛洛依德像其他古魯，具有相當的奇力斯馬（人格魅力），原因在於他自信是對的那股確定感。他的觀念會開始普及西方世界，部分原因就在於他文采口才兼具。佛洛依德還在求學時，他的文學風格就已受賞識，還在一九三〇年獲頒歌德文學獎。即使透過翻譯，佛洛依德的著述讀起來依然引人入勝。他善於說服；一來因為他努力卸除評論者可能的武裝，二來因為他提出的結論都是唯一合理的事實演繹。佛洛依德用他的文學技巧哄讀者，讓他的結論顯得比實際上的更合理。

佛洛依德的演說同樣讓人心服。他不蠱惑、不煽動，但他能言善道，能不看筆記，對著一群聽得入迷的聽眾一口氣連說四個小時。他不會慷慨陳詞，而是說得緩慢、清晰、有力。他往往會在演講當中停下來，請聽眾發問。《引論講座》是他在維也納大學的三個系列演講，隨後也出版成冊，名列他最暢銷的作品。佛洛依德的傳記作者蓋伊很欽佩佛洛依德的服眾能力，他寫道：

這些演講循序漸進，巧妙地引人入彀：佛洛依德先從口誤、筆誤等小失誤說起，透過日常生活一些普通的、蠻有趣的事，向聽眾介紹精神分析的觀念；接著一邊說著人人都熟悉的另一種心理經驗—夢，一邊步步為營地慢慢走出純常識的領域。〈14〉

我們已看到，佛洛依德展現了許多典型的古魯特質，但幾乎沒有那些腐敗或令人不敢恭維之事。他向負擔得起的人收取高費，對貧困的人卻不計較。他本人生活儉樸；除了熱心收集古董小雕像，看不出他有奢華的品味或私聚錢財。但是，為精神分析運動籌措資金，或許就是另一回事了。評論家克魯茲（Frederick Crews）曾提起一件令人不苟同的陳年往事，說佛洛依德曾向一位同事表示他應當開始設法和妻子離婚，然後再娶一位能繼承大筆財富的女人，把她的一些錢用在精神分析基金會。〈15〉不過，佛洛依德在這封信裡提及此事時，語氣調侃、諧謔，所以不好太過解讀。

佛洛依德雖確信、固持自己的理論，但與我們討論過的某些古魯不同的是，他沒有呈現妄想或幻覺等精神病症狀。他有時候或許太強調反猶太主義，因而遲遲無法升遷，還危及精神分析運動，但我們不能據此就斷定他嚴重偏執。反猶情緒在維也納一直都存在，到了十九世紀後半葉更明顯高漲。在佛洛依德進大學的一八七三年，股市一度崩盤，而猶太人就被視為罪魁禍首。卡爾・勒格（Karl Lueger）在一八九七年當上維也納市長，反猶太正是他競選的一個訴求。希特勒在一九三八年揮軍進入維也納時，他那一班最作惡多端的反猶人馬裡，就有維也納的納粹黨人。

佛洛依德為了升等，有時也不免找以前的病人幫忙。龔培爾夫人（Elise Gomperz）及費爾斯特男爵夫人（Baroness Marie von Ferstel）兩個人出面到教育部為佛洛依德陳情，希望他能升為助理教授，那是他被拒多年的一個職位。伯爵夫人提供一幅畫給部長打算興建的一座美術館，算是謝禮吧。〈16〉

佛洛依德是否與他的小姨子有過一段情，外人並不清楚，但就我所知，沒有跡象顯示他曾濫用職權而勾引病人或精神分析的同事。他確實心儀露・安德里亞・莎樂美（Lou Andreas Salomé，一八六一——一九三七；俄國將軍之女，母親是德國人，嫁給Friedrich Karl-Andreas為妻；是尼采和詩人里爾克的繆斯）——誰不呢？——但直到一九一一年才與她見面，當時她五十歲，他五十五歲。他在工作室裡掛著她的畫像，與她長期書信往返。依我們所知的佛洛依德、依他的個性，他不大可能會有活躍的婚外情。他白天忙著看病，夜裡又寫到很晚。

雖然佛洛依德的許多看法缺乏根據，但是他對我們思考自我的態度所造成的影響，總的來說，還是很有助益。精神分析讓人對於不合常情的行為能較寬容，也讓人不再那麼道貌岸然。佛洛依德面對受苦的人，是長時傾聽，不是給予命令或勸告；這種方式已是現代大多數心理治療的基本觀念，對病人、對治療師都有幫助。但是，佛洛依德被奉為古魯，精神分析也變成一種生活方式——這樣的演變造成許多很不可取、我們至今仍深受其害的後果。

從一九三〇年代一直到一九五〇年代，精神分析師認為自己受過培訓，因而對人性有獨到的識見；沒有被分析過的人，永遠也不瞭解人性。受過精神分析的訓練，才能儕身於聲稱學識、地位都高人一等的菁英圈。若有人質疑精神分析的理論或作法，就說這些人被分析得不夠充分。執念加上不容異說，大西洋兩岸的精神分析學會或組織免不了內訌、派系分立，各擁「真理」、唇槍舌戰，情況一如宗教運動的紛爭。佛洛依德其實像是彌賽亞，只是許多人有所不知，而他的信徒也淪為執迷狂熱之徒。

許多精神分析師堅信他們的智慧與識見高人一等，於是漸漸如他們的師父佛洛依德，不能容忍看法不同的人，包括自己的同事。英國精神分析學會裡，正統佛洛依德派及克萊恩信徒之間的爭執，既荒唐又令人痛心。理當是老成、明理的人，都自稱對人性特別瞭解，也都自認為有能力幫助別人解決情感的問題，卻因為對精神分析的學說有爭論，就相互詆毀，把整個學會弄得分崩離析。這爭執的緣由在外人看來可笑極了，好比西元四世紀導致基督教分裂的阿里烏爭議：神學家阿里烏（Arius）持同質異體論

（homoiousia，耶穌與上帝只是本質類似，但並不同體），對抗另一派的同質同體論（homoousia，耶穌與上帝同體）；僅一個 i 之差，阿里烏最後就被流放他鄉。

成為精神分析師，令人遺憾的一點是，往往與常人的世界漸行漸遠；以前是這樣，今天可能依然如此。美國記者作家瑪爾康（Janet Malcohm）這樣描述一位移民紐約的精神分析師：

> 她的整個生活都與精神分析有關：白天看病人，晚上參加學會的會議。與先生外出用餐，在座的都是分析師；在家宴客，來客也都是分析師。別人都疏遠了，她說。「外面的人」不用分析師的角度看事情，於是她跟外人愈來愈沒有話說。〈17〉

所有的小圈圈團體都會陷入這種險境。正如信徒鞏固了古魯對自己、對其使命的信念，信徒之間也相互鞏固信仰及忠誠。小圈圈團體變成相互分保的保險體制，每一位信徒都能進一步確認自己對生命有一般人不得而知的獨特識見。

精神分析既已變成一種信仰，不是一種醫療方式，於是不分青紅皂白、不論有無成效，就用於所有的精神病症。由於不能冒險讓「真理」遭受嚴謹的評估，「徹底分析」

所需的時間因此愈來愈長。大家都知道強迫症患者若有錢，就會不斷地去分析，因為他們是在尋求永遠不可能達到的完美。這樣的患者長期提供分析師固定的收入，難怪分析師會分析了再分析，哪怕成效微乎其微，也能一做就是十年、十年以上。另有些精神分析師專門治療佛洛依德會拒收的精神病患。早在一九〇四年，佛洛依德就特別勸告分析師，病患要有某種程度的正常表現，而且是可與病態區分的表現，才可收治。大多數精神病都不是這個樣子。比較不空談理論的治療方式加上藥物，確實對精神分裂症及躁鬱症的患者有幫助，但是，精神分析師長期單靠佛洛依德的精神分析就想治好精神病，結果卻成效不彰，有些精神科醫師還認為這是醫療失職。造成這些弊病的直接原因就是把精神分析奉為信仰，不再視之為可受批評、可修正，或可被更好的方法取代的一種治病方式。

精神分析在美國特別受到熱烈的歡迎。隨著逃避納粹的中歐難民移居美國，精神分析的地位大為提高，成為精神醫學的一則信條。曾有一段時期，滿懷抱負的精神科醫師如果沒有受訓成為精神分析師，如果沒有一個經認可的精神分析學會為他掛保證，他就很難擔任要職。後來，精神分析幾乎徹底被推翻，受支持的是生物精神醫學的觀點——精神疾病取決於腦部的機能障礙——整個事態就此完全逆轉。佛洛依德的精神分析既然這麼不可置信，任何一種心理治療也往往就被低估了。開藥方容易學，但開藥方絕不可能完全取代心理治療。在培訓精神科醫師的過程裡，小孩連同洗澡水一起被倒掉了，精華連同糟粕一起被扔棄了。這是精神分析變成一套信仰之後的另一惡果，因為精神分析應該是一種探索、發現的方法。

教我們如何傾聽的，是佛洛依德，而且如我說過的，他長時間專注於患者的問題，這種作法給許多不採納精神分析原始學說的心理治療方式極有益的影響。精神有病的人、情緒極緊張的人，不論是否需要藥物，都需要被理解、被接納。精神分析師懂得傾聽卻不下判斷，接納卻不給予指令、不直言相勸，保持既客觀又同情的態度。有些不是精神分析師的古魯，譬如葛吉耶夫，似乎就是用這種態度面對求助的信徒。精神分析的興衰始末，讓我們更瞭解那些需要古魯的人。

許多做過精神分析的病人並沒有因此而消除所有的症狀，沒有因此而接受精神分析對那些症狀的解析。不過，許多人儘管「沒治好」，仍執意做分析。我想，原因在於精神分析的過程提供了日常社交裡難得有的寶貴經驗。首先，單純談論個人的問題而極少被打斷，會使這些問題變得客觀、具體，也就比較容易解決。做過分析的人，幾乎每一個都對自己更瞭解，因為談話會釐清問題。詳細寫日記，可說是有同樣的功效，我當然也認為日記能促進內省。但是，寫日記不能讓受苦的病人感受到個人被接納，分析的經驗卻能適時給人接納感。許多尋求分析的人覺得自己這副德性從未被接納、被重視。在某些人看來，發現還有人願意聽他們說、願意就近認識他們，之後仍不排斥他們，這就是啟示。

佛洛依德自以為提供的與他實際上提供的，兩者相去甚遠。他認為他已經知道如何解釋神經官能症，也已經找到治療的方法。但是，他親手治療且詳盡描述的四個病例中，只有一位可說是治癒，而且我們並沒有長期追蹤這一位病人（「鼠人」）的狀況。〈18〉他真正提供的，是長期不斷的、寬容的關懷，這種視病態度本身就有療效。所謂的「狼人」病例，就是一個明證。佛洛依德在一九一〇年初見這一位病人並給予治療，直到一九一四年七月。病人後來回診，由佛洛依德從一九一九年十一月治療到一九二〇年二月，其後至少又經過四位精神分析師的治療。這位病人在八十多歲接受一系列訪談時透露，他其實不同意佛洛依德對他的病因所做的因果解析，還貼切地稱之為牽強。他覺得可貴的是佛洛依德本人對他的關心。「狼人」在佛洛依德的初次療程之後，狀況會大為好轉，完全不在於佛洛依德重建了他想像中的幼兒期性慾，而是由於他在佛洛依德身上找到了體恤的、可仰賴的父親意象。

佛洛依德的《精神分析引論新講》的最後一講，標題是〈人生觀的問題〉。這是引人入勝的作品，努力在說服我們，要我們相信精神分析是科學裡一個專門的分科，其中納入符合科學的宇宙觀，因此相當不適合自成一種「人生觀」。佛洛依德表明，科學堅持的是，用智力徹底檢驗細心觀測而得的資料——也就是我們說的研究——而且絕不根據啟示、直覺或預言進行研究。宇宙的知識就是這樣做的結果；除此之外，別無他途。〈19〉

佛洛依德說得完全正確，但如我們所知，啟示，在佛洛依德起初的理論表述裡佔著很重的分量。他又說，精神分析已經把科學研究擴及精神領域：這是缺乏事實根據的說法。他接著指出，馬克斯主義原本是社會科學，但已發展成一種「人生觀」。

對馬克斯主義的理論，不容有任何批判性的檢視；懷疑其正確性，就要受懲罰，猶如昔日的異教徒被天主教教會懲罰。馬克斯的著述已經取代聖經和可蘭經，成為啟示的源泉，不過，這些作品似乎與較舊的那些聖典一樣，不乏矛盾之說及語焉不詳之言。〈20〉

若把這一段引述裡的「馬克斯主義的理論」換成「精神分析」，把「馬克斯」換成「佛洛依德」，簡直就是精神分析運動的寫照，尤其是早期的情況，只是，佛洛依德不見及此。

佛洛依德看似不願當古魯，實則顯現了古魯的本色。就如其他古魯，佛洛依德留給後世的，褒貶不一、良莠並存。他善於創新、機智靈敏。他是照耀人類心靈的一盞燈，雖不似信徒說的那般明亮，卻讓人看見人類行為某些陰暗的角落，使人能更寬容，使心理治療的技術更進步，也使我們能用完全不同的眼光打量我們自身的所作所為。二十世紀的人要向佛洛依德鞠躬致謝。

第七章

耶穌會・耶穌

依納爵・羅耀拉（Ignatius of Loyola）創立耶穌會，被羅馬天主教會尊為史上的一大聖人。就本書的內容而言，特別值得關注的是他患了什麼創造性疾病，病後又得了什麼啟示，才會由一位貴紳變為心靈導師。雖然魯道夫・史坦納聲稱他的宇宙觀是以「各各他的奧祕」為主旨，但他稱不上是正統基督徒。相較之下，依納爵卻能把本身轉意歸主的歷程及啟示融入天主教教義的架構裡，不過，宗教法庭當初也有一點懷疑他的主張。依納爵終其一生不斷碰到的許多經驗或感受，若是由一個社會功能有障礙的人說出口，一定會被精神科醫師解析為精神病的徵候，但依納爵卻是基督教史上的一位領導長才。今天，耶穌會是世界上最大的男性修道會，擁有兩萬六千名會士。

〈1〉

依尼哥・羅耀拉（即依納爵・羅耀拉）是貴族，是（西班牙北部）巴斯克地區一個古老家族之後；這個家族可上溯至十三世紀，世居於基普斯克阿省。他的生辰不確知，但可能在一四九一年出生於羅耀拉家族的老宅邸。他母親在此之前已生了九個孩子，很可能在生下他不久就死了。一四九二年，（西班牙南部的）格拉納達再度被攻克，摩爾人也終於被逐出西班牙。依尼哥在一五〇七年，父親去世之後，就被送往奎拉爾家居住；奎拉爾是卡斯蒂利亞女王伊莎貝拉一世的財務總管。少年依尼哥在此接受侍臣及軍人的專門訓練。據說他愈來愈有野心、愛慕虛榮，也很有膽量；是崇尚武功的劍客，是周旋於女人之間的風流男子，好決鬥又愛賭博。

奎拉爾在一五一七年去世之後，遺孀貝拉絲柯為依尼哥在納瓦拉總督那赫拉公爵的家謀得一個職位。納瓦拉省位處西班牙、法國邊境，是兵戎相見之地。斐迪南二世在一五五二年併吞這個省，並在旁普洛那建築要塞，這個城市因此變成攻省的勝敗關鍵。在法國的弗蘭西斯一世入侵之後，依尼哥奉命前去保衛這個城市。雖然地方官都已同意棄城，但整個要塞仍完好無損，於是依尼哥說服駐軍抗敵護城，希望最後能有援軍到來。一五二一年五月二十三日或二十四日，依尼哥受了重傷。一顆砲彈從他的兩腿之間穿過，重創了右腿，撕裂了左腿肉。經過六個小時的炮戰之後，法國人攻下這個要塞。法國醫師盡力醫治依尼哥，但拖延了大約九天之後，他才被人用擔架運送到他姊姊在安素歐拉的住處，接著在六月中旬過後不久，又從這裡到達羅耀拉家族老宅。

雖然法國醫師已用仁心仁術為他做了治療，但西班牙的外科醫師斷定他右腳的骨頭必須再打斷、重整，才能修復得令人滿意。他無比堅忍地撐過這極痛苦的手術，但事後卻危急瀕死，有人還建議他做臨終告解。他向聖彼得禱告之後，病情突然好轉，不久就脫離險境。他的腳骨是接合了，但留下一個不好看的隆凸，使他不能穿精雅的貴紳靴子。雖然他知道要鋸掉這塊凸骨得忍受前所未有的痛，但他還是懇求醫師將之除去。他的傳記作者都指出，為美觀而要求動手術，顯示他仍有男性的傲氣，但也都稱讚他有勇

依納爵．羅耀拉（Ignatius of Loyola）

氣默默承受第三次手術及隨後痛苦的牽引術。依尼哥不能走路，不得不在床上待了數個星期。直到一五二二年二月，雙腿才康復得讓他得以離開家族老宅，但此時的他，也還是一瘸一拐的，有點畸形。

把自尊建立在體魄、體能及耐力上的男人，不論是否風流自許又勇於求歡，都明白這種致殘的創傷是多麼令人沮喪、令人恐慌。精神科醫師常見運動員因病因傷或提早退休而身心交瘁。有些人從此一蹶不振，最後喝酒成癮；有些人則另謀他就，當記者、當評論或從商。徹底改變身分，需要時間、決心及相當強硬的性格。羅耀拉的依尼哥變成耶穌會的創始人依納爵，發端於他終日不得動彈而失志喪氣：這種創造性疾病是外在的不幸所致，不是油然發自內在。

在漫長的康復期間，依尼哥大都在出神遐思。有一個一再出現的幻想與唐吉訶德的幻想類似：他要為一位出身高尚的貴婦效勞；他要衝鋒陷陣，贏得她的情愛並掙得自己的榮耀。但是，他也閱讀可以到手的書，其中有加爾都西會隱修士路多弗（**Ludolph of Saxony**）的《基督傳》，及義大利多明我會修道士佛拉吉內（**Jacopo de Voragine**）的《聖徒列傳》。〈2〉這些著述逐漸對他產生深邃的影響。他對某幾位聖徒的生涯很著迷，尤其是在沙漠中度過七十載的一位苦修隱士聖奧農弗里奧（St. Honofrio）。以及聖芳濟各（**St. Francis**）——與他自己一樣，早年追名逐利，但一場病讓他脫胎換骨，變成聖潔的先知。根據依尼哥的自述，他開始時而幻想自己變成聖芳濟各或聖多明我那樣的人，時而又做他常做的那個行俠仗義、縱情於聲色的白日夢。他漸漸相信他的世俗幻想來自魔鬼，聖靈的幻想來自上帝。就在這一段長時期四體不動而凝思冥想快結束之際，聖母馬利亞帶著小耶穌的幻象浮現，令他充滿喜悅，從而終止世間情愛的幻想。他自述從此再也不曾為肉體的誘惑苦惱。這個幻象使他不願再當英姿颯爽的貴紳，寧為苦修禁慾的聖徒，還懷著前往耶路撒冷朝聖的心願。

他終於能再走路之後，就踏出朝聖的第一步，前往巴塞隆納三十哩外，蒙塞拉特山上的隱修院。他在這裡褪下前半生象徵紳士的服飾與劍，像朝聖者那樣穿布衣、繫麻帶。他還與家人斷絕往來，在接下來的十年裡都不互通有無。他或許認為家庭關係會妨礙他對上帝的慕愛。耶穌其實早就立下這樣的先例。依尼哥向一位法國教士讓．夏農作了告解，三天之後就啟程前往蒙塞拉特山腳下的小鎮芒雷撒，從一五二二年三月停留到一五二三年二月。

在最初的幾個月裡，依尼哥的精神一直是快樂的，但接著，心情變了；從一五二二年七月持續到十月，他都處於嚴重憂鬱的狀況。這幾乎就是敏感體質的躁鬱症，才會出現極端的情緒交替，不過，情形也很可能是，他用粗暴的自懲方式補贖過往的罪愆，才驟然陷於憂鬱。他很多時候都獨自待在卡爾多內爾河畔的一塊凸岩上。他自己嚴禁飲食，健康情形愈來愈差。這幾個月的憂鬱形成了「靈魂的暗夜」，此時，他雖然每天禱告數個小時，卻覺得與上帝疏遠了，也一再有自殺的念頭。他睡不著覺，又飽受「良心不安」之苦：他一再強迫自己捫心自問，惟恐某一個罪被自己忽略了或未能懺悔。他讓自己餓了整整一個星期，希望上帝會憐憫他的苦楚。他也在這段期間得了膽結石，終生因而身受間歇性膽絞痛之苦。他已往以儀表自豪，如今卻仿效聖奧農弗里奧，指甲不修、髮長不剪。一五二二年秋的某一天，他被人發現昏迷在聖壇；他發高燒，需要人照料，隨後在冬天裡也反覆發燒。

然而，就在這一次發燒前不久，他才剛體驗一連串心靈啟示，似乎因而不再良心不安且走出憂鬱。這些經歷使他安詳、平靜，從此就一直保持這樣的心境。依他的敘述，他覺得他在三把鑰匙的圖案下方看見「聖三一」（即聖父、聖子、聖靈三位一體），而此一歷歷在目的景象讓他甚是寬慰、喜悅，忍不住掉了淚。他覺得「他清清楚楚看見那幅充滿上帝智慧的天地創造藍圖。」〈3〉又有一次，他在作彌撒時看見像白色光芒的東西從上方放射出來，覺得那是基督現身於聖禮。他在禱告時，好幾次看見一具白色的身影，認為那是人間基督。

這些幻覺經驗與絕食引發的病理狀態，兩者有多大的關連，也只能推測。有一個幻象在十五年之間一再出現：一條美麗、色彩鮮艷的蛇全身披覆著閃閃如眼的東西。起先他感到寬慰，但後來斷定這是魔鬼送來的。容格在〈論精神的本質〉一文裡討論依納爵幻象裡的原型意涵。〈4〉這樣的幻象確實會出現於躁鬱症。馬丁路德的憂鬱病程和依尼哥．羅耀拉的一樣嚴重，說不定發作得更頻繁；他也有興奮異常的狀況，期間會出現與宗教有關的幻象。依尼哥覺得這些幻象雖難以形容，卻對他有重大的影響，所以覺得一定要與人分享他的體悟。這個終於從芒雷撒的岩石中冒出頭的人已揚棄過往的生活方式，收斂感官的享受，克服名利之心，從而有了全新的目標。

這位轉意歸主、一心只想比苦行的聖徒更苦修的貴紳，如今就是奉獻自己、為他人服務。他現在不只是想要去耶路撒冷，還想要改變穆斯林的信仰。〈5〉

這種思過遷善的深切體驗造就了著名的《心靈修練》，天主教學者認為見解獨到、有深刻意涵且影響深遠的一本書。《心靈修練》是一本實用手冊，旨在協助信徒的心靈往救贖的目標前進，也能幫助個人在上帝的歷史藍圖裡找到立足之地。依納爵相信，將來某個時候，上帝的王國會被建立，而祂的所有子民也終會認清祂的至尊地位。神學家諾克斯（Ronald Knox）稱《修練》一書是「達到修練目的的空前利器。那個目的就是轉化靈魂，像是某種療程，使之從世俗、自私而終能堅定服從上帝的意旨及基督的信念。」

〈6〉羅耀拉的基本信念是，「人被創造，是為了要讚美、要崇敬、要服務上帝，我們的主，這樣才能拯救自己的靈魂。」〈7〉凡妨礙這個目標的，都要拋棄；能促進這個目標的，就要培養。依納爵要求信徒默想基督這個人，以他為榜樣而仿效，視之為典範而依順。五官並用，持之以恆地默想基督這個人，救世主的意象會愈來愈鮮明、真實，直到基督局部取代默想者的自我。最終目的是完全聽命於上帝的意旨，不再追求自我。

這種在想像中凝思的技法，有點類似史坦納認為能得到心靈感知的那種「專注的思考」。不過，這其實更接近容格的「主動的想像」，亦即，一個人刻意進入遐想的狀態，對著從潛意識浮現的人物說話，也仔細聽他們說，彷彿真有其人似的。這三種方式都是用來使內在的想像世界更真實、更有意涵。

《心靈修練》最後修訂版在一五三四年問世之後，四百多年來始終吸引學者、研究者的興趣。容格於一九三九年在蘇黎士的理工學院就這本書做了一系列演講，因為他認為他的個性化過程與羅耀拉的心靈發展，在觀念上相似。

由依尼哥蛻變而來的依納爵呈現不少前述的古魯似的性格。他的確自稱天賦異稟，能透視他的幻象而心領神會，不過，若被問及於此，他都謹慎不太多言。起初，教會領袖對他的中心思想有疑慮。宗教法庭在一五二六年進行調查，他也在一五二七年為此坐監四十二天，隨後又被多方查問。最後的裁定是，他的教義不是異端邪說，但是，他不曾研讀神學，又沒有大學學位，所以不准教學。既定體制對來勢洶洶的新興勢力總會有這種回應。

相較於某些古魯，依納爵雖幼年失恃，但有乳母的孩子一起玩，並不孤單。基於此，我們不能說依納爵像其他古魯，對別人的心理一無所知，從而堅信自己的想法人人適用。但是，他的確相信基督信仰是絕對的真，放諸四海皆為真，也認為自己對教義的說法確有獨到之處。本身是耶穌會會士的分析師麥斯納（William W. Meissner）以精神分析的方法為依納爵立傳，強調他自戀，受傷之前既驕傲又慕虛榮，好鬥又愛露鋒芒，而且要強好勝。這些根深柢固的人格特質在他受創之後雖有深刻的改變，但沒有消失。意氣風發的軍官依尼哥變成依納爵，是耶穌會的首任會長，是上帝特選的心靈英雄，在世間佈道、教誨、領導。

如同其他精神領袖，依納爵是身體病了一段時間，接著又嚴重憂鬱了一段時期之後，才有了全新的領悟。殊異其趣的是，這樣的改弦易轍主要是由於他閱讀有得，發憤改變自己。這是處心積慮的自我轉化；是意識上的天人交戰，不是潛意識裡的石破天驚。《心靈修練》正面攻擊這位貴紳的世俗欲望：要以謙卑消除野心；要用赤貧克服物慾；要鞭其身、餓其體，以抵擋色誘。軍人的好鬥性格並沒有消失，只是轉向攻擊另一個敵人——以前那個罪孽深重的自己。

依納爵無疑散發著奇力斯馬（人格魅力）。他的宣教能力據說不過爾爾，但私底下與人交談或與一小群人相處時，他表現的誠懇、坦率及堅定的信念，在在令人心悅誠服。他很受女士的歡迎；許多來自各階層的婦女都向他尋求心靈指導，而他似乎也為她們特別費心。有一些與他見面的人覺得他的自制力、他的確定感及衷心順服的態度使他可望不可及。或許「望而生畏」才是最恰當的形容詞。耶穌會在羅馬聖馬利亞大教堂附近的基督會堂成立時，他的信眾都視他為聖徒，他的話就是法律，他的一言一語都有神靈的啟示。〈8〉

依納爵要求自己完全順從他設想裡的神的意旨，必須抵擋所有感官的誘惑，必須放棄世俗的野心。但是他又進一步堅持絕對服從宗教高層人士，堅稱這些高層的權威直接來自上帝，所以他們必然反應了神的意旨。回顧歷代某些教皇的行為，實在難以理解有人會這樣相信。另外，連不信教的人往往也都認為貧窮和樸實能豐富精神生活，但是，現代新教徒覺得要放棄西方教育灌輸的自力更生、自主自決及自成見解等美德，的確難上加難。人類各個領域的知識之所以會有進展，都在於能批判既有的權威。

然而，依納爵對絕對服從的要求卻突顯了古魯特別吸引信眾，也被信徒拿來當護身符的一個特點：對強者百依百順，在某些人看來，是很難抗拒的想望，因為如此一來，就能卸責、不必置疑、無憂無慮。社會心理學家繆革蘭（Stanley Milgram）在《服從權威》一書裡記述他著名的實驗，其中顯示說服正常人加害別人是多麼容易，因為是上級叫他這麼做的。〈9〉我個人認為服從的意向是人類一個極邪惡的特性。〈10〉耶穌會的人卻不作如是觀。威廉·詹姆斯（William James）在《宗教經驗面面觀》裡引述耶穌會會士羅得利哥（Alfonso Rodriguez）之語：

> 隱修生活的一大慰藉是，我們只要服從，就保證不會犯錯。隱修院院長要你做這做那，或許會下錯命令，但你只要言聽計從，就絕對不會出錯，因為上帝只問你是否如命完成指令；你只要盡了本分，就完全免於究詰。〈11〉

許多受宗教法庭迫害的人一定悔不當初，原來服從高層在天主教會是這麼備受推崇。行刑者、集中營的守衛及一些犯下駭人暴行的人最常用的藉口就是，「我只是服從命令，盡我的職責」。

依納爵雖權力在握，但無論如何都說不上因權力而腐化。《心靈修練》對操練者有許多要求，但依納爵對自己的要求更甚於對信眾。他或許獨斷，甚至嚴苛，但他也能敏察別人的心理需求，又或許他本人曾歷經憂鬱，所以格外能撫慰沮喪或憂苦的心靈。據說他特別有本事安慰醫院的病人和監獄的囚犯。這也是他本身的經驗使然；他曾經有很長的一段時間臥病在床、行動不自由，因此能感同身受。依納爵長於組織，也擅於經營；他創立的耶穌會是永久性的宗教機構，同時也是個宣教佈道的組織，一心一意要把上帝的王國擴及全世界。

我先前說過，依納爵是易患躁鬱疾病的體質，在芒雷撒期間的憂鬱也嚴重到成為精神疾病的地步。那一場大病有部分是他當時自虐肉身所致，他隨後也斥之為過當。血糖低到一個程度，腦部就會出現異狀，心智也隨著受到影響。他可能因體質的關係，病後的情緒擺盪比一般的病例強烈，但我們不知道終其一生一再出現的幻象和幻聲是否如有些病例的情況，與情緒亢奮期或輕度躁症期有關。我們確實知道的是，社會適應不良的人若出現這些幻象和幻聲，就可能被精神科醫師視為精神病症，但依納爵原本就強勢的個性，反而因這些幻象、幻聲而更豐富、更堅實。

此外，依納爵也記述了一再出現的狂喜般的狀態；這是從宗教改革家馬丁路德到詩人華茲渥斯等各式各樣的人常描述的狀態。我們在稍後的章節會回頭討論這種啟發及合一的神祕體驗。由於信教和不信教的人都會有這樣的經驗，所以不一定要以宗教的觀點解析，但依納爵當然是著眼於信仰，而且還特別用「慰藉」一詞稱之，而這些經驗也的確是慰藉。狂喜的感受為時甚短，但生命的所有問題似乎都在這瞬間迎刃而解：**Eureka!** 有了！找到了。以依納爵來說，隨著這種感受而來的是涕泗縱橫，但這是信者或非信者在狂喜狀態裡常見的喜極而泣。狂喜的感受是「不請自來」的，亦即，單憑意志力做不到，雖然長時禱告和默想比較可能引發這種經驗。根據依納爵的一位同輩，依納爵曾說，「在他看來，若無慰藉，他無以為生，也就是說，他在生活中一定要感受到自己體內有不屬於他，也不可能屬於他，但完全仰賴上帝的某種東西。」〈12〉依納爵深覺這些珍貴的「慰藉」絕非意志力所能及，他寫道：

> 唯有上帝，才能毫無來由地給予慰藉，因為唯有造物主才能進入靈魂、離開靈魂，能影響靈魂，把靈魂整個領到聖主的愛裡。我說毫無來由的意思是，一顆靈魂用盡本身的心智和意志，也無法事先感覺或知道這些慰藉會來自何方。〈13〉

威廉．詹姆斯在《宗教經驗面面觀》裡舉出許多例子說明狂喜的神祕經驗，其中有一段出自巴托利—米歇爾（Bartoli-Michel）的依納爵生平記述。作者說，依納爵曾向一位聽他告解的神父說，「在芒雷撒冥思一個小時而參透的天機，勝過所有神學聖哲的傾囊相授。」〈14〉

依納爵確實曾經身心俱受重創；較不強健的人早就折損凋落，他卻懷著熱烈的信仰重生。信仰賦予他生命意義，激勵他成為一代宗師並開創一種普及世界的運動。依納爵領導有方、極擅組織、很有外交手腕。基督徒無疑相信依納爵找到了真理，而且真理使他恢復健康；非基督徒會認為他的疾病和復原就是其他古魯也經歷的典型模式。由於依納爵的信仰都不出基督教傳統的範圍，因此不可知論者或許困惑、或許羨慕，但不太可能如他們駁斥史坦納或葛吉耶夫的信仰那般，駁斥依納爵的信仰。古魯，不論瘋或不瘋，不論良善或邪惡，都會典型地，先是精神飽受折磨，隨後是非理性的豁然貫通。正常人會非理性到何種地步——存疑的不可知論者真的有所不知。

探討依納爵至此，我們且約略旁述他的主，耶穌基督。像我這種成長於基督信仰的人，很難客觀地看待耶穌，但有許多書有助於此，包括晚近卡本特（Humphrey Carpenter）、桑得斯（E. P. Sanders）、維爾梅旭（Geza Vermes）及威爾森（A. N. Wilson）的絕妙論述。把耶穌視為眾多古魯之一例，其實是強調他獨一無二的特質，尊之為救世主的人卻可能認為這是大不敬。但別忘了，耶穌不是基督徒。

前文曾略述大衛．科日許根據新約《啟示錄》而提出的末日啟示論。為了瞭解耶穌，我們得稍微認識基督教創立之前的末日啟示信仰。歷史學者諾曼．科恩（Norman Cohn）在《宇宙、混沌及未來的世界》一書裡，把末日啟示的信仰歸源於瑣羅亞斯德（即查拉圖斯特拉）。當代學者認為瑣羅亞斯德的生存年代是西元前一千五百年和西元前一千兩百年之間。〈15〉在瑣羅亞斯德出現之前，古埃及人、美索不達米亞人以及早期居住在印度河河谷的印度雅利安人，都相信諸神已經一舉創定了天地，從此不再改變。整個世界被視為一個動盪不安的地方；秩序總是有失序之虞，清平宇宙永遠面臨濁亂混沌的威脅。「戰鬥神話」述說神或諸神如何抵擋混亂勢力的攻擊，捍衛秩秩有序的天地，而且都已確定將發生於第三個千禧年。有些神話類似現代的科幻「恐怖電影」：張牙舞爪的巨獸要把人類趕盡殺絕。譬如蘇美爾地區的怪獸「刺布」是一條三百哩長、三十哩高的海龍，不時上岸進行破壞。雖然洪水、瘟疫或旱災可能暫時擾亂既定的秩序，但惡勢力總是不敵諸神。這些早期文明不相信這個世界會發生巨變，遑論變得完美。和平只在天堂裡；在人間盡了本分的人死後才能在天上享福。

接著，瑣羅亞斯德來了，聲明天地本來就只有一位神，胡臘瑪達。瑣羅亞斯德起初是伊朗傳統宗教的教士，後來也如以後的一些古魯，開始四處漫遊，與一些奇人先知為伍，最後以大澈大悟告終。

> 他在某一個時刻裡有了啟示，或者說，出現幻覺：當時他聽到大神胡臘瑪達的聲音，看到這位「智慧之王」四周有六個發光的身影。從此，他就覺得自己注定是一種信仰的神聖先知，而且那是迥異於傳統宗教的一種信仰。〈16〉

胡臘瑪達掌管天地間所有的善，包括宇宙整體秩序的本原，「阿洽」。與胡臘瑪達相抗衡的是惡靈昂革臘邁尤（Angra Mainyu，後來稱為阿利曼Ahriman），專事破壞，擁護虛偽與混亂的本原，「折革」。這兩種本原之間的角力就構成這個世界的過去、現在與未來。然而，瑣羅亞斯德的看法與早期的信仰完全不同：他認為這場角力不會永無止境，在未來某個時刻終將決出勝負。有了解決之後，和平與秩序將普及於世，永遠不再混亂騷動。新秩序就建立在人間，不必等到天上才有。正直的死者會以另一個軀體回到人間；所有的人類會形成單一的瑣羅亞斯德共同體，齊心敬拜胡臘瑪達。這個眾所熱切期盼的轉化被稱為「天地妙轉」：這是最早為人所知的「千禧年」預言。瑣羅亞斯德本人可能相信「天地妙轉」即將到來，但隨著幾個世紀過去，這個預言已經被修正，最終對決的日期也跟著延後。這並不表示新神話缺乏影響力。誠如科恩指出，世間可能出現善惡兩股勢力的對決——這其實是革命性的觀念，並不保守，而且特別投合貧苦弱勢者之所好，因為他們面對掠奪成性的威權及不時壓榨的強敵，總覺得無力反擊。馬克斯主義裡就可以見到這個信念的迴響。

耶穌很可能就相信善惡兩股勢力會有衝突且終會有解決，使上帝的王國也能「如在天上那般」，在人間建立。施洗約翰為耶穌施洗禮之後，耶穌就在曠野裡受到試探；那是善與惡的角力，是體力的考驗。耶穌再露面之後，就宣佈他的訊息，「天國近了，你們應當悔改。」〈17〉沒有人四十天不吃不喝還能活下來，四十這個數字可能是指以色列人出埃及之後在沙漠裡度過四十年。在曠野裡逗留，恰可視為「創造性疾病」的病期：因避隱獨處而逐漸引發內心的混亂與掙扎，過了這一段時期，衝突解決了，新的視野也隨之出現。

耶穌宣告上帝的王國即將建立，到底是什麼意思呢？他以為多快就會實現呢？這些問題長久以來一直眾說紛云。耶穌本人說王國將臨，不過他不確知何時出現。但是，要進入王國，必須立即悔改，也必須提高警覺。人子會在意想不到的時刻來臨，而且，依據路加福音，當時在聽他佈道的人，有些會見到王國之後才死。若說上帝的王國象徵人心內在精神的改變，不表示期待的外在事件，這很難被接受，不過，不難理解信仰基督的人寧取這種詮釋，不願承認耶穌的預言失準。看來，耶穌對末日啟示也持同樣的看法，認為上帝即將戰勝邪惡，上帝的王國在不久的將來就要建立。誠如桑得斯在〈王國降臨〉這一章裡寫的，「我們可以相當肯定的說，耶穌具有末世論的思想。」〈18〉

耶穌也預言王國降臨之前會有一段動盪不安的時期：會出現不實的預言，會出現飢荒、戰爭及地震。

那些日子的災難一過去，日頭就變黑了，月亮也不放光，眾星要從天上墜落，天勢都要震動。那時，人子的兆頭要顯在天上，地上的萬族都要哀哭；他們要看見人子，有能力，有大榮耀，駕著天上的雲降臨。他要差遣使者，用號筒的大聲，將他的選民，從四方，從天這邊，到天那邊，都招聚了來。〈19〉

耶穌被釘在十字架且傳聞死裡復活之後，門徒就堅信耶穌不久就會回到人間，建立他預言的王國。或許正因為這些早期的希望落空了，才需要對耶穌的生平及教義做前後一致的敘述。如果認為他不久就會回到人間，就不必做歷史的交代了。福音書可能是由無名氏創作於西元七〇年到九〇年之間，不過，有些學者相信馬可福音更早問世。〈20〉這些福音書一直到西元一百八十年才被視為馬太、馬可、路加及約翰的作品。

我們若能擺脫數個世紀以來關於基督的苦心推究，就看得出耶穌如其他古魯，曾經歷一段時期的內心衝突，隨後因獨特的心領神會而化解，他相信這領悟直接來自上帝，他的父。如桑得斯指出，耶穌是具有人格魅力且獨立自主的先知，他的權威來自本身堅定的信念——他確信自己親炙上帝。

然而，根據對觀福音書的敘述（對觀福音書是指內容、順序及陳述都類似的馬太福音、馬可福音及路加福音），耶穌先是讓施洗約翰為他施洗禮，但不太確定的是，他本人是否接受彌賽亞的角色，或者，此一頭銜對他有何意義。耶穌奇蹟地用餅和魚餵飽眾人，又治好瞎子伯賽大之後，就與門徒前往該撒利亞的村莊；途中他問門徒，「『人說我是誰？』他們說：『有人說是施洗的約翰；有人說是以利亞；又有人說是先知裡的一位。』又問他們說：『你們說我是誰？』彼得回答說：『你是彌賽亞。』」〈21〉耶穌沒有否認，但要門徒不要告訴人。後來，他還警告門徒要提防假冒救世主或先知的騙子。耶穌受審時，大祭司該亞法問他：「你是不是那被稱頌者之子彌賽亞？」根據馬可福音，耶穌答說：「我是，你們必看見人子坐在那權能者的右邊，駕著天上的雲降臨。」〈22〉根據路加福音，耶穌說他若說了，他們也不會相信。根據馬太福音，他把問題丟了回去。雖然猶太人傳統上都希望大衛後裔的彌賽亞會恢復以色列人的榮景，征服敵人，消滅外來勢力，重建耶和華殿並統治耶路撒冷，但是，大部分學者都不相信耶穌是以這個身分自居而做政治權的宣示。桑得斯認為耶穌或許不自以為是彌賽亞，但他自視更高，自認為是代理上帝行使權力的總督。

卡本特在精簡的《耶穌》一書裡深入探討耶穌以何者自居的問題。〈23〉如果我們斷定耶穌真的相信自己是上帝的代理，而且會駕著天上的雲回到人間，使榮耀普及於世；那麼，單就這一點而論，耶穌非常類似那些言談間表露誇大妄想的古魯。根據馬可福音，耶穌的家人因為人們說他瘋了，就想要照料他。他們設法要跟他說話，他卻不領情，說，「『誰是我的母親？誰是我的弟兄？』就四面觀看那圍坐著的人，說：『看哪，這就是我的母親，我的弟兄。凡遵行上帝旨意的人，就是我的弟兄姊妹和母親了。』」〈24〉今天的基督信徒要我們以家庭生活為念，耶穌卻不提倡此道。耶穌曾告訴門徒，為了對他忠誠，弟兄會背叛弟兄，父親會背叛孩子，子女會轉而與父母為敵、害死他們。「耶穌言外之意是，全心全意追尋上帝之王國的人，實質上是孤單的。」〈25〉我前面說過，古魯往往不太在乎家庭關係。

我們很難設想自己活在西元一世紀會持什麼信仰，但我們每一個人肯定都會宣稱自己具有那些現今會被視為妄想的信仰。評估耶穌的精神狀況，只會徒勞無功，理由有三。第一，我們無法在古往今來中穿梭；其次，福音書是在事件被描述之後，隔了許久，才零碎拼湊寫成的，前言不搭後語；第三，能否以信仰證明精神有病，得看時空背景。在二十世紀的英國，一個人若宣稱自己是上帝之子，會在死後駕著天上的雲榮耀地返回人間，就很可能需要精神治療，但是在早期的世代裡，這樣的說詞不足為奇。

從現有的證據看來，很可能是：耶穌曾歷經某種危機，曠野試探表明了這一點；他懷著新的感召再現身，呼籲眾人悔改，因為他已確信上帝的國度即將建立於人間；他相信他的死會為以色列人贖罪；他自視為聖者，會坐在上帝的右邊，審判人類。耶穌預言的世界末日並沒有實現，許多基督教神學家因這一點而苦於無法自圓其說；但即使如此，仍無損於耶穌的訓示內容。耶穌是他那個時代的人，正如我們活在我們這個時代。

縱使極富創造性的人，也不能完全跳脫時代的局限。

耶穌的訓示很值得稱道的，就是他著重內在。遵守猶太律法固然值得鼓勵，但表面的順服是不夠的。人必須先除去內在的邪念惡慾，才會真的懂得去愛敵人，懂得要人怎麼待自己、就怎麼對待別人。正因為強調內在的實質改變，才使得耶穌的訓示這麼崇高，不只是行為的守則而已。法利賽人和稅吏的比喻強調的是，一個行禮如儀的人若自以為正直，他的禮節和儀式就幾乎毫無意義。

有兩個人上殿裡去禱告；一個是法利賽人，一個是稅吏。法利賽人站著，禱告說，「上帝啊！我感謝你，我不像別人，勒索、不義、姦淫，也不像這個稅吏。我一個禮拜禁食兩次，都捐上十分之一。」那稅吏遠遠的站著，連舉目望天也不敢，只捶著胸說，「上帝啊！開恩可憐我這個罪人。」我告訴你們，這人回家去，比那人倒算為義了；因為凡自高的，必降為卑；自卑的，必升為高。〈26〉

耶穌還認為到殿裡禱告，往往流於虛偽。

你禱告的時候，要進你的內屋，關上門，對你在暗中的父禱告，你父在暗中察

看，必然報答你。〈27〉

耶穌像其他一些古魯，相信上帝給予他特殊的啟示。不過，他的要旨起初並非普用於所有人類。科恩強調，耶穌鮮少重視非猶太人，他的末日預言也只針對猶太人。〈28〉直到復活之說開始流傳之後，才出現早期的基督教會，基督教也才逐漸變成世界性宗教。

我們可以確定耶穌絕對相信他的新啟示。卡本特認為耶穌吸引人，並不只是他的道德訓示，還要歸功於他的奇蹟。依我之見，這未免低估了耶穌的奇力斯馬，即人格魅力。耶穌對別人的影響力，我們雖只有蛛絲馬跡可尋，卻足以顯示其風行草偃。耶穌召喚原名西門的漁夫彼得和他的弟兄安得烈，要他們跟隨他、要使他們得人如得魚，兩個人就立即捨了漁網漁船、別了父親而跟著走。馬太福音說，耶穌在山上對信徒做了訓示之後，「眾人都希奇他的教訓；因為他教訓他們，正像有權柄的人，不像他們的文士。」〈29〉權威，是古魯的一個重要屬性，能鞏固地位，但與人格魅力不盡相同。傳統的文士或教師擅於詮釋經文，又能旁徵博引；耶穌卻是誠於中、形於外，說的話都出於他堅定的信念。耶穌能展現權威，在於他確信自己是上帝的使者，同時又能憐憫貧者、弱者、病人及罪人。耶穌相信他是上帝特別挑選的；就這一點而言，他像其他古魯，是懷著優越感的菁英主義者。但是，他與三教九流都交往，所以不能說他反民主；

這樣一個用語就時代背景而言，也無甚意義。純粹的善很罕見；若遇見一個人，不在乎自己、只關懷別人，以貧苦弱勢為重、富貴權勢為輕，自然令人耳目一新、銘肌鏤骨。耶穌被釘在十字架上、痛苦地斷氣之後，據說主事的百夫長說，「這人真是上帝的兒子。」〈30〉維爾梅旭卻不以為然，認為那是「年代誤植的教堂告解用語」〈31〉：我倒曾天真地希望那是由衷地賞識單純的善。

我們知道，沒有人能權力在握而不腐化，性誘惑當前而不為所動。耶穌視財富為救贖的絆腳石，所以他不積財聚富。女人用淚水為他洗腳，用沒藥塗他的雙腳；他接受了這些服務，但沒有任何跡象顯示他利用權威剝削別人。耶穌既然深信上帝，他的父，直接對他說話，就沒有理由羅織一個神祕的背景或聲稱擁有其他祕傳的智識。

信徒有時會把古魯捧到一個可望不可及的地位。耶穌本人當然不知道他的訓示會是一種世界性宗教的濫觴，他的許多門徒，連同猶太及羅馬的當權者，想必都認為耶穌被釘在十字架，從此就與世長辭了。耶穌在十字架上大聲喊著：「我的上帝！我的上帝！為什麼離棄我？」〈32〉若真有其事，我們會納悶，不知他當時是想起《詩篇》第二十二篇的這個首句，還是對自居的上帝特使的身分起了懷疑。

耶穌的訊息既直接又簡單明瞭，後來的精神導師似乎少有人堪與比擬，但是也別忘了，我們可徵的資料實在少之又少。世間如果有耶穌生平的詳盡記載，有耶穌這個人的逼真肖象，基督教很可能就不會變成世界性宗教。我不是說，有了圖文佐證，耶穌就會顯得不正直或不可靠；我只是表明，一個人的個性若模糊不清，就比較容易被塑造成神話人物。神話多半來自我們自身的投射；確鑿的事實愈多，想像的空間就愈小。

福音書的敘述無論多麼相互矛盾，依然深植於我們的文化；即使我們視之為神話，不視之為歷史，我們的情感也免不了受其影響。雖然新約聖經完全沒有提及耶穌在馬廄裡出生，但馬槽裡那個嬰兒感動了我們大多數人。山上寶訓、最後的晚餐、猶大的背叛及耶穌釘死十字架的故事，都這麼耳熟能詳、這麼動人，我們根本無法客觀看待。偉大的音樂使我們的情緒反應更強烈。韓德爾的《彌賽亞》及巴哈的受難曲皆屬西方文明裡的驚世傑作，信徒或非信徒聽了都不禁熱淚盈眶。

我在前文提到簡單明瞭之趣。法國考古學家萊納赫（Salomon Reinach）在名著《奧菲斯：宗教史話》裡說，福音書裡有多處前後矛盾的記述。

> 但是，總的來說，關於善意、耐心、正義、貞潔及其他美德的訓勉倒比較出色，合乎傳奇之美，時而歡愉平和、時而悲壯感傷。的確，基督的道德訓示與其他宗教或非宗教的道德教訓一樣，都沒有獨創性；無異於當代猶太教經院學者的釋義，也無異於一位希勒爾或一位迦瑪列的解經（希勒爾是西元一世紀初的聖經注

釋家，迦瑪列是使徒保羅的教師）。但是，福音書似乎擺脫了拘泥繁瑣的學究氣息，顯得簡單、有力，是適合去開疆闢土、征服全世界的一種教義。〈33〉

第八章

瘋・不瘋

本書的讀者若非身處精神醫學的專業領域，十之八九會認定大部分精神導師／古魯非瘋即狂，只不過個性上有差異。一個人宣稱獨具千里眼、能見人之所不能見，或自以為是神，或提出一些荒誕不經、既乏科學證據又不被大眾接受的宇宙觀，除了說他瘋、說他狂，還能怎麼說呢？

我們已知道，包括吉姆瓊斯及拉吉尼什在內的一些古魯，在工作生涯末期都顯現精神衰退的狀況。瓊斯服用大量安非他命及抗憂鬱劑，拉吉尼什則用鎮靜劑及笑氣。我們可據此推斷他們的狀況因腦部中了這些藥物的毒而逐漸惡化。依納爵在芒雷撒逗留期間自懲挨餓，腦部可能因而暫時受損，還出現幻象和幻覺，但這些顯然都是一時的效應。他在往後的歲月裡，腦筋活絡、智力絕佳。各種痴呆症及藥物、酒精、腫瘤或感染導致腦損傷而引起的各類型精神疾病，都還有許多尚待研究，但是這些疾病都類似身體上的疾病。最受這些病影響的是腦這個器官，不是心、肝、肺或腎。此外，腦部的疾病或損傷雖然輕重有別，但現代的腦部檢驗方法加上心理測試，通常就能做出明確的診斷。病人的腦部，要麼受損，要麼沒有受損。對於某一缺陷的起因或許有不同的意見，但腦部損害通常都是不爭的事實。據此，我們可以說，腦損或腦疾引起的精神疾病不能算是古魯現象的成因。古魯顯露的精神失調，與躁鬱症或精神分裂症有比較密切的關係。這是精神疾病兩種主要的類型，至今尚未呈現明確的腦部病理，不過，都深受遺傳因素的影響。

然而，精神疾病，或「神經病」、「瘋了」，通常就是「出了毛病」、「故障了」，沒有能力處理社群的生活，而許多古魯卻都是能幹的社會領袖，有本事勸人轉意改宗，又都能說會道。縱使古魯被視為精神異常，通常也不會成為精神科的病患或被送到精神病院終老。古魯現象引發了精神病本質的難題。一個人，只因為抱持異乎尋常的世界觀，或只因為相信自己是大先知、大導師，就可以被視為精神有病嗎？瘋狂與正常的界線在哪裡呢？說一個人有精神病，到底是什麼意思呢？目前精神醫學上的分類夠不夠充分呢？這些都不只是存疑的精神醫學專家提出的學術性問題而已。我接下來要鄭重地設法說明：我們把精神正常和精神疾病的界線劃錯地方了。正常人比我們想的還要瘋；瘋子比我們想的還要正常。

古魯的例子說明精神醫學的分類需要重新修訂，但這類型的人不是唯一的例證。我們且看看兩起連續殺人犯的事件。丹尼斯．尼爾森（Dennis Nilsen）在四年之內殺了十五個年輕人。他總會在被害者死後為他們畫像，還把遺體藏在地板下或衣櫃裡。傑弗瑞．達默（Jeffrey Dahmer）在差不多的時間內殺了十七個人。他肢解了好幾具屍體，把頭部煮沸，還吃了部分屍體。路人會認為這兩個人都是瘋子，因為連續犯下這種規模的謀殺，事後又有那樣的行徑，所以一定是瘋了。我想路人說得對。但是，這兩個人受審

保羅・布倫頓（Paul Brunton）

時都被視為精神正常，因為他們既沒有呈現躁鬱症或精神分裂症的徵候或症狀，也沒有因藥物或身體疾病而患有任何精神疾病。多重殺人犯是個極端的例子，說明一個人格極異常的人在現代精神醫學的分類之下被視為精神正常，因而要負法律責任。

另外，有些騙子其實有偏差，卻誤被歸為比較正常的一類。騙子的精神狀況往往比他們的起訴者或辯護者所瞭解的還要違常。騙子必須相信自己那些常人壓根兒想不到的幻想，他的詐騙才能得逞。一個人若看起來熱情洋溢又迷人——許多騙子都是這樣——我們可能就不會注意他或許也極不正常或長期精神有病。我們往往在社交有障礙的人身上診斷出精神異常，但對於社交能力強或社交低調的人，就忽略或否定這種異常狀況。有些冒名詐財的騙子很明顯地精神有病，所以就從監獄被轉送到精神病院。我清楚記得訪視過一位獄中老人；他曾因好幾件詐欺取財的案子而坐監服刑。他從未被當成精神病患，但因為我對他感興趣，他才透露一連串他十分信以為真的、典型的偏執妄想。他非常明白他若向獄中醫師說出自己的想法，他就會被列為精神病患且被關進精神病院。既然他寧取有期限的監獄徒刑，不願無限期地被監禁在醫院裡，我只好答應他不說出他的話。這或許又是詐騙，但他實在拿不到什麼好處，所以我比較相信他就這麼一次說了實話。我們已探討過的古魯，有些是在精神病和詐騙的邊緣徘徊。容格常說，社會上還有許多不為人知的精神分裂者。「這些人的實際狀況有部分被強迫性神經官能症、強迫行為、恐懼症或歇斯底里掩飾了，他們也都小心翼翼，絕不讓自己牽扯到精神病院。」〈1〉容格說得對。

古魯通常先歷經一段精神極受折磨、有時等於是精神病的時期，然後懷著新啟示再現身；新啟示不僅表示精神不再騷動不安，也成為日後宣教或佈道的中心思想。考量一位古魯是否有、是否曾經有精神疾病，就必須同時考慮到那一段急劇的苦惱期以及隨後確立的信念。遺憾的是，急性期的失調狀況往往沒有詳細的資料可尋，或描述得不夠完整，但可確定的是，有些古魯經歷一次或多次的嚴重憂鬱期，間或興奮、憂鬱交替，有些古魯則出現幾近精神分裂的症狀。

有些躁狂症或憂鬱症劇烈到幾乎所有精神科醫師都做出同樣的診斷，也一致認為這些人有精神病。一般人也會有這樣的看法。一個通常心平氣和的人變得非常興奮又易怒，說話前後不連貫，積欠大筆債，性行為漫無節制又不肯睡覺，他的朋友自然會認為他的精神出了狀況。一個人看起來鬱鬱寡歡，不肯吃東西，因小事自責，又說想自殺，旁人也會察覺——希望有人會察覺——他病了且需要治療。依納爵的憂鬱起初是肉體受創才突然發作，因為這個傷摧毀了他的貴紳身分。他在芒雷撒期間，有一陣子憂鬱到相當於精神病的地步，還伴有自殺的念頭。就如我先前指出的，他描述的那種狂喜激昂的「慰藉」，加上一再出現的幻象和幻聲，可說是躁狂或輕度躁狂的現象，是與憂鬱對立的極端表現。

拉吉尼什第一次發病是在青少年時期，那可能是很長的一段憂鬱期，最後以輕躁症的激昂狀態結束。日後，他的憂鬱症至少又發作了兩次，其中一次似乎發生於他的身心開始衰退之前。

大衛・科日許也是在青少年時期發病。和他發生關係而懷孕的女孩拒絕他的求婚之後，他就出現病態的情緒兩極化，時而覺得自己罪大惡極，時而又以為自己特別受上帝的眷顧。

容格的精神疾病則眾說不一；有些人認為那是持續很久的一段憂鬱期，有些人斷定是精神分裂症的發作。史坦納的中年危機也同樣難診斷。

許多古魯在飽受劇烈的精神壓力之後都會康復如常。這一段經歷雖然類似躁鬱症的病程，但是他們在這轉折之後的行為，卻不容易用這類型精神障礙的特徵作解釋。間歇性或週期性，是躁鬱病一個公認的特點。大多數病人在發作的間隔期間都回復正常，除非發作頻率高得沒有時間完全恢復。但是，古魯在急性病症之後再現身時，卻沒有回到以前的樣子。他們永遠變了，懷著一套新的信念，對自己、對世界也有一套新的看法。

能不能說古魯精神分裂呢？急性精神分裂症發作是很痛苦的經驗，也比躁鬱症更常見留下永久性的痕跡。古魯如史坦納和葛吉耶夫到處宣揚對自己、對世界的非凡之見，這是因為精神分裂的關係嗎？

伊莉莎白·珐珥把本身精神分裂的病症敘述得頭頭是道，顯示離奇的經驗會激發離奇的解釋。從十六歲起，感覺失真、幻覺以及一種典型的妄想就一直令她苦惱，而且這一病就是八年，得一再進出醫院。經過診斷，她患的是緊張型精神分裂症。她聽到有聲音說出她的想法，於是就以為人家都聽得到她的想法，因為這些想法正在播放。她還出現幻視，覺得不論她在看什麼，總有一些她稱為「干擾圖案」的彩色圖案硬擠在她和她看的那個東西之間。她開始覺得她特別靈敏，能見人之所不能見。有時候，燈、椅之類的東西似乎具有人性，想與她溝通。心靈本身雜亂無章時，多麼急需找出某種秩序；珐珥中學時期尋求解釋的歷程就是個明證。

> 我讀中學時，開始埋頭研究宗教、祕術和藝術，希望能幫助我解釋這一切事情：最主要的動力就是要明白我的種種經驗、感受。
>
> 妄想總是鬼鬼祟祟就來了。我不知道我那滿腦子的宗教、祕術及藝術是怎麼中斷，瘋狂的想法又是怎麼開始的。我只知道我的經驗一定要有個解釋，我一定要積極尋找一道「竅門」，才能解釋我的現實以及別人似乎在體驗的那種現實，這兩者之間的抵觸。每一件事無論如何都得一通百通才是，我想。〈2〉

本書是在探討古魯，因此格外引人關注的是，琺珥漸漸認為自己快要到「開竅的地步」了。她相信她必須從一棟建築的七樓往下跳，還要以頭下腳上的姿勢著地。然後，她會在一處「宇宙樞紐站」現身，她的靈魂會在這裡離開肉體並且被送到一個平行的世界裡，她也會在那個世界接收到終極啟示。終極啟示，正是許多古魯自稱擁有的東西；這不禁讓人想到他們這麼說，是精神分裂這類的疾病所致。

琺珥的病需要一再入院治療。她有時候顯然無法處理日常的社群生活。在我看來，雖然目前尚未確認精神分裂的腦部病理，但琺珥描述的感覺失真可能是腦內神經生理上的障礙所致。她的敘述極類似其他這類精神病患的敘述，因此，我們或可推斷這是一種可以定義的身體疾病，只不過病因至今未明。針對精神分裂腦部研究的大批文獻，最近有一份總評，其結論是，「精神分裂症的特徵可說是……大腦皮質解剖上相關的各個功能區之間，交互活化的正常模式發生複合性的改變。」〈3〉換句話說，問題不是腦內哪一個部位的結構出現異常，而是各個部位協調傳遞的功能不足。多年來，研究人員就一直認為精神分裂症可能與腦部兩個半球之間傳遞異常或傳遞不良有關。

我們大家都需要把自己的經驗理出頭緒，但你我大多數人都不曾經歷急性精神分裂症那般分崩離析、雜亂無序的狀況，自然就不覺得需要為這個世界、為自己在這個世界的定位找出一般人認為不可思議的解釋。琺珥恢復良好，也能回到工作崗位。有趣的是她如此談論她的精神分裂：

這個病不好受，但生了這樣的病，我倒也不十分遺憾。精神病是一種經驗，可以學習、可以解決問題，也可以擴大感知，是少有人能得的機會。〈4〉

我們不難理解，如果一個人身歷琺珥所說的那種怪異的感知障礙或類似容格幼年時期的苦惱，那麼，他對這些障礙或苦惱的解釋，在沒有同樣經驗的外人看來，就很可能顯得虛妄。

容格的精神病發作期也是解決問題的一段經歷。他走過精神的困境，從而找到解決，由此奠立新的心理學觀點，結果不僅豐富了自己，跟著他進行個性化的許多人也獲益良多。如先前指出，容格病後留下的許多想法或信念，在不相信占星術、同步性或神視這種超自然心理現象的人看來，顯得很怪異。精神患病一段時期之後，難免都會有這樣奇怪的餘緒，但容格的新發現並不因此而折損其價值。他設法弄懂自己的病，進而獲得獨到的新見解；這些新解不僅有助於他的心理治療，也促進我們對人性的理解。

琺珥和容格的這種精神病，不論是不是間歇性，都可能持續數年，但卻是可辨認、有醫療模式可尋的一種病。換言之，這個病就像肺結核；原本正常的人得了病，最後康復或差不多康復，但也可能有功能障礙的後遺症。其他形態的精神疾病比較難以這樣看待。

感覺失真在俗稱妄想型精神分裂症的精神病裡比較不明顯，不過，患者都會有彼此極類似的虛妄思維。病患通常都以為自己是迫害的對象，而迫害者往往是共濟會、猶太人或天主教教會等特定的團體或組織，但有時也會是不具人形的邪惡勢力。這些惡人或惡魔折磨人都不擇手段；有些用電器使人的身體產生怪異的感覺，有些會把一些不合情理的、淫穢的、永遠不可能自然出現的念頭插入人的心裡。迫害者還有辦法播放這樣的念頭，讓別人都知道。所以，路上的人才會斜著眼看他，或許還竊竊私語，說他怪怪的。患者甚至還聽到指責他性倒錯的聲音。在這樣的情況之下，難怪他找不到工作，難怪別人看不到他的長處，也難怪他孤立不群。

這個人想，既然他吸引這麼多不友善的目光，那麼，他一定來頭不小。說不定是皇室之後，也說不定是舊約裡某一位先知的化身。懷著新福音的先知通常都不見容於既定體制，不是嗎？耶穌就是個例子。他想，他肯定是非常了不起的人；會不會就是彌賽亞呢？

誇大和孤立互為因果。容格記述了一位鎖匠學徒的事例：他十九歲就患了精神疾病，相信自己是用電話和聖母馬利亞及其他重要人物聯繫。

他不是聰明人，但自有可取之處。他異想天開地以為這個世界就是他的畫冊，隨他翻閱。道理很簡單：他只要轉個身，就有另一頁可看。

這是叔本華「意志和意念的世界」未經潤飾且具體的原始版。的確是個破碎的觀念，是與世隔絕、與世界極為疏離所致，但天真、單純得乍聽之下，只覺其荒誕，也只能啞然失笑。不過，叔本華精闢的世界觀本質上就有這種樸拙的看法。唯有天才或瘋子，才可能擺脫現實的枷鎖，把天地當作他的畫冊。〈5〉

妄想型精神分裂症的患者通常把自己看作眾人注目的焦點。象徵主義作家安娜．卡芃（Anna Kavan）把這種狀況描述得好：

夜色降臨，燈光在薄薄的煙霧中濛濛亮著。我看了看錶，知道會面的時間就快到了。

才發現時間差不多了，整個情況好像就完全變了樣。我彷彿鬼使神差地變成中心點，夜景繞著我轉。人行道上的路人經過，都會看著我；有的是憐憫的表情，有的是事不關己的樣子，有的是好奇得超乎病態。有些人好像遮遮掩掩地做小手勢，但我不太確定那是想警告我還是鼓勵我。窗戶，不論有沒有亮著燈，都像是

有點兒銳利的眼光，但全都對著我。房子、往來的車子、眼前的一切，似乎都在看我，看我會做什麼。〈6〉

這是極端的自我專注。別人的關注通常有敵意，但也可能是善意。譬如，有些妄想型精神分裂症的患者就相信皇室對他特別關心，還親切向他致意。我有一位病人真的覺得我對他很有好感，於是確信我暗地裡與他可能的雇主聯手共謀，要為他找個合適的工作。

我們也可以用偏執的妄想解釋許多病人都描述的「念頭插入」。這樣的病人覺得每當他說話，說出口的話都不是他想說的。他會覺得他努力在想一個問題，但一些不相干、不請自來的念頭會打斷他的一切努力。患者常常說到這種思路被橫加阻梗的苦惱。他覺得他無法再控制自己的思緒或自己說的話。但是，這些看似外來的言語或念頭到底來自何方呢？我們會認為這是腦部的語言中心有一些功能障礙，但病人不這麼想，他會虛言妄語，說某些敵人已經知道怎麼把話塞到他嘴裡或把念頭插入他的腦裡。這麼一說，既可解釋他的言語及思考何以有障礙，又可歸咎於他人，免得坐實了自己有問題。

如此說來，妄想是解釋交代，也是諉過卸責。許多人往往成功在我，失敗就歸咎於運氣差、時運不濟或有人挾怨報復。學生考試考壞了，常推說評分不公。葛吉耶夫出了一場幾乎喪命的車禍，他不承認錯在自己開車技術差，反倒說那是一股不友善的、他抵擋不了的勢力在作祟。大多數人都會諉過於人；受迫害妄想就是這種意向的誇張表現。

要瞭解這些心理現象，不論其最初的起因為何，我們可以說，妄想型個性的情緒發展一直停留在類似幼兒很早期的階段，或已經回退到那個階段：幼兒在這個階段是眾所矚目的焦點，既無所不能又無能為力。精神分析理論家稱這個階段為善惡截然分明的階段。在幼兒看來，能立即滿足他的需求的人就是大好人；他哭了，你不立即回應，他叫了、你不理，你就是大壞蛋。他眼裡沒有妥協的空間，也不明白同一個人可以此時好彼時壞。我們大多數人長大之後，就不會再如此非黑即白地看人看事，但還是會留下些許痕跡。面臨戰爭、流行病、地震、饑荒或其他災難的威脅，許多人會回退到所謂的妄想型—精神分裂樣的發展階段，於是，他們會追隨一位古魯似的領袖，賦予他良善的神奇力量，同時又會找替罪羊當災難的元凶、視之為萬惡之源。科恩在經典之作《追尋千禧年》裡多方舉證，說明這種反應。〈7〉我也在《人類的破壞性》一書的〈偏執妄想無所不在〉一文裡描述這些現象。〈8〉

妄想型精神分裂症是牽涉到遺傳及生化異常的精神疾病，也可能與病毒感染有關——此一看法與上述精神分析的說法並不相悖。情緒發展到克萊恩所說的妄想型—精神分裂樣階段就停止不前，或回退到這個階段，也許真的就是病毒引起或幼兒期飲食匱乏所致。我要強調，以精神分析的原理描述精神病的現象，或許準確且啟人省思，但不見得就贊同精神分析的因果理論（潛意識的內容是因，意識的表現是果），因為那些往往不足採信。重點是，偏執妄想有正面的功能，可以從內心的混亂中理出頭緒，也可保全一個人的自尊。一個人懷著偏執妄想，表示他已為自己的問題找到一個富創意的解答，儘管是一個經不起嚴格檢驗的創造性解答。

亨利・艾倫伯格在《潛意識的探索》一書裡提出「創造性疾病」這個名詞，用以描述這個現象，並且用這個觀念討論佛洛依德、容格、史坦納及物理學家／哲學家費希納（Gustav Theodor Fechner，一八〇一—一八七）。他這樣描述：

> 全神貫注於一個想法，一心一意追求某種真理；如此過了一段時期，創造性疾病於焉萌發。這是一種多樣性的狀況，會以憂鬱症、神經官能症、身心病態或精神病的形式體現。不論是什麼症狀，患者即使不覺得非常痛苦，也會苦惱不已，病況則時而緩解時而惡化。在整個病期裡，患者執著的那個念頭始終不會斷線。這個病往往能與正常的專職及家庭生活共存。不過，患者就算維持社交活動，也幾乎完全專注於自己。即使有精神導師指引他度過煎熬（就像薩滿教僧的師徒相隨），他依然覺得孤立無援。患者經過這一段磨難再現身時，個性永遠改變，而且堅信自己已發現一項偉大的真理或一個新的精神世界。〈9〉

依納爵歷經一場創造性疾病之後，正如艾倫伯格所描述的，「個性永遠改變，而且堅信自己已發現一項偉大的真理」，但是，他發現的真理，儘管最初曾遭受宗教法庭的懷疑，卻能融入基督教的架構裡。一位古魯在創造性疾病之後所抱持的信念若不切合廣被接受的信仰體系，我們才會質疑他是否精神健全，不過，最好還是先觀察他的社會行為，才考慮他是否有精神疾病。

保羅．布倫頓（Paul Brunton）就是個實例：他的主張是以一套偏執虛妄的思維做基礎，但是他的書吸引許多信眾，而且他個性溫和、顯然不會對別人造成威脅，所以始終都能在社群中立足，沒有被送進精神病院裡。美國作家麥森（Jeffrey Masson）在《我父親的精神導師》一書裡，把一種奇特的現象寫得精彩絕倫。〈10〉

保羅．布倫頓原名拉非爾．赫爾斯特，出生於一八九八年十月二十一日。他深以一半的猶太血統為恥，所以動手術做鼻子整型。他個子短小，才五呎高，又因為節儉而茹素、強調禁食的重要，所以身形瘦溜溜。這樣的一個人，難怪他會抱著補償性幻想，覺得自己是大人物。每一個小孩都如此，但長大後就不再這樣。不過，正如吉姆瓊斯和大衛科日許發現自己很能高談闊論，布倫頓發現自己會寫作。布倫頓的幻想因讀者的熱烈迴響而站得住腳且更鞏固。他是廣受歡迎的作家。《探索印度秘境》是他的第一本書，記述他在印度尋求祕識的過程。〈11〉我們都知道，日後可能成為古魯的人，都會有這種典型的遊歷。過了不久，他又出了第二本書。《祕密行道》的初版發行於一九三四年，到了一九六八年，已經有第二十八刷。〈12〉細察他的著述，雖可見內容重複而且都建立於荒謬怪誕的前提，但行文卻條理清楚。他總共出了十一本書，最後一本是一九五二年的《人類的心靈危機》。〈13〉

布倫頓提出一套獲取較高智慧的妙方，但大致的要點都是一般人耳熟能詳的。現代人注重物質及外在世界，因而疏遠了內在的自己。虔誠的信徒透過冥想、苦修並研讀布倫頓寫的那種書籍，就能把意識提升到東方先哲所描述的那種境界。布倫頓之言，多半通情達理。我確信許多人即使不相信布倫頓說他已達到那種開悟的境界，也會從冥想得到好處。投胎轉世在布倫頓的著述裡是理所當然，但世人本來就普遍相信轉世之說。人或許都希望未來轉世之後，有機會變得更好。

布倫頓言談之間顯然沒有筆下那麼小心提防。他住在麥森家時提出的想法，在在顯現偏執虛妄的思維常有的特點，也讓一位無甚長才的小人物拉非爾．赫爾斯特搖身變為祕識的導師保羅．布倫頓，而且至今仍有紐約州的「保羅布倫頓哲學基金會」在宣揚他的主張。

布倫頓在許多方面都顯現古魯的特質及古魯特有的行為模式。他對自己的身世諱莫如深，也從未在任何一本書裡透露他的私生活。若有人像他那樣，聲稱自己有好幾個前世，是從另一個星球來到地球的，那麼，出身及童年的景況當然是讓人知道得愈少愈好。布倫頓說他的智識多半來自前世的記憶，又堅稱住在宇宙其他地方的高等人把他們的奧義祕識傳授給他。他還說他曾受教於一位在吳哥遇見的神祕哲人，又說曾私下受邀到一所「蒙古玄學學校」做研究。他在《祕密行道》的開頭部分這樣寫：

我希望能漫遊於埃及的黃沙大漠；能與大智大慧的敘利亞酋長為伍；能與伊拉克偏僻村落裡即將消失的托缽僧交談往來；能在波斯那有著優美蔥頂及尖形喚拜塔的清真寺，請蘇非派的神祕長者釋疑解惑；能在印度寺廟的幽幽紫影裡見證出神入化的瑜伽；能在西藏尼泊爾的邊境與屢有驚人之舉的喇嘛如切如磋；能靜坐在緬甸和錫蘭的佛寺裡；也希望能在中國內地和戈壁與黃種的人瑞聖賢默默地傳心通靈。〈14〉

布倫頓若是語言學者，這一席語無倫次的浪漫之言或許比較能取信於人。他說他會讀梵文，其實只識之無。布倫頓只能與他列舉的那些聖哲「默默地傳心通靈」，因為他不會說他們的話。麥森因為布倫頓的影響，倒真的曾在哈佛大學研習梵文，他說：「布倫頓從一個他不懂、不瞭解的古文明裡吸取一些錯讀、誤解的觀念，從而東拼西湊成他這樣

一個人。」〈15〉

布倫頓雖不是吉姆瓊斯那樣大剌剌的騙子，但他冒充芝加哥羅斯福大學的 Ph.D.，這所大學也曾出面否認。在《超我的智慧》一書的扉頁，作者就是 Paul Brunton Ph.D.；在《祕密行道》平裝本的封面，作者則是 Dr. Brunton。沒有證據顯示他曾受過高等教育，不過他宣稱曾與一位名叫瑟斯頓（Thurston）的美國畫家一起在「星體大學」研讀哲學，還說瑟斯頓是一位「開明的神祕主義者」、一位「偉大的祕術術士」。〈16〉布倫頓在《超我的智慧》裡說：「我大費苦心在追究至為奧妙的根源」，但這根源究竟是什麼，他卻語焉不詳。〈17〉

布倫頓身無長物，也不熱中於財富。他清苦度日，喝茶但不喝咖啡或酒，也絕不吃肉。他看起來永遠清瘦、弱不禁風。他說冥想能提升智慧、豐富心靈，但必須克制肉體的欲望，心靈才能蓬發無礙。布倫頓還說禁食並克制性慾有助於信徒的悟道之路。然而，他就像有些人，性事不做，談性卻不厭其煩，而且還有一肚子的性故事，常說登門求教的信徒是如何因縱慾過度而錯失開悟的良機。他本人並沒有特別禁慾守貞，曾四度結婚（其中兩次是娶了同一位絕色美女）並有一個兒子。信徒輸財、供應食宿，他也欣然接受。根據馬森的記述，他父親數年之間給布倫頓的錢，肯定有十萬美元左右。布倫頓從來沒有自己的家。

有意當他門徒的人都必須接受不合情理的考驗，表面上宣稱是篩選過程的步驟。接受考驗的人要做一些看起來可能荒唐可笑的事，不過都得出於自願。我們說過，這就是權力的展現，也是古魯的典型作為。布倫頓雖不像瓊斯和科日許那麼殘酷，但他把信徒當僕佣指使，從而揮灑他的權力。如同許多古魯，他有信徒或門生，但沒有朋友。麥森的父親在多年間為布倫頓做牛做馬，為他作飯、伺候他，還代他付房租。由於他儉省成癖，麥森成為他的祕書之後，還得費心裁下信件的空白部分當筆記紙。布倫頓還集繩成癮，短得不能再用的繩子都得一條一條接起來再用。

布倫頓說服他的信眾，說他的幾個前世賦予他天生獨具的慧心。他聲稱他與耶穌基督都是從一個住著高等人的國度下到地球來的，又說他在夜間可以在他的星球四處遊走。布倫頓像吉姆瓊斯和大衛科日許，認為他有敵人環伺，但這些日日攻擊他的惡勢力大都隱形，所以他不用武器。他說這些敵人偶而會化身為共產黨追著他，從西藏一路追到加州，不過，深藏不露且設法要把他逼瘋的惡勢力很多，共產黨只是顯現於外的一種。布倫頓雖自我陶醉，聲稱他的心靈格外高超，又說他身上有一股百邪不侵的氣，但他也怕精神錯亂。然而，他偏執的被迫害妄想卻可以用來解釋他這麼一個大天才怎麼沒有更大的成就，由此而保住了他的自尊。

有些虛妄思維很像童話或科幻小說。雖然麥森最後不再寄望於布倫頓，但兒時的他顯然很喜歡布倫頓，覺得能和一個轉了好幾世且來自天狼星的人同住真夠刺激。麥森說，布倫頓給麥森全家人的印象是，他正在進行一項心靈運動，其中的細節必須保密。「敵人鬼鬼祟祟。惡勢力傾耳細聽，伺機滲透良善勢力的總部……這是個條理簡單的世界，像男孩的冒險故事。」〈18〉

布倫頓的虛妄思維是幻想原型的一種變形，我們早在《啟示錄》裡就見到這個原型。這一套思維不僅能使微不足道的人變得舉足輕重，而且，至少對原創者而言，生活中找不出道理的亂象也在這一套思維裡有了意義。麥森說布倫頓沒有精神病，因為他知道何者為真，只是他避之不理，選擇他自以為理解的「高等的」真。我倒認為布倫頓若不是把自己的幻想當真，就不可能那麼自信滿滿。我們不知道布倫頓是否曾歷經憂慮重重的一段時期，而後抱著堅定的信念重生，但是就像葛吉耶夫，布倫頓的印度之旅表示他對祕識的追求，就是設法在為自己的問題尋找解決。他不會從小就沈著自若地確定自己心靈高超且具有神奇的力量。面對布倫頓這樣的人，傳統精神醫學的診斷全都亂了譜。

古魯提出的信念，有些之所以吸引人，一個原因是單純、簡單明瞭。我們許多人心底都但願能回到乳兒的世界：那裡，黑是黑，白是白；良善終會戰勝邪惡；好人上天堂，壞人下地獄。許多通俗小說都迎合我們這種原始的品味，把世人分為官兵和強盜兩種。柯南道爾創造的福爾摩斯和莫萊亞提教授就是貼切的實例。這兩位主角截然對立；福爾摩斯對莫萊亞提的描述讓我們更能發揮偏執的幻想。

華生，他（莫萊亞提）是犯罪領域的拿破崙。在這個大城市裡，半數的壞事、幾乎所有未被發現的惡行，都是他策動的。他是天才，是哲人，也是抽象思想家。他有第一流的頭腦。他坐著不動，像蛛網中心的蜘蛛，但這張網有千絲萬縷，稍有動靜，他就了然於心。他不必動手，只要謀劃。他的人手很多，而且組織壯觀。〈19〉

故事有趣則有趣，但我們也得承認這是在吸引你我內心世界裡那個不肯長大的小孩。孩子都喜歡單純的東西，簡單明瞭嘛。

話說回來，密謀的觀念——暗中摧毀正統權威的密謀——非常吸引人，若是被古魯或政治人物拿來利用，就可能為害不淺。歐洲從十六世紀末開始進行女巫大搜捕，一直持續到一六八〇年前後。誠如科恩之言，會發生這種事，是因為女巫漸漸被視為祕密結黨成派的異端，專用巫術推翻基督教及正統社會。〈20〉由於這種偏執妄想廣被接受，成千上萬的無辜婦女因而被控訴、被拷打、被燒死。

根據作家林德（Michael Lind）在〈紐約書評〉的記述，一位名叫「拍拍」．羅勃森（Marion Gordon Roberson，拍拍〔Pat〕是膩稱），在電視上佈道的現代古魯，正企圖讓他廣大的觀眾相信真的有一項國際性的陰謀活動。羅伯森是極右派的共和黨員，曾在一九八八年爭取共和黨的總統提名。他的「基督教聯盟」號稱擁有一百萬以上的會員。羅伯森認定有這麼一個牽涉到光照教派的邪惡陰謀；他說這個教派是巴伐利亞一位名叫懷斯浩普特（Adam Weishaupt）的教授在一七七六年創立的祕密會社。他聲稱光照教派接收了原有的「歐陸共濟會」。這個會社由銀行世家羅特希爾特家族（the Rothschilds）提供資金，據說與法王路易十六及瑞典王古斯塔三世的死有關。德國新聞工作者赫斯（Moses Hess，一八一二—七五）曾影響馬克斯及恩格斯，也是率先支持猶太復國運動的一個人；羅伯森說赫斯是光照教派的一個成員，還居中為此教派及最初的世界共產黨牽線。

科恩在另一本書《種族屠殺令》裡仔細研究猶太人世界性陰謀的迷思，認為此一迷思的現代說法出自法國一位耶穌會會士巴呂耶神父（Abbé Barruel）。巴呂耶相信法國大革命是中世紀聖殿騎士團（Order of Templars）長期密謀策劃的結果；這個後來以祕密會社存在的組織誓言廢除所有的君主政體、推翻教皇制度，進而建立一個由它操控的新的世界秩序。巴呂耶認為這項陰謀真正的核心領導人是光照教派。然而，如科恩之言：

「說到所謂的光照教派，這個鮮為人知的團體根本就不是共濟會，而是共濟會的競爭芳手，而且無論如何，都早在一七八六年就已解散。」〈21〉「拍拍」羅伯森長老或許一直都讀錯書了。根據科恩的敘述，羅伯森的一個可能的資料來源是約翰・羅比森（John Robison，一七三九－一八〇五）寫的一本書，《陰謀的證據：共濟會、光照教派及讀書會在祕密會議裡密謀反叛歐洲所有的宗教及政府》。

我們繼續在林德的記述裡檢視羅伯森的見解，很快就被帶到巨額融資的神祕領域裡：「歐洲的金融界大亨」以複利的方式借錢給政府購置軍備；他們從中獲利，而這些政府也才有能力面對蘇聯的威脅。羅伯森認為這些祕密勢力誇大了蘇聯的實力，使美國必須不斷向國際資本家借錢，繼續浪費在軍備上。就如林德之言：「羅伯森精心刻劃的陰謀論與一般的新教福音幾無關係。確切地說，極右民粹主義的地下文獻才是這些理論的基礎，而這些文獻都企圖把世界史解釋為猶太人、共濟會及『國際銀行家』的操控史。」〈22〉雖然羅伯森支持以色列，但林德的看法也確實言之成理：他說，羅伯森的暢銷書《新的世界秩序》「是在散播幾個世代以來慣用的反猶太宣傳，也就是光照教派──共濟會──共產黨──巨額融資的陰謀論世界史。」〈23〉

在英國，或許已經暫時沒有那麼多人相信這樣的陰謀論，但回顧一九二〇、三〇年代的驚悚小說，就明白陰謀論曾經多麼普遍。反猶太的作家很多，但只有「撒波」

（Sapper，原名 Herman Cyril McNeile，一八八八—一九三七）、耶茨（Dornford Yates，一八八五—一九六〇）及巴肯（John Buchan，一八七五—一九四〇）三位公開表態。他們小說裡的主角永遠都會使陰謀不能得逞，而陰謀的核心則是猶太銀行家和武器製造商；他們為了致富，處心積慮地煽動革命，挑起戰爭。

泰晤士報及〈旁觀者〉週刊在一九二〇年都刊登社論支持陰謀論的看法——猶太人有一項世界性的陰謀，目標在摧毀基督教並掌控全世界。〈24〉如林德撰文所指，這樣的見解目前依然幾近赤裸裸地，由一位佈道者在宣傳，而這個人的組織號稱有一百萬個會員，是共和黨丟不得的選票。

就本書的內容而言，偏執妄想且發現別人也有相同妄想的人特別有趣。有一個人我記得很清楚。這個人每天晚上總會等到電視節目都播放完才睡覺。他讓電視開著，密切注意黑色螢光幕上不時出現的閃光和光點。他漸漸相信另一個星球的住民正設法與他聯繫；他們有重要的訊息要傳遞，或許還是能使地球免於核災的訊息。許多有類似妄想的人都會令親友不勝其擾，於是漸漸孤立，最後被送進精神病院。這個人卻加入一個行星協會；他在這裡被當作大人物，他的妄想也很受重視。這個協會的會員身分讓他不致於精神崩潰。他不會威脅到任何人，也就沒有理由限制他的自由。我不太知道這個協會其他會員的想法，但我這位病人倒很高興找到一個不把他當怪物或瘋子的團體。

我在寫這本書期間，接到一位陌生人的來信。我不能透露這個人的姓名，但他樂意讓我引述以下這一段話。

親愛的先生，

這兩年來，我一直在與我的心靈搏鬥，一直在克服我所有的弱點，為的是要集「神聖的原理」於一身，要變得完美。我相信大多數宗教運動都有傳統人物，這些人制伏內心所有的惡魔，消除本身的罪孽，徹底變成「神之器」：基督教的耶穌基督；回教的先知穆罕默德；藏傳佛教純正的達賴喇嘛及毗濕奴／黑天的化身阿凡達（黑天是毗濕奴的主要化身）。

這個人接著說，他自己要先破壞那顆需要糾正的心，才有資格當一位精神領袖，還問我怎麼樣才能聯絡上另一個有這種能耐的「神之器」。〈25〉我感到欣慰的是，他在接下來一封准我引述的信裡說，他已經找到他在找的，而且已經能解決他的問題。

目前精神醫學上的分類不太容易把古魯歸類。不論是精神痛苦的急性期或是隨後懷有定見的狀態，都不能以精神失常之名大而化之，除非我們要把精神失常的意義無限上綱。葛吉耶夫和史坦納雖沒有妄想型精神分裂症，也沒有社會功能喪失的精神病，但他們共有的某些特性卻可能被精神科醫師診斷為類妄想或類偏執。依定義，妄想狂或偏執狂（paranoia）是「一種罕見的慢性精神病，已經逐漸形成合乎邏輯架構的系統化妄想，但沒有伴隨幻覺或精神分裂型的思考障礙。妄想的內容多半很堂皇（妄想自己是先知或創造者），或被迫害或身體違常。」〈26〉依據美國精神醫學學會最新版的〈精神障礙的診斷及統計手冊〉（DSM-IV），這種診斷結果現在被稱為「誇大型妄想性障礙」。如我先前指出，完全不考慮既有的科學見解就自創一套宇宙起源論，的確就是誇大。史坦納和葛吉耶夫就是這樣自行其是。前文提到，葛吉耶夫說他發明了一種特別的方法，既可提高行星及太陽的能見度，又會釋出影響整個世局的能量。誇大，莫此為甚。史坦納除了創造他自己的宇宙歷史，還自認為有獨特的觀察力，能揭示物質表象之後的精神真象。布倫頓宣稱他的心靈高超，因為他的許多個前世賦予他智慧。

我們不能說這樣的人患了伊莉莎白．琺珥那樣的病，更不能說他們像科日許和瓊斯生涯末期那麼病態。他們只是提出荒誕離奇的信仰體系；他們自戀、孤僻又傲慢，但他們沒有感覺失真或思考障礙的情況，也沒有出現令人懷疑腦部有病變或障礙的其他症狀。因此，目前把這種人視為「精神失常」，實在成問題。

古魯如史坦納和葛吉耶夫所提出的信仰體系可能被視為虛妄，但所謂的正常人也會發表怪誕的想法。譬如，有相當多人自認為見過飛碟，或認為玉米田裡的圈圈是外星人做出來的，但是，我們不會認定這些人有精神病，除非另有證據顯示他們有精神功能障礙或社會功能不全。再譬如，哈佛大學一位精神醫學教授邁克（John E. Mack）曾為阿拉伯勞倫斯寫了一部精彩的傳記，但突然之間卻因出版了一本名為《誘拐》的書而震驚精神醫學界。他在書裡透露，他相信外星人用太空船拐走了他的許多病人，還常用這些人進行卑鄙的實驗，像是除掉男人的精子或女人的卵子。〈27〉邁克醫師的精神科同事自然會認為麥克醫師實在輕信得可笑，也會把這一番外星人的說法當作虛言妄語，但他沒有精神疾病的其他症狀，因此不會被視為精神錯亂。信念或看法，不管看起來多離奇怪異，都不是診斷精神疾病的唯一根據。我一直想表明的是，一套新的信仰體系，不論是否被視為妄想，都是設法解決問題的一種企圖。普世人類都渴望在混亂中理出秩序；努力解明奇怪的心靈體驗，只是其中一例。

第九章

混亂・秩序

迷惘苦惱之後終於明晰開朗，是人類特有的心路歷程。科學發現、藝術創作及宗教皈依的過程，都可見此一模式，但未必就會積累成疾。值得注意的是，這些各類型的問題得到解決，往往是可遇而不可強求。創造性發現、宗教轉念及虛妄思維的形成，都是潛意識不由人自主的運作結果，是「不請自來」的。我們在上一章說，虛妄思維有時是問題的一種解決。讀者對這個看法或許仍感陌生，不過，佛洛依德早在一九一一年撰文探討史雷伯的偏執妄想時，就已指出這一點。

> 妄想的形成，我們以為是病理異常所致，其實是設法康復的一種企圖，是一種重建的過程。〈1〉

感受到外在世界紛擾失序或內心世界迷茫失衡，是人類特有的經驗；同樣地，找出新的解決，從而終止失序失衡的狀態，也是人類特有的衝動。疑慮和不確定都令人苦惱，任誰都要去之而後快。歷史學者科恩在《宇宙、混沌及未來的世界》一書裡表示，人類的一個基本信念是：和諧宇宙終會克服雜亂混沌，混亂終會歸序。〈2〉

十八世紀的神學家／哲學家赫爾德（Johann Gottfried von Herder，一七四四—一八〇三）申明，從離散的材料裡創造渾然的一體、新的整合，是人類天性裡基本的組織活動。人類不耐混亂，無時不想亂中求序。我們天生如此，莫可奈何。動物學家羅倫茲（Konrad Lorenz，一九〇三—八九）說「人類的專業，就是不專業」。你或許還可說人類的適應性來自適應不良。這兩種說法同工異曲，都在表明人類的特質。如果我們完全適應環境，而環境也恆常不變，我們可能就過著糊塗的幸福日子，不知天下有難事，但我們也就不會發明、創造，因為沒有發明、創造的動機。誠如拉吉尼什之言：「人是唯一違反自然的動物——所以才需要宗教。」〈3〉人類天生會部分適應許多不同的環境，卻無法完全適應任何一個環境，因此永遠會在物質上、精神上追求更好的東西。這也是人類的成就如此卓越的原因。懷疑、困惑、外在的不足及內心的不滿都激勵人創造，也驅使人運用想像力，為自己、為安身立命的世界尋求新解。既然不滿足是創造的動力，難怪有些極富創意的人特別容易有劇烈的情緒起伏，或顯現其他不穩定的跡象。

混亂不明而苦惱，隨後因尋得新秩序而釋然。這是個人內心問題典型的解決歷程，科學及數學的發現何嘗不是如此呢?雖然科學家、數學家悟得新解之前，通常不會苦惱成疾，但往往是長時期苦思一個問題而不得其解，最後，或許是在心裡別有所思時，問題竟突然有了解答。數學家高斯（Carl Friedrich Gauss，一七七七—一八五五）在兩年之間一直費力證明一項數學定理而未果。

我終於在兩天之前成功了，那不是辛苦努力的成果，而是神的恩典所致。宛如一道乍現的閃電，謎題就那麼解決了。把我先前所知的以及我能成功的因素牽連在一起的那條導線到底是什麼，我也說不上來。〈4〉

另一位數學家龐加萊也述及他研究富克斯函數時發生的同一種現象。非數學家如我，始終難以理解這些情況，但法國數學家阿達瑪（Jacques Hadamard，一八六五－一九六三）說，龐加萊因其富克斯群的理論及富克斯函數而「備受尊崇」。他在一段徒勞無功、輾轉難眠的時間之後，出外做地質考察。這是典型的創作過程：放下問題，任其慢火燉著，意識上求而不得的解答可能就此出現。

旅途的種種讓我忘了數學問題。到了庫唐斯之後，我們上巴士到處看看。就在舉步上車之際，我在完全沒有前思後想的情況之下靈機一動，忽然想到我用來定義富克斯函數的變換式與非歐幾何的變換式一模一樣。當下我並沒有證實這個想法，應該是沒有時間吧，因為我找到位子坐下時，還在跟人說著話，但我覺得有十足的把握。待我回到卡恩之後，為了良心上過得去，才在空閒時確認了結果。〈5〉

過了幾天，靈機又是一動。龐加萊進一步思考了幾個數學問題，由於不得其解而興味索然，於是就到海邊度假。就在他外出散步時，一個完全意想不到的答案出現了，而且「同樣是發生在剎那之間，同樣是那麼突然，也同樣是那麼立即有把握。」

龐加萊居然還描述了他目睹的過程——這個通常在潛意識裡進行的過程。他說，有一天晚上他喝完黑咖啡之後，念頭成群結隊地出現了。接著他就覺得這些念頭撞來撞去，直到一對對互相勾住，才穩定結合成一體。這是先有大量的準備工作才會發生的事，所以，這些念頭想必一直懸在心裡，或許還為時甚久。在龐加萊的想像裡，這些最後蹦出新答案的想法

> 就像希臘先哲伊壁鳩魯那種固定的鉤狀原子。在心智完全靜止的期間，這些原子動也不動，好比掛在牆上。這樣完全休止的狀態也許永無盡期：各個原子互不交會，自然就不會相互結合。〈6〉

接著，這位數學家開始在這些終會出現解答的想法裡挑選、研究，此時，他就是把牆上的原子一個個抖落。這些原子四處發射，自然舞動，直到新的組合形成，新的圖型出現。數學家是這些原子最初的推手，但形成最終解決的過程卻是在潛意識裡進行的。

龐加萊的描述恰似社會學家瓦勒斯（Graham Wallas，一八五八—一九三二）對創作過程各階段的勾勒。瓦勒斯的第一階段是「準備期」；創作者在這一段期間有意識地深思，從各個角度研究。第二階段是「孵育期」，此時已經沒有意識上的思考，但潛意識會對可能有解答的資料進行某種掃描、篩選。在第三階段，「啟發期」，新解出現了。到了第四階段，「核實期」，新解要接受嚴格的檢驗，可能的話，還得由別人做客觀的測試和複製。

由於「孵育」和「啟發」都不受意識的控制，新解是「不請自來的」，難怪前文提到的高斯會說一切都是神的恩典，問題才終得解決。是否用宗教詞語描述「啟發」的現象，端視這個人先前的信仰。有宗教信仰的人總會感謝神給他解答；不信教的人會驚嘆潛意識心靈的創作活動：能用新的方式掃描、篩選並連結各個觀念。要說服或哄誘潛意識去找答案，往往不容易。如先前所說，問題可能會在心裡孵育數年才啟發得解。藝術家和科學家都說他們會使盡各種辦法向潛意識求情：睡一覺，發一組紙牌或奏一曲佛瑞的二重奏，不一而足。〈7〉有些辦法可說是禱告，非宗教的禱告。

靈光乍現的科學解決或數學解答，可不可能有錯呢？當然可能。阿達瑪說：

隨著靈感而來的絕對確定感通常與事實相符，但也可能把我們給騙了。是真是

假，還得由我們所謂的理智做確認，這是意識上的我該做的事。〈8〉

龐加萊也說，有些不請自來的念頭最後證明是謬誤。數學家和科學家都必須檢驗他的靈感，必須核實似真未真的解答或新的觀念，而且當然要有技術和學養去做這些事。這種核實的技術不適用於藝術作品或宗教啟示，不過我希望表明的是，藝術作品或宗教啟示的評估，可以借助理智。

一個科學問題解決了，心生喜悅的同時，有時會伴隨著宗教啟示那般的感受。史諾（C. P. Snow，一九〇五—八〇）在早期的小說《追尋》裡，把這種情懷刻劃得極生動。一位年輕科學家剛剛得知他的新發現正確無誤。科學曾讓他體驗許多意義非凡的時刻，但這一次的經驗卻全然不同，種類不同，是遠遠超乎個人的東西。史諾的描述雖出現在小說，但我們可以肯定他是在說自己。

那情形好像是我在自身之外尋求一項真理，求得真理的過程在瞬間變成我所追尋的真理的一部分；好像整個世界，所有的原子和星星，都明晰美妙又貼近我，我也貼近它們，我們因而一起融入一片奧妙無比的朗然清明裡。〈9〉

史諾筆下的這位年輕科學家說，在他經歷這種「寧靜的狂想」之前，若有神祕主義者說到與神合一或與物事合一的經驗，他總會嗤之以鼻。在那個下午之後，他雖然會用不同的方式解釋這種經驗，但他知道他們說的是什麼。我認為從事研究的科學家或數學家不會常常經歷這種事。他們的研究領域是外在的、與人無涉的，工作與內在生活沒有明顯的關連，不過，找到數學問題或科學問題的答案，也會在心靈裡產生反響。在精神活動的一個奧祕的層次裡，解決了外在世界的問題，心靈本身也會如響斯應，還可能釋放內在的壓力。康德認為我們感知的事實一定都不完整，或許還是曲解，原因在於我們永遠無法突破時間、空間及因果關係的觀念限制。生而為人，我們的感知都不免受限於這些主觀的範疇，也不曉得謬誤到什麼地步。我們或可進一步說，一位科學家即使盡量保持客觀，他對宇宙的概念注定在某種程度上受到制約，因為他不但是康德哲學裡的人類，也因為他既定的信念是他本身心靈結構的成分。

以牛頓為例。他發覺重力的運作方式很難解釋，因為那是兩個物體在極大的距離之下交互作用：兩者既不接觸，也沒有類似曾被誤以為存在的星際乙太作介質。有些權威認為牛頓把重力現象歸之於神的直接干預，才解決了這個問題。他若不信神，他對重力就一定有不同的結論。牛頓不是傳統的教徒，但他堅信神能干預，也會干預宇宙的進行，因此他終止探索，不再考慮其他的可能。

科學或數學的新發現往往是綜合各個沒有關聯的理論或概念而成。牛頓會發現萬有引力，在於他把行星的運動律和地球上物體的運動律做連結。龐加萊的發現在於他認出兩個以為是相異的數學實體其實是完全相同的。不過，牛頓和龐加萊飛騰的想像都得經過數學上的證實，而這只能靠意識上的毅力和技術才能完成。物理學家如今都還在尋求一種能整合各種自然力的場域理論，因為他們想像有一個這樣的統一體存在。這個問題困擾了愛因斯坦四十年，直到他去世，始終沒有尋得解答。

愛因斯坦和牛頓都呈現奇特的個性。愛因斯坦兒時孤單，終其一生淡然處世，形單影隻。他在十六歲時顯得十分緊張、抑鬱，醫師於是給他一紙證明，表示他在這種精神狀態下應該離開慕尼黑的學校，到義大利與父母在一起，但是他從未精神崩潰。牛頓在一六九三年發作了一次精神病，當時他才剛過五十歲，也已經有一段時期失眠又食慾不振。〈10〉他認為他的朋友正在密謀害他，於是就與裴皮斯（Samuel Pepys）絕交。一封他寫給哲學家洛克的信件顯示，他在生病期間以為洛克一直設法要讓他和女人「糾纏不清」。牛頓在數個月之後恢復良好，由此看來，他的病很可能就是憂鬱症發作，合併出現偏執的念頭。

牛頓和愛因斯坦都能揚棄普遍被接受的範型，另創新的宇宙模式。這都在於他們能從各個概念做出不落俗套的連結，而這樣的連結若非數學上證明為真，可能都要被斥為荒誕無稽。在這兩個例子裡，可能內心剛出現混亂感，就有想要解明宇宙的強烈衝動。如同容格的崩潰，一個人在內心及外在世界之間進退失據時，可能就極欲尋求一種新秩序。

這幾個例子顯示科學也不能完全排除人的因素。一位科學家有了新發現而呼叫「Eureka，找到了」，我想，他不但樂見宇宙有了新秩序，應該還歡喜自己內心有了新的條理吧。人很難不愛戀自己的新觀念。誠如科學史家昆恩（Thomas S. Kuhn）在《科學革命的結構》一書裡所言，科學上的範型深植人心，有時就像瘋子的妄想或信徒的信仰，幾乎不容爭辯、不可取代。〈11〉這個看法絕不是貶損科學方法；科學需要客觀，需要核實，有時還可能需要預測。科學家不論多麼嚴謹，多麼努力排除主觀因素，這些因素還是悄悄地潛入科學的發現、科學的成就。不過，身為科學界的一員，科學家具有這個領域的一套價值觀，也知道任何新解都必須經過同儕嚴格的檢驗，因此他不會像皈依的教徒或聲稱有新見地的古魯，宣稱自己的發現千真萬確。

且舉個實例。美國曾有一些科學家以為他們已發現一種利用「冷融合」就可無限製造能源的新方法，但由於沒有人能複製那些成果，他們只好認錯。他們顯然相信真的有了重大發現，想必也洋洋得意了一陣子。他們最後不得不承認自己的錯，可是，有誰會對一個有新發現的古魯說「你錯了」呢？

我們且想一想，過去有許多科學理論在當時都言之成理，後來卻證明是謬誤，有些還被稱為妄想。所謂的星際「乙太」就是個例子：這種物質原本被認為彌漫於空間，是傳送重力或其他各種力的介質，但如前所述，已被牛頓否決。另一個例子是十八世紀的「燃素」：當時的人相信任何可燃物燃燒都會消耗這種物質。乙太和燃素實際上都不存在，但假想中的這兩種物質卻用來解釋某些物理現象，直到有更合理的理論取而代之。世界是由分子組成，分子小到只能推論、不能觀察，而且只維持幾乎無法測量的幾分之幾秒——你我這種不懂現代物理的人覺得這樣的世界很可笑，也實在情有可原。假若一位現代物理學家被送回十七世紀，他可能發覺很難讓科學界的同事相信他的宇宙觀一點也不狂妄。如今，一個看似瘋狂，原子內還有粒子的世界的確存在，我們也視之為理所當然，因為我們深信大多數物理學者既正直又精神正常，也因為他們建立了實驗程序，可以一做再做、確認再確認。物理學者彼此的意見不論多麼不一，對世界的本質及科學方法還是有共識，也會不斷交換意見及資訊。革命性的宇宙理論起初看起來或許像精神錯亂者的妄想那般瘋狂，但若經得起科學的檢驗，最終都會融入科學的架構裡。沒有一位物理學家會以為自己的說法會毫無異議地被接受。

畫家、音樂家或作家的作品，比較明顯又直接地涉及主觀情緒，但是，科學探索及藝術追求過程裡反覆出現的模式卻相同，兩種過程的推動力也類似。作家，特別是詩人，通常為反覆出現的嚴重憂鬱所苦，他們的作品也往往有部分被解釋為作者在紓憂解悶、尋求平靜。我在《創造的動力》及《孤獨》兩本書裡曾描述創作的想像力如何療傷止痛。「藝術家在一首詩或其他藝術作品裡創造一種和諧，如此，既能創造出實際存在於外在世界的作品，又能設法恢復內心世界失去的和諧或找到新的和諧。」〈12〉如果說，人類生來就不能完全適應外在世界，所以才會激發想像力，那就難怪會有這麼多人受內在壓力的驅使而把想像發揮得淋漓盡致。「寫作是一種治療」〈13〉，小說家格蘭姆．葛林如是說，其他多位作家也有同感。

作家或藝術家解決美學問題及個人困擾的方式，乍看之下，或許與數學家或科學家的追根究底不同，但這兩種人自述的創作過程其實一樣。先是花一段時間專心一意地多方面研究，接著是休耕期：問題或新的念頭被擱置，任其星火煨著，不受意識干擾。作家在這不事生產的時期，通常鬱結不展，覺得失志喪氣、智窮力竭、左右不是、無所聊賴。此時好比古魯開悟之前，精神萎靡或肉體病痛的境況。以作家和音樂家而言，過了休耕期，通常就生養出新意：美學問題的答案融入創作過程，藝術作品於焉問世。當此之際，藝術家本人通常深信自己的解決正確無誤。然而，好景不長，始終會有新問題出現。科學探索和藝術創作永無止境。積極進取的科學家或藝術家，沒有人會長期沈醉於榮耀；永遠會有另一個問題要解決、另一本書要寫、另一首四重奏要譜。

藝術作品當然不能像科學假說被證明真或偽、對或錯，但作品若架構嚴謹又能觸及普遍的人性，自然會被賞識、受推崇。能有這樣的結果，大多數藝術家就不復有所求，也不會堅持只欣賞他的作品而忽略同一領域的其他藝術家。今天，由於太過浪漫地堅持個人的表現，許多音樂作品、雕塑或畫作都流於主觀，偏離藝術的主流，也只有少數人會欣賞。以音樂為例：編曲刻板的音列音樂幾乎不觸動人心，又很難記住，如今已經式微。再看看視覺藝術：成堆美其名為雕塑的物品或物品的堆疊，其價值廣受質疑。任何創作，除了創作者本人，總還要有些人賞識，才稱得上藝術之作；若不然，藝術家恐怕要被視為瘋子或完全不能與人溝通，而這兩種指責其實是同一個意思。藝術家或科學家若要他們的作品在有生之年受賞識，就得如詩人鄧恩（John Donn，一五七二—一六三一）之語：「沒有人是孤島……每個人都是大洋的一分子……」，不能自外於這個世界。

古魯給我們的解答多半是萬象包羅。那就是說，藝術家和科學家永遠在解決一個個出現的問題，每個問題都需要答案；古魯的解答則是萬物統攝的整體論，囊括人類的處境及人的生命本身。這種解答往往只是古魯個人主觀經驗的歸納。我們也知道，古魯有些啟示看起來實在古怪、超乎常情，只能視為精神疾病的跡象。但是，正常人也會有極不可理喻的萬物統攝的經驗，在那當下，內心衝突的苦惱、與外在世界格格不入的感覺，都暫時消失。我說過，正常人比我們知道的還要瘋。

就這一點而言，依納爵描述的神秘的「慰藉」特別值得一提。還記得他說他曾在某個時刻看見「那幅充滿上帝智慧的天地創造藍圖」。這慰藉就是一種非理性的心靈經驗，通常感受強烈、記憶深刻。精神病的妄想、宗教的信仰或戀愛的感覺，都不是任何論證可以動搖。心靈的經驗也是如此。這種經驗就是有或沒有。這神祕的狀態或許稍縱即逝，即使與你的宗教信仰無關，也是無法抹滅的印記；你會記住、珍視，更渴望能再現。有時候在冥想凝思當中，也會出現這種狀態。拉吉尼什的保鏢謬恩最後雖然完全不再對這位古魯有所指望，卻還會說：

> 有那麼幾次，在我冥想正酣之際，來到那真正喜樂、滿心歡愉之境。這冥思的時空美妙無比，值得不惜一切身歷其境。對「邪教」不以為然的人，完全不明白這種狀態多麼令人心馳神往，任何樂事都不足以比擬。曾涉足教派的人，多半都會領略這種喜樂，因而會一再回到教會，期望喜樂再現。〈14〉

我曾在另一本書裡討論許多人獨處時的神祕經驗：華滋渥斯所謂的「不朽的徵兆」。〈15〉這些和諧極致、天地與我彷彿合一的時刻都會珍藏於心底，刻骨難忘。惠特曼、戈斯、凱斯特勒、洛斯、貝侖森及C．S．路易士等各種作家都曾描述狂喜、心醉神迷的經驗。這表示不論有無宗教信仰，都會出現這種經驗。藝術史學者貝倫森（Bernard Berenson，一八六五—一九五九）記述的經驗，想當然耳，是視覺的、畫面的。

多年來，我在內心裡推敲追問、刨根究底、耙情疏理，也在意識的經驗裡尋覓，總想找到一個準則。面對我以為我欣賞的藝品卻不能陶然忘機、不能渾然忘我，理想境地的至樂總還存有惱人的疑慮——我需要一個準則。就這樣，有一天早晨，在斯波萊托城外的聖彼得教堂，我凝視著門框邊窗上葉片似的渦卷刻飾，忽然，梗子、捲鬚、葉子都栩栩鮮活了，這般地栩栩鮮活，我彷彿初入堂奧，在一片闃黑裡摸索了許久而終見天光。我感覺自己發光透亮，眼前所見，是每一個輪廓、每一個稜角、每一個表面都與我息息相關的世界，不是到當時為止我所認識的那個世界。那一天早晨之後，眼界所及之物，不再淡而無味或乏善可陳。隨處隨地裡，我都感覺到設想裡的生命躍動——我是說我感覺到能和熱——彷彿這些全用來增進我本身的活力。〈16〉

拜倫在半自傳性質的詩作〈恰爾德．哈洛德漫遊記〉裡，也抒發了與大自然合一的情懷。

山峰、水浪及蒼天難道不在我
和我的靈魂裡，如同我是它們的一部分？
我對它們的愛戀，在我心田的深處
難道不熱誠不純潔？我哪能不看輕
其他一切，假使同山水和蒼天比較？
我又哪能不抵擋惱人的塵浪？
哪能不拋棄浮沈的情感？
又哪能再有世俗冰冷的肚腸和麻木的心眼？
它們只是注視泥地，讓思緒不敢發光。〈17〉

美國海軍少將柏德（Admiral Byrd）曾在一九三四年獨守南極一處先進的氣象觀測基地。有一天，他在日常的散步當中有了神祕的體驗，還用音樂的語彙描寫這種感受。

是的，那就是和諧！是萬籟俱寂裡出來的一種什麼——一種溫和的節奏，一段完美的和弦，或許就是天體之音吧。

抓住那種節奏，就足以使我一時成為它的一部分。在那瞬間，我確實能感覺天人合一……宇宙是一種秩序，不是一片混沌；人自然像日與夜，是那個秩序的一部分。〈18〉

以下的例子是研究調查的回覆，也經過同意才刊載。

我第一次的狂喜經驗是在我八、九歲的時候，現在依然記憶猶新。那是很孩子氣地大感掃興之後發生的事——我們當時正在鄉間度假，那一天，我不准和爸爸、姊姊一起去散步，因為他們覺得我太小了，走不了那麼遠。我掉淚，難過地躺在床上，可能就這樣睡著了。醒來之後，我突然覺得整個心情都變了，失望、落寞的感覺忽然都不見了，只覺得平靜、安詳，內心充滿說不出的快樂。我到花園裡找媽媽，很高興能與她獨處，還覺得她一定也曾有這種經驗，我什麼也不必跟她說。若跟她說了，她一定會用宗教解釋。我想，我在那個年紀或許也會這樣解釋，大概是相信上帝降臨，解除我的苦惱。我在寫這些的同時，那一次的經驗仍清晰如在眼前，眼中湧著（寬慰及快樂的）淚水！

從那個時候以來，我還有數次這樣的經驗，有些都與音樂有關。有一次，我的腦海裡響著《唐·喬望尼》一劇的二重唱〈讓我們手挽手〉，那種感受出現了。那一整個早上——比起我其他的心靈體驗都持續得更久更長——這一段樂曲改變了我對世界、對自己的感覺：世界這麼美妙，我的內心如此寧靜平和。一想到這一段音樂，我就能重溫那種感受，但那不過是失色的經驗殘餘，狂喜已不再。

這些都是我珍藏的生命經驗：與自己合一，與人類合一，與天地合一；「因喜而驚」；美妙、美麗的經驗莫過於此。〈19〉

另一個例子是威廉·詹姆斯的記述，原文來自麥森貝格男爵夫人（Baroness Malwida von Meysenbug，一八一六—一九〇三）的回憶錄。這位女士是早期的婦權運動者、社會主義者。一八七六年冬，她在蘇蘭多作東款待尼采和他的哲學家友人雷伊（Paul Rée），而這也是尼采與華格納的最後一次會面。

我獨自在海邊，這縷縷思緒就這樣汩汩湧現，令我自在自如，安心認命；而且，如同昔日在多菲內的阿爾卑斯山裡，我又不禁跪了下來，這一次是面對無涯的海洋——永恆的象徵——跪著。我覺得我好像從來不曾禱告過似的，也很清楚我到底在禱告什麼：要從個人的孤獨感回到與那一切合體的自覺；要如逝者那般跪倒，如不朽者那般再起。天、地、海交響迴盪著，宛如浩瀚宇宙的萬籟和聲。那情景彷彿古今的巨擘齊聚在我身旁。我覺得自己與他們合一，還隱約聽到他們致意：汝亦克難致勝者。〈20〉

戀愛中的人雖不見得會有天人合一感，但往往會覺得與另一個人合體。這也是無理可喻的經驗。其實，佛洛依德就說戀愛狀態是一種瘋態，是「正常的精神病原型。」〈21〉戀人在過去總被說是中了失心風或「發月暈」，因為古時候的人相信月神盧娜（Luna）會使人精神錯亂（lunacy）。我們看到信徒那麼相信我們不信的，遇到瘋子滿腦子是我們覺得荒誕的妄想；我們往往也用同樣的心眼看待神魂顛倒的戀人。你我都知道，與戀愛中的人說道理是行不通的。我們認為人家迷戀的對象實在不值得那麼熱愛以對，但你這麼說也是枉然。再明理、再四平八穩的人，也免不了被愛魅惑、因愛而妄想。愛而未果固然令人痛心，永遠不戀愛卻讓人錯失生氣勃發的體驗。歷史學者吉朋（**Edward Gibbon**，一七三七—九四）的自傳及寫作風格體現了十八世紀都會的生活人情。他記述早年對蘇珊．柯雀德的愛，也頗引以為豪。

由這戀情，我體認到情慾、友誼及憐惜的多感交融。眾多女性，卻獨獨對她有情；她的青睞是此生無與倫比的幸福。說起我選擇的對象，我不必難為情。戀情雖受挫，我依然相當自得，我畢竟曾經能感受一種純淨至樂的情操。〈22〉

吉朋雖明白性慾是戀情的要素，卻不至於以為戀愛就只有性。戀愛是「一種純淨至樂的情操」，因為愛如性，也是在追求一體感。體驗過天人合一、與愛人合一的人，都知道那是同樣的感受。以下這段敘述出自私人信函，也經由本人同意而記載。

我初與H相戀時，就有與她合一的體驗：不會為了給她好印象或與人競爭而惶惶不安，只有愛與被愛的深刻喜悅，一種寧靜的狂喜。我確信我們相知相惜，有感於此，我們一起去作禮拜時，我不知不覺地熱淚盈眶——是寬慰還是喜悅，我也說不上來。這樣的狂喜不會持久，但那種清平的確定感依然珍藏在記憶裡，也一直點綴著我們往後的情誼。〈23〉

戀愛或許能持續相當的一段時間，但通常不會始終維持最初的熱度。戀愛，像其他的非理性經驗或精神疾病的發作期，也可能開啟平常關閉的感知之門。如上文引述之例，戀愛可能讓你與另一個人發展出一段珍貴的親密關係。

經歷過上述那種狂喜心境的人，無疑都會感受其深長的意味。狂喜的狀態不能量化，無法再製（不過，有些人聲稱能隨己意呼之即來），卻可能是某些人宗教信仰的契機。羅曼・羅蘭（**Romain Rolland**，一八六六—一九四四），曾寫信給佛洛依德，埋怨他摒棄宗教、斥之為錯覺。羅蘭認為自己所謂的與外在世界合而為一的「大洋似的」感覺，就是宗教情操的濫觴。佛洛依德本人從未有這種感覺經驗；他在回信裡把這種感覺解析為回到很早年階段的極度回退現象：是嬰兒吸吮母乳的感覺，當時，嬰兒還不懂得我和母親不同、我和外在世界有別。這兩種觀點並非不相容。

在不信教的人或不可知論者看來，這美妙、稍縱即逝的合一感揭示人類處境的一個特點：透過創意而尋求答案及解決。狂喜的合一感是彈指須臾的經驗；我們當歡喜接受其曇花一現，不必哀嘆其倏忽不見。旅途充滿希望，勝似抵達目的地。宗教啟示及虛妄思維共有的一個缺點是刻板僵化、一成不變。信者非常投入他的信仰體系，因此不會對體係作任何修正，也不會進行理性的論證。懷疑論者比較不受束縛，能不斷追尋，偶而才得心領神會；若能在探索過程瞥見和諧一體的吉光片羽，就已覺得萬幸。

我先前曾說，依納爵為之欣喜若狂的慰藉，可說是與憂鬱期對立的躁狂或輕躁狂現象。有些躁鬱症患者確實會有神祕的經驗，但我懷疑這樣的經驗是否都可歸類為輕躁狂。躁鬱症發作得極嚴重時，會顯現明確的遺傳性精神病症，但我們也知道，有些比較不嚴重的情緒障礙最後都逐漸回復正常。有些人的情緒呈現超乎尋常的大幅擺盪，但是在變化週期中都沒有堪稱精神病的症狀；這種現象被視為躁鬱性情感障礙。在躁鬱病態及正常狀態之間，很容易認出一個綿延不可分割的連續體，因為你我都會經歷沮喪期及強度不等的欣快期。

我們通常看不出許多外表正常的人曾經有「精神分裂」的症狀，或至少是與精神分裂相關的現象。正如躁鬱病態與正常狀態之間有一個連續體，精神分裂狀態與正常狀態之間也有連續體。我們知道，如同躁鬱症往往來自遺傳，會不會罹患精神分裂症，也深受遺傳的影響。根據研究，一般人約有百分之一會在一生當中萌發精神分裂症，但是，精神分裂症患者的一級親屬——父母和兄弟姐妹——罹患精神分裂症的風險卻高約十倍。若父母都有精神分裂症，子女得病的機率約是百分之四十。同卵雙胞胎之一若得精神分裂症，另一孿生子的得病風險約為百分之五十：此一研究結果證實遺傳成分的看法，但也顯示遺傳並非唯一的致病因素。如果精神分裂症完全來自遺傳，同卵雙胞胎不會只是百分之五十相似，而是百分之一百一致。

不是每一個人都同樣容易患精神分裂型的精神障礙，但如果我們同意病態與常態之間有不可分割的連續體，我們就可能發現正常人也會呈現精神分裂傾向的人格特質或呈現類似精神分裂的人格特質，還會發現這種人很可能有親人患精神分裂症。這種現象的確存在。研究顯示，許多正常人都會承認曾有類似精神分裂的症狀：有不真實感，自認為能「通靈」，幻聽或幻視，思維扭曲、偏執。分裂型人格（schizotypy）是心理學家認可的一個拙詞，用來表明具有類似精神分裂特性的人格特質，還可表示面對壓力就會出現精神分裂症狀的潛在性格。這些人格特性，有些是正面的。

精神分裂症患者及分裂型人格的人，常常覺得外來的刺激不堪負荷。他們也許對光或雜音太過敏感；譬如在一個擁擠的房間裡，很多人彼此交談時，他們就覺得不舒服。感覺心裡同時塞滿各種不同的思緒，可能也會讓這些人不勝其擾。我認為這可能就是不得不創作的一種動力。糊裡糊塗、雜亂無章，的確令人不快，得要理出頭緒，才能稱意。亂中求序的創作行為令人舒坦、自在。

思維障礙——思考的組織力、控制力及處理能力失調——是精神分裂症極明顯的一個臨床症狀。答非所問、說詞前後不一、語意模糊，以及我們在葛吉耶夫專章裡提到的奇言怪語，都是思維障礙的表徵。概念界線模糊，一個念頭與另一個念頭之間的聯想既主觀又離題，讓旁人跟不上他的思路。不過，出其不意的聯想，在未被察覺的概念或現象裡發現連繫，是科學上開創性思考的關鍵，而奇異的用語也豐富了文學的內容。喬埃斯（James Jayce）在《尤里西斯》及《芬尼根的守夜》裡的措辭，有時會令人聯想到精神分裂者的語段；念及他的女兒露西亞患精神分裂症，那樣的遣詞用句倒也恰如其分。許多研究顯示，精神分裂症患者的親人（與患者共有高比例的相同基因）比正常人的親人更有可能從事創作。沒有人會否認十足的精神分裂症只破不立，但是，精神分裂的潛在傾向可能與獨創性有關，還可能促成開創性的發現。

具有高度分裂型人格的人也極可能有心靈經驗。傑克森（**M. C. Jackson**）在〈精神病經驗及心靈經驗的關係研究〉〈24〉一文裡就指出這種現象，也列舉這種經驗的特點。傑克森的說法與威廉詹姆斯所謂的神祕心態，在定義上有相當的重疊，但是傑克森還從五千多篇現代心靈經驗的報告裡擷取一些別的特性。在詹姆斯的定義裡，神祕心態有四個特點：

不可言喻——言語難以表達這種經驗。

純理性——這種經驗也是一種知的狀態，自知感覺到更深奧的真理。

為時甚短——神祕的心態大都不持久，頂多一、兩個小時。

順勢無為——身處其境時，覺得自己的意志暫時擱置，有時候覺得被一股外力牽引著、操控著。

除此之外，傑克森還加上平和，也就是我先前所指的寧靜感。他還說時間感或空間感會改變，會有異常的感知，會察覺意識狀態改變，也會感覺對生命及生命問題有了新的視角。

行文至此，我們且約略重述幾個要點。古魯會先經歷一段緊張困頓的時期，有時還發展成精神疾病，最後悟得新的真理，於是，茫然而終於清明、亂象終於歸序、不安而終於自在。這整個歷程好比數學或科學的創新過程：一開始因為察知問題而牽腸掛肚，但是後來建構新的假說，把原本看似不能並存的理論或事實兜在一起，從而寬心釋懷。

同樣的過程也發生在藝術創作：創作者往往在一段時期裡不確定如何安排素材而覺得沮喪或不安，直到「弄明白了」為止。我曾引述赫爾德的提論，他說，從離散的材料裡創造渾然的一體、新的整合，是人類天性裡基本的組織活動。我也說過，人類會積極創造這種整體，原因在於無法完全適應任何一種環境，於是不能滿足現狀，始終要追求那求之而不可得的完美。

威廉．詹姆斯在《宗教經驗面面觀》的〈分裂的自我〉一文裡討論由精神失調轉化為內在和合又平靜的方法。

但是，達到一體和諧有許多方法，找到宗教信仰只是其中之一，而且，修補內在的不全、降低內在的不協，是一種普遍的心理過程，會出現在任何一種精神內容裡，因此未必要採用宗教的形式……譬如，從篤信到不輕信，或從顧忌遲疑到放任不拘，都是重生。再不然，個人生命裡猛然出現愛情、抱負、野心、復仇或愛國熱忱等另一種刺激或熱情，也是新生。在這種種狀況裡，心路歷程毫無二致——先是經風冒雨、緊張不安又反覆無常，而後是堅定、沈穩且平靜。〈25〉

古魯宣揚的新真理是全面性的解決，也就是萬事統攝、萬象包羅，有些還怪異得不見容於普世的信仰體系而被視為妄想。但是，先別輕率說古魯是瘋子；想一想，所謂的正常人也會有萬事統攝、萬象包羅的經驗：一切的衝突、所有的憂苦，一時都消失在那當下。這樣的經驗，狂喜是其一，戀愛是其二。兩樣情都類似妄想：不容理性的論證或批判。人類感觸良深、意味長遠的經驗，有時完全不可理喻。

第十章

妄想・信念

人類另一種感觸良深、意味長遠，而且也不可理喻的經驗就是皈依。我們在依納爵的事蹟裡已看到這種現象，不過他很可能本來就接受些許基督教教義，生病之後才變成狂熱的信徒。皈依一種宗教信仰會給人很大的寬慰感，令人如釋重負，彷彿人生的方向已交付給某種較強大的力量。威廉．詹姆斯論皈依：

> 可是，不論怎麼說，既然上述的危機就是要拋卻我們意識上的自我，聽憑那些不管是什麼，但就是比我們更理想的強勢力量擺佈，可見得自棄，即自甘屈從，一直都被視為、永遠都會被視為信仰生活的重大轉折，只是這信仰生活是心靈上的信仰，無關乎宗教的儀式禮節及表面的行為。〈1〉

詹姆斯列舉許多例子，說明自棄或自我屈從；其中兩例出自史塔柏克（**Edwin D. Starbuck**，一八六六—？）的《宗教心理學》。第一例：「我只是說：『主啊，我已盡了全力，我把一切都交給你』，就立即心平氣和。」另一例：「我突然想到，我若不再獨力去做，只跟隨耶穌，或許也能得救。結果，不知怎麼著，我的負擔就卸下了。」〈2〉

紐曼樞機主教（**John Henry Newman**，一八〇一—一九〇）皈依羅馬天主教的經過更微妙，也更使人想一探究竟。《生命之歌》是自述心路歷程的散文體傑作，已成為一部經典。他在書裡敘述加入天主教之後的寬慰之情。

成為天主教徒之後，我當然再也沒有任何宗教見解可言。我不是說我不再用心、不再思考神學的問題；我的意思是此心已不渝、已不再有任何憂慮。我已心靜無波、心滿意足，不再有絲毫懷疑。轉意改宗之際，我內心並不自覺在理智上或道德上有任何改變。我沒有意識到自己昔日曾信仰啟示錄裡的基本真理，也沒有意識到自己更克制。我的熱誠一如已往，並沒有因此而更多，但是，一切就像是從驚濤駭浪裡入了港，那種快樂幸福到如今依然不曾間斷。〈3〉

我在上一章裡說，懷疑論者或許偶而會瞥見和諧一體的吉光片羽，卻不相信人生的問題會有萬事統攝、萬象包羅的解決；他們走藝術家和科學家的路，一生不斷地追尋探索，永遠不會有最後的結論。宗教和古魯給予的，卻是萬事統攝的全面性解決。宗教信仰解決人生的問題，不解決一系列知識上的疑惑或藝術上的兩難。即使容格、佛洛依德及史坦納都聲稱採用科學方法，但他們顯然都在宣揚類似宗教信仰而他們本人又不太願意坦承的信仰體系。懷疑論者似乎居於少數。大多數人都想要或需要某種萬象包羅、能解釋人生奧義的信仰體系，而且發現自己稱為「真理」的一套信仰與別人的信仰互不相容，也不見得會氣餒。你的肉是他的毒藥──在你，是信念；在他，是妄想。

我曾試圖說明精神病態和正常行為之間有綿延的連續性。躁鬱症在極端的狀態下，是明確可辨的周期性疾病，但是會逐漸轉為較不嚴重的「躁鬱性情感障礙」，而這就可看作你我一般正常人都會碰到的經驗：時而有點憂鬱，時而又有些太興奮。像伊莉莎白．珐珥及容格的鎖匠學徒那種明顯的精神分裂疾病（請參閱第八章）及史坦納和葛吉耶夫那種「妄想型障礙」之間也有連續性，布倫頓那種偏執妄想的狀態則在這兩者之間游移不定；而許多正常人都承認會間歇地出現類似精神分裂症患者描述的那種症狀。我也曾特別指出，會妄想，是企圖解決問題。妄想是諉過卸責，也是解釋交代：諉過於人，從而保有自尊；設法詮釋異常的感知，從而降低精神混亂的威脅；而誇大型妄想則為一個原本自覺孤立又微不足道的人打了一劑自信的強心針。宗教信仰在整個精神系統裡具有同樣的功能。

妄想的定義是：

> 絕對堅定的異常信念；是不證自明且通常對個人有重大意義的感受；不受理智左右，不因經驗而修正；信念的內容往往匪夷所思，充其量就是異想天開，而且是同一社會、文化背景的人都沒有的異想。〈4〉

如果我們接受這個定義，那麼，一種信仰是否為妄想，一方面要看這信仰受到多麼強烈的擁護，一方面要看信奉者的多寡。

據述，拉吉尼什曾說：

有些虛構受到社會的支持，有些虛構沒有人支持。正常人與瘋子的差別就在此：社會支持你的虛構，你就是正常人；沒有人支持你的虛構，你就是瘋子。正常人操弄社會去支持他的虛構；瘋子的虛構沒有人支持，他孤單無依，合該被送進瘋人院。〈5〉

宗教信仰符合上述妄想的定義，除了一點：宗教信仰不會被視為異常，因為為數可觀的眾人或許有文化背景的異同，但都共有這些世界性信仰。這個現象彰顯我的論點：切勿因為一個人表達怪異或虛妄的信念，就判定他有精神病，除非他還呈現精神障礙或社會功能不全的徵候。

回頭看妄想的定義，我們會發現宗教信仰也是「絕對堅定的信念」，否則也稱不上是信仰了。信者當然偶或心生懷疑，但是他們不以理性論證釋疑，反而視疑惑如大敵當前；這證明他們基本上是篤信的。信念是深切的個人感受，是信者的生活賴以旋轉的軸心。信念如妄想，不受理智左右，不過，與妄想不同的是，信念可能因經驗而做某種程度的修正。信念可能隨著時間而稍有不同，或增長、或深化、或改變，但除非完全放棄，始終是影響生活所有面向的一種信仰體系。同樣地，虛妄思維也會全面地影響一個人的行為以及他對自己的認知。

就因為宗教信仰和虛妄思維都具有這種萬事統攝、萬象包羅的特性，所以兩者都很難據理論證。

這兩套信仰體系在某種程度上都與保持自尊有關，與「自己與眾不同」的信念有關。一般人的自尊與人際關係密不可分。我們尊重自己是因為我們的配偶、子女和朋友看來都愛我們，都喜歡我們作伴，或對我們有情誼。基督徒除了這些之外，還相信神愛他、重視他。這是紅利、保險兼而有之。信徒在某種程度上不會因為個人遭逢人生的不幸而難以自處。因為堅信處境再怎麼慘淡，神依然愛著自己，所以不論生離死別多麼辛酸，人生挫敗多麼苦楚，都比較能平心以待。信仰的確能使人免於恐懼。譬如，嚴守單純教規的信徒就比存疑的知識分子更能抗拒共產黨的洗腦。〈6〉

但是，對於某些不論基於什麼理由而無緣在生活中得到溫情的人來說，信仰格外重要。古魯幼年多半孤僻，也往往內向、自戀，比較關注自己的內心，不太在乎人我的關係。這些人格特性滋生幻想、助長幻想。孤獨中的想像力最是飛揚。葛吉耶夫和史坦納因孤僻而生幻想，他們的宇宙起源論可說是幻想力極致發揮之作。他們的想法當初若有人一起討論並做嚴格的檢驗，不可能會得到支持。這些看法其實是誇大妄想，只能說是個人的信念。自尊若完全仰賴個人的一種信念或一套虛妄思維，這信念或思維自是敝帚自珍，不許撼動。任誰都經不起自尊蕩然無存；在嚴重憂鬱裡掙扎而瀕臨這種絕境的人，往往以自殺了結。

再回到妄想的定義，我們可以說，宗教信仰的內容往往「匪夷所思，充其量就是異想天開」。譬如在基督教教義裡，童貞女之子及耶穌復活的事蹟就屬匪夷所思，因為違反生物原理。許多東方的教義都有靈魂轉世之說，這似乎是異想天開。客觀證據在宗教信仰和妄想裡都付之闕如。沒有人能指證神的存在。信念無法用實驗測試，不能證明是真是假。虛妄思維支撐自尊，宗教信仰亦如是。譬如，若說大多數人類在功能上都是可以取代的，恐怕我們都難以接受。你我每一個人都獨一無二，但也只有少數天才男女不可取代。大多數人在死後數年就會被遺忘。天地不仁，大自然揮霍：世界上的人太多了，大部分不值得注意。你若有幸，親友會懷念你一陣子，但我們少有人會被永誌不忘。這真是情何以堪。臨死的濟慈（**John Keats**，一七九五—一八二一）有感於同胞吝於賞識，絕望之際，不願在墓碑上留名，只希望刻上「這裡躺著一個人，他的名字是用水寫的」。連才情高妙如詩人濟慈都如此表達他的幻滅，凡夫俗女又能怎麼說自己呢？

「我活過了，也死了，我不明白怎麼會這樣。我不會被記得的。」

但是，一個人若有信仰，譬如信奉基督，情形可就不同。基督教主張，每一個人，不論多麼卑微，在神的眼裡都很珍貴。一個人可能見棄於親友，可能一事無成、處處格格不入，可能是窮困潦倒的酒鬼或世人都不容的罪人，但如果他相信神愛他，相信他若懺悔，神會原諒他，他就不會絕望，不怕無立足之地。早期皈依基督教的人，想必有很多都抱著這樣的信念，因為教義申明，庸碌不才、微不足道、平凡無奇的人也會被神眷顧。尼采基於許多理由否定基督教，譬如基督教堅持靈勝於肉，往往視情慾為邪惡。另一理由是基督教推崇謙虛及柔順，這恰恰違背尼采的信念：強者才值得頌揚。

譬如，耶穌（或保羅）發現羅馬外地行省的市井小民過著簡樸、守德、拮据的日子，於是提出註解並借題發揮，認為這是最高尚、最有意義的生活，也由此認定這些人能藐視其他任何一種生活方式，是勇氣可嘉。〈7〉

詩人艾略特寫道：「人類不太能承受現實。」不能承受生命短促、個人渺小的事實，是信奉宗教的一個強烈動機：基督教的神視每一個人為獨一無二之珍，靈魂不朽的教義則進一步確定每一個人永生永世都獨一無二。在其他某些信仰裡，一個人經由投胎轉世而生生不息，直到不再有任何存續的價值為止。如此看來，怪不得人們都嚴守這些很能撫慰和鼓勵的信仰體系。容格在一九五九年接受弗里曼的〈面對面〉訪談，節目最後論及死之必然時，他說，潛意識雖受死而亡的威脅，卻淡然處之。「想起我的病人，你知道，他們全都在追求本身的存在，都設法確保自己的生命不至於如煙似霧而化為烏有，或淪為無謂的存在。人都經受不起無謂的人生。」〈8〉不過，我們當中有些人不會為了心裡好過就姑且抱著某種信仰；我們得先證實這信仰的真假。另有些人雖不相信靈魂不朽，但一生也過得充實盡興。

許多人成長過程裡的教養，都是要你相信有宗教信仰比較可取。你若無法相信，或不再相信原來信奉的宗教，如今比已往更寬容的信徒也會給予同情、諒解。人家說，信念能移山。信仰常會陪你度過生活的磨難：苦痛因信仰而緩解；生存因信仰而有意義；未來因信仰而有希望；信仰許你得救贖，許你在天堂永生。然而，尼采視信仰為懦弱的一種表現。

缺乏意志，就時時渴求信仰、亟需信仰，因為意志——想要支配的自覺情感——是決定是否有權威、是否強勢的徵兆。換言之，愈不知道如何支配的人，就愈急切渴求會支配、非常能支配的某個人物——一位神明或大王、某一社會階層、一位古魯的頭銜若普用於尼采那個年代，他肯定會在他的支配者名單裡添上古魯這一筆。

特異的、只擁有少數信眾的信仰體系，十之八九都會被視為虛妄。可能也同樣非理性，卻有數百萬人共同信奉的信仰體系，就被稱為世界宗教。把精神病患的執念和正常人的宗教信仰兩相比較，實在無法說其一是虛妄，另一是明智。再想想葛吉耶夫和史坦納提出的宇宙觀，我們可以有把握地說這些看法荒誕離譜，有識之士都不會苟同，一般人也一定會把他們當瘋子，把他們的信念當妄想。這是活在心靈荒島的人生出的信念，與他人的思想與見解相去甚遠，無法觸動人心。儘管如此，葛吉耶夫和史坦納都不是，也不可能成為精神病患。這兩位都吸引了一些人追隨；這些信徒當時確實相信，如今或許還相信他們的天地史話奇特非凡，但是信徒為數太少，兩個人自然就被視為無傷大雅的怪人，他們的宇宙起源論也被指為虛妄。

然而，全世界估計有超過十億的基督徒。說這些人都被騙或被誤導，未免太放肆、太荒唐。可是，童貞女之子、耶穌復活、靈魂不朽及肉體死而復生等基督教的固有教義，在秉持生物學觀點的懷疑論者看來，就如同葛吉耶夫對月亮的信念或史坦納對宇宙生物的看法，簡直不可思議。設若全世界只有一百位基督徒，我們會認為他們怪異得就像堅信葛吉耶夫和史坦納所言皆確實不虛的那些信眾。英國國教的教徒做晨禱，都要誦念使徒信經，或內容相似的現代版使徒信經。有些讀者或許不熟悉這信經，以下就是全文：

我信上帝，全能的父，創造天地的主；我信我主耶穌基督，上帝的獨生子；因聖靈成孕，由童貞女馬利亞所生，在本丟．彼拉多手下受難，被釘於十字架，受死埋葬；降在陰間；第三天從死裡復活；升天，坐在全能父上帝的右邊；將來必從那裡降臨，審判活人、死人。

我信聖靈；我信聖而公之教會；我信聖徒相通；我信罪得赦免；我信肉身復活；我信永生。阿們。

有多少自稱基督徒的人相信這些論點是不折不扣的真實？現代基督徒，包括英國國教的主教及其他成員，都設法為信經誦念辯解，強調經文的隱喻。譬如聖靈，可以象徵耶穌的精神不死，這好比我們會說柏拉圖哲學的精神仍影響我們。同樣地，耶穌復活的故事也取其隱喻：人死了，在愛他的人的心中復活。童貞女之子的原型神話不限於基督教教義。早期基督教傳教士發現他們的傳教對象早就自有一套轉世化身的說法，總以為是魔鬼在作祟，在扭曲他們的傳教內容。〈10〉當代許多基督徒當然也認為童貞女生子不是一五一十敘述事情發生的經過，而是我們念及英雄的出身時常用的思維。伯明罕一位前主教在一九三三年受訪時，就坦承他不相信童貞女生子，不過令人訝異的是，他真的相信耶穌復活確有其事。〈11〉一個不可知論者多半會承認耶穌有許多訓諭都言之成理，但是有些基督徒一定不會欣然地一再唸誦一篇含有肉體復活及死後永生等信念的經文。像我這樣從小到大都是基督徒的人，太習慣聽信經、誦信經，往往就忽略經文真正的內容。

一些有宗教信仰的科學家和哲學家能把專業思考和信仰做分割，使這兩部分在心裡宛如涇渭分明。這令人想起德爾圖良（**Tertullian**，一六〇？—二二〇？迦太基人，早期基督教神學家）的名言：「上帝之子死了，因為荒謬所以可信。埋葬後又復活，因為不可能所以是肯定的。」〈12〉無宗教信仰或持不可知論的同事難以體會一個平時在學術或專業領域裡表現理性的人，怎麼還會心存不能訴諸理性的信仰；但是，他們通常盡量避免徒然之爭而包容這個人，正如謹守分寸的人都會和氣看待精神病患的妄想或戀人的失心風。

科學家接受一則新的假說之前，會先要求實驗證據，要求再製，要求證實。科學上每有進展，都要先分析研究，才能繼續往前走。然而，誠如昆恩在《科學革命的結構》

裡表明的，科學家通常很難拋棄熟悉的既定觀念，因為這些觀念已經變成信條，不是暫時的假說。再怎麼抱持懷疑態度的科學家，也得「信奉」作為研究基礎的模式，不論那是什麼。若沒有某種觀念架構，就無法研究問題或認識問題，但是，這樣的架構都必須能被推翻才是。科學本無信條，若有，除非是：沒有一項發現，沒有一則定律是絕對而不可取代。

實際上，科學家不會經常這麼事事存疑。譬如，有些科學家熱烈擁護自然淘汰的進化論，其著述也展現傳教士宣傳福音的那股熱忱。達爾文的假說有很強的論述，解明許多原本費解的問題，自然就被奉為「一定」對的法則。再理性的人，也總要有某個信念，而且是以批判為事的哲學素養不能完全抹除的信念。許多人都承認自己也會相信某些缺乏客觀證據、不能證實，而且外人看來覺得瘋狂的事情。我常以為我們大家都有這樣的怪念頭。即使沒有宗教信仰的理性中人，其心底也會藏著非常無理可喻的信念，特別是關乎自尊及愛情的私念。我們明明知道自己很快就會被遺忘，卻仍喜歡自以為無可取代，相信捨我其誰。你我許多人都會在一時之間懷著誇大的妄想，錯以為其實不那麼重要的自己舉足輕重。

威廉·詹姆斯在其大作《宗教經驗面面觀》之末，設法「在差異互見的各種信條裡，界定出這些信條都要表明的一個共同核心」。他的結論是：

宗教信仰似乎全都有某種同樣的解救模式。這包括兩個部分：1.不安，2.解決。
1.不安，用最直白的話，就是感覺眼前「有什麼不對勁」。
2.解決，就是與較強大的力量做適當的連結，從而「不再覺得不對勁」。〈13〉

但是，這「較強大的力量」不一定要是神祇。我在上一章裡指出，才賦高得足以成為創作藝術家或進行研究的科學家、數學家，都明白他們其實要仰賴非出於己身的力量。

我們看到的實例已顯示，美學問題或科學問題的解決，經常是在不受制於意識的精神過程裡產生的。我相信我們的心靈無時無刻不在進行篩選、掃描，設法解明我們的所見所聞。我們若記得夢境，表示我們瞥見這樣的精神過程。就這層意義而言，我們全都仰賴較強大的力量。從事創作的人想必都承認這分依賴，除非他目空一切，自認為不需要審視心靈的運作。相信自我能做任何事、能完成每一件事，未免吹捧得可笑。尼采成長於信仰基督的家庭，後來雖放棄信仰，宣稱神已死，但他依然需要訴諸高處的力量。在《善惡彼岸》一書裡，他提到藝術家需要心靈的準則，需要

長時「服從」「一種」指導：在這種指導之下，最後都出現、永遠都會出現某種為之而值得活在世上的東西，譬如美德、藝術、音樂、舞蹈、理性、靈性——某

種令人改觀、使人精進，既瘋狂又神聖的東西。〈14〉

但是，尼采服從的對象不是某個人，而是理念和理想。坦承忠於一個理想或信任心靈裡較強大的力量，這是一回事；甘心聽從一位——套用尼采的書名——「有人性，太有人性」的古魯，那是另一回事。有些古魯如史坦納和依納爵，始終正直、誠懇，而且顯然不因信徒的愛慕而稍改其志；有些如拉吉尼什，卻淪為腐敗。不過，成為信徒的人，是在不識菁蕪的情況下才「上了」某一位古魯的「當」。這好比戀愛的過程或精神分析裡的情感轉移。面對這種現象，我們都沒有免疫力。因此，把古魯的所有信徒都說成不成熟或有神經症，也是冤枉他們。我個人認為，把一個人奉為能見凡人之所不能見的「較強大的力量」，是在走險路，但我能想像自己面對那種境況，或許也會進退失據。東方人比西方的新教徒或非教徒更能接受古魯或導師：渴望開悟，當然需要一位高人，一位能指點迷津的導師。佛教社會及印度教社會或許比我們西方人更擅於挑選古魯，因為精神導師／古魯比較深植於這兩種文化，也比較被視為理所當然。

曾有一對純樸的美國夫婦來看我，他們都讀了我的一些著述。在談話結束之際，這位先生說：「史脫爾醫師，我想你就是我們眼中奇妙的人。」我本來想說「我——可不認為我是奇妙的人」，但實在太難為情了，只能喃喃連稱不敢當。在我看來，許多古魯都很敢當，很樂意被視為奇妙的人。不知道他們會不會被奉承而大感難為情；但也可能因得意而腐化吧。古魯，如我在本書裡設法表明的，個個大異其趣，但顯然都深信他自己「就是知道」，堅信他個人的啟示適用於所有人。愛默生為文論〈自我信賴〉，認為這是天才的象徵。

相信你自己的想法；相信你私以為真的，對所有人也是真——這就是天才。〈15〉

依我之見，這不是天才，是自戀；自我專注與瘋狂僅一線之隔。就古魯而言，這似乎是孤僻所致。古魯歷經身心煎熬的一段時期之後，懷著一套新的思維再現身。此一思想體系是在沒有朋友共同討論之下，煞費苦心獨自完成的，通常近乎妄想。他們的這些看法與科學或數學的論點不同，都經不起嚴格檢驗或不被既定的教會權威接受。於是，這些古魯尋求信徒。有了衷心擁護其思想體系的信徒，才能證明他的優越，才能確認他對自己的非非之想。騙子能取信於人，在於他已相信自己的虛構。古魯能服人，是因為他看起來確信自己是對的。他們都不得不相信自己的啟示，否則他們的世界會崩裂。弔詭的是，古魯展現的那股確定感，竟然是其行為很啟人疑竇的一點。我們可以說，古魯既懷著堅定的信念，也暗藏著不為人知的疑慮；而這也是他迫切需要信眾的緣故。理查・韋伯斯特寫道：

彌賽亞為了要確認他的秘密身分而尋求外力，然而，這過程卻也典型地，以比較常見的方式呈現：渴望吸引人追隨，有了追隨者之後，就要求高度的忠誠，彷彿要試探信徒是否服從，也彷彿他有能力完全收服人心，就證明他本身具有超自然的權位。〈16〉

本書討論到的古魯，有幾位確實如此。古魯除非像依納爵，說服追隨者加入國教，否則都會提出完全以古魯本人為依歸的信條。甘願屈從，是改宗皈依的一個要點，皈依的對象是看起來比薄弱的自我或意志還要強大的某個人或某種物事。放棄自主、仰賴古魯指引的人雖有如釋重負之感，但其實更冒險。

持不可知論的知識分子通常十分重視獨立的思考及表達的自由。參加新宗教運動的人拋開個人的責任，而且聽命於古魯、不再做獨立的判斷；這是令知識界為之震驚的一件事。卡斯威爾就認為當時首屈一指的主編奧瑞治竟然「委身於一個美國神棍」，即葛吉耶夫，簡直駭人聽聞。信奉統一教，婚配就要由教主文鮮明擇定，婚前禁止性關係，婚後一段時間也不能行房；有些人知道這種放棄個人自由的教義之後，就裹足不前。許多非天主教徒看到天主教作家的著書扉頁上有 **Nihil Obstat**（官方審查通過）的字眼，也會不寒而慄。人難道不能在法律之下想寫什麼就寫什麼嗎？難道還要把自己的著述交給一個說不定心存偏見或漫不經心的人審查嗎？但是，天主教徒，特別是信奉依納爵教義的教徒，卻相信服從權威是克己的美德，而且很多人顯然因為不自作判斷、只聽憑一位高人的定奪而大感寬慰。據述，你只要對拉吉尼什說「我把一切都交給你」，你的一切就會妥當無虞。

古魯孤立不群，只依賴他的信徒，完全不受教會的規範，也不受時人的批評。古魯高於法律，他篡了上帝的位。我們會關心古魯是否曾罹患躁鬱症、精神分裂症或其他公認的、可診斷的精神疾病，但是這到底不太重要。古魯與比較正統的導師之所以不同，不在於他時躁時鬱的情緒擺盪，不在於他的思維障礙，不在於他的虛妄思維，不在於他的幻覺，不在於他那神祕的狂喜狀態——而是在於他的陶然自醉，即他的自戀。

讀者或已明白我不是佛洛依德的信徒，但我依然賞識他提出的許多看法。他的論文〈論自戀：引論〉被編輯視為最重要的著述之一。這篇探討自戀的文章由妄想型精神分裂症入手（他其實不是用 **paranoid schizophrenia**〔妄想型精神分裂症〕，而是用如今已不再用的 **paraphrenia**〔妄想痴呆〕）。

佛洛依德說，這樣的病患「呈現兩種基本特徵：一是妄自尊大；二是本身的興趣由外在的人與事轉向他處。」〈17〉他接著說，這股興趣，即癖性或利比多（libido），退離外在的世界之後，轉而對準自我——正是這樣，才堪稱「自戀」。佛洛依德認為妄想型精神分裂症患者的自戀是繼發性現象：是正常幼兒那種他名之為「原發性自戀」的自我專注被誇大的結果。「小兒令人愛，很大的原因在於他自戀、自得其樂且無視於外物，就像某些動物如貓、狗或大型食肉獸似乎不在乎我們，所以很討喜。」〈18〉小孩本來就是自顧自、予取予求。要滿足嬰兒的需求，就得把注意力集中在他身上。小孩絕不會關心照顧他的大人有什麼感受或有什麼需求。所有的嬰兒都妄自尊大。幼兒要求很多愛，卻不能回報。只要媽媽供其所需，小孩是愛媽媽的。成年人會期待愛人關心他的感受，但我們不會期待一個小孩對媽媽表現那種關懷。在情感發展的這種自戀階段裡，目標是被愛，不是愛人。

一個停在自戀階段的成年人還存留這種要被愛、要當注目焦點的心態，隨之而來的，就是妄自尊大。這是古魯的特質。即便是貌似謙謙如魯道夫．史坦納，也妄信自身的感知力及自創的宇宙起源論。古魯需要吸收信徒，正顯示他需要被愛、需要有人證實他的信念。然而，古魯或許能魅惑追隨者，他本人卻始終孤芳自賞，通常沒有密友能平起平坐地給予批評。古魯所有的人際關係都得由上而下，他才能坐擁古魯的地位、精神導師的身分。這就是古魯何以金腦泥足、不堪一擊之故。

第十一章

那麼，求助於誰呢？

本書卷首引語是古希臘悲劇作家優里皮底斯假劇作角色俄瑞斯特斯之口而說的格言。其中，「上智者走自己的路，不聽先知指引」是十全十美的忠告，但還是不聽的好。事實上，就算不是大多數人，也有許多人在茫然無措時，都想求助於人。我們當然都需要會計師、律師、水電工等專家為我們解決文明生活裡的疑難雜症，但本書關心的是人生意義上的疑惑。為什麼人類即使長大成人了，面對沒有明確答案的問題卻不自求解決，反而指望他人指引呢？

說一個人「長大成人了」或許並不貼切。人類經由 neoteny，即幼期延長或幼態持續的過程，把某些特性延留到成年，但這些在其他靈長目動物都屬於發展早期的特色。因此，成熟期的人類具有類人類靈長目胎兒才有的那種面貌及相當大的腦袋。neoteny 有時也稱為胎兒化（foetalization）。這個進程會保留柔韌性，但往往在完全成熟之後就消失。我們成年之後還延留幼兒期的一些特性，所以始終有韌性。也因此，老人保證比老狗更能學得新把戲。

低度進化的動物一生都受制於固有的行為模式；人類適應世界卻不靠這樣的模式，而是靠學習。這是人類一個鮮明的特色。語言的發達讓文化能代代傳承。相較於人類的壽命，人類的嬰幼兒期在進化過程中被拉長了，學習的時間也隨之增加。人過了童年，依然不斷地學習。我們許多人終生都在學習，也樂於學習。現在有許多人都活得老，因此，一個現代社會在成人教育上若沒有充分的措施，就稱不上是進步的社會。

為了適應，我們會持續學習，但是，要在長大成人之後仍然可教，就必須延留孺子的一些特性。習於高估老師，正是這樣的一個特性。兒童跟著他尊敬、欽佩的老師學習，最有成果。成年人可能只把老師當作學有專精的人，但他若喜歡他的老師，對老師的學識和專長也有深刻的感受，也許就學得更快了。要學做木匠或學習電腦，老師個人的特質和情感或許不那麼重要；要學習深涉人類情緒的學科，可就不是這樣。音樂學者教授的學科或許能在知識上解惑，但音樂的鑑賞及演奏非得由一個對音樂動情見性的人來教，才能奏效。演奏家的技巧可能早就青出於藍而青於藍，但憶及昔日的老師，敬慕之情往往油然而生。音樂上的領悟近似「心靈上」的領悟：具有這等悟力的老師會備受尊崇，甚至被奉為偶像。自稱洞悉生命本質並教人如何生活的古魯，更常見這種現象。信徒幾乎把魔力都加在古魯身上。這是一種理想化，比墜入情網還危險。

精神分析師常見情感轉移的境況。根據佛洛依德最初的描述，這個現象是一種心路歷程；患者經由這個歷程，把過往他對權威人物，特別是對父母親的態度和觀念轉嫁於他的分析師。後來，這個名詞被引申為病患對分析師的整個心態。佛洛依德起初對情感轉移很反感。他希望精神分析是與人無涉的求真過程，患者與分析師之間只問專業、就事論事，不論人與人的關係。他想擔任登山嚮導的角色。結果，事與願違，他發覺患者

蜜拉（媽媽）（Mother Meera）

把他變成理想情人，當他是父執輩或救星。

情感轉移的現象不限於精神分析師與患者之間。我們大家常常把主觀的愛恨情仇投射於古魯、政治領袖或老師等權威人物。我認為學習能力延留到成年，就會有這種雖不可取卻不可避免的後果。這一點顯現我們「未成年」的一面。寇紐埃爾夫人（Madame Cornuel，一六〇五－九四）曾有「僕人眼中無英雄」之言，但是，領袖都不免被不甚熟識者尊為英雄或貶為惡棍。美國甘迺迪總統生前及身後的評價都高得離譜，一直到最近，他的性格及成就才被歷史學者拿來討論並做客觀的檢視。在英國，把女王及王室成員奉為典範的人雖已減少，但仍大有人在。不只是古魯的信徒才會高估名人，我們大家都有這個人性弱點。

確定感很能打動人心，所有成功的領袖都能給人確定感，而這也是他們散發人格魅力或領袖氣質（即奇力斯馬）的一個重要原因。本書探討的是精神領袖，不是政治領袖，但成功的政治人物都具有古魯的某些特質，即使並不宣教佈道。誠如每一位政治人物都明白的，形象比真相還吸引人。戴高樂（Charles de Gaulle，一八九〇－一九七〇）是具有奇力斯馬的政治人物；他相信自己是法蘭西的化身。邱吉爾（Sir Winston S. Churchill，一八七一－一九四七）如他自稱，是獅子之吼，是英倫之聲。戴高樂和邱吉爾都是一流的演說家，但他們的奇力斯馬是來自那一股堪比古魯之魅力的內在信念。邱吉爾在一九四〇年以六十五歲之齡終於當上英國首相，他跟他的醫師說：「這絕非偶然，這是注定的。天生我才就是為了這份工作。」〈1〉政治領袖像古魯，有時候會相信自己是上帝選定的。假若戴高樂和邱吉爾一事無成，他們的自我信念很可能被我們斥為誇大妄想。

邱吉爾在第二次世界大戰期間，被英國人奉為斯土斯民的救星。一九四〇年，英國單獨面對納粹德國，籠罩在隨時被入侵的威脅之下，當此全民皆以為必敗之際，邱吉爾以其大無畏、強韌、不服輸的精神及其雄辯之才振奮人心，鼓舞士氣。「在一九四〇那一年慘淡的夏天裡，邱吉爾的成就可謂神乎其神：他妙轉人心，讓全民相信天佑斯土。」〈2〉仔細研究邱吉爾，不但使人瞭解古魯特有的神祕氣質，也顯示在某些處境裡，理想化或許有正面的作用。邱吉爾像本書探討的某些古魯，在——引用他的醫師的說法——「他內心的虛幻世界」〈3〉裡找到了真實。由於在這個內心世界裡顯然有一項英勇的任務待他完成，因此他能在舉國亟須一位英雄的時機，把這項任務強加在幾乎所有英國人的身上。邱吉爾極為自戀。雖然與他共事或為他做事的許多人都敬佩他，但他其實非常不能體恤別人。我曾為文論邱吉爾：

一九四〇年，邱吉爾終於變成他一直夢想的英雄。那是他最美好的時刻。在那晦暗的年代，英倫需要的，不是精明平和、思想穩健的領袖，而是一位先知，一個有英雄氣概的幻想家，一個眾人皆氣餒、獨他夢想勝利的人。溫斯頓．邱吉爾正是這樣的一個人：他在浪漫的幻想世界裡才真實存在，但多虧這種世界，才生出那般鼓舞人心的氣魄。〈4〉

戰後，選民棄邱吉爾而就工黨，因為普遍認為工黨比較會處理重建的工作。邱吉爾覺得這是忘恩負義，我卻認為選民善觀能察，明白英國已不再需要先知或救星。

我想起奧斯華．莫斯里爵士（Sir Oswald Mosley，一八九六－一九八〇）。我很不贊同他的政治立場，尤其不能容忍他的反猶太主張，不過，在一次餐會裡，他給我的第一印象是彬彬有禮、舉止優雅，具有老派的貴族氣息，散發著無比的魅力。話題從家常轉到北愛爾蘭。我忘了莫斯里說些什麼，但他隨即提出一系列措施，堅持英國政府必須立即採取這些措施，才能解決這個持續已久又顯然無法解決的問題。那個晚上，我見識了活靈活現的奇力斯馬。雖然莫斯里長久以來聲名不佳，但我開始瞭解早年他何以會被擁立為未來的首相。他說得那麼令人服氣，讓人開始覺得他或許說得有理。畢竟，政治人物對北愛爾蘭都束手無策，沒有人知道怎麼對付愛爾蘭共和軍。我覺得或許該由莫斯里帶頭處理這個特別棘手的問題吧，即使他過去的法西斯思想令人反感；說不定莫斯里真的「就是知道」。我憎惡這個人以前的政策，但只因為他顯得那麼確信他是對的，我就明知不可取，仍為之動情一時。

希特勒稱不上精神導師，所以不在我的古魯之列，但是他顯現壞古魯的許多特質：言語充滿末日動亂的預言，妄自認定猶太人是邪惡的敵人，堅稱猶太人反基督、一心想要毀滅亞利安人的救世主耶穌基督。誠如德國文學權威史鄧（J. P. Stern）指出，希特勒在演說中「用莊嚴、激昂的語調說著路德新約那種個人私密的語言。」〈5〉聽眾被他的花腔巧語說服了，於是縱容他自吹自擂，默許他自命為救世主：希特勒把猶太人描述為萬惡之源，人民因而找到了替罪羊，把社會的窘迫與困境全歸咎於猶太人。以德國在一九二〇年代及一九三〇年代初期的境況而言，希特勒會吸引萬眾熱烈跟隨，實在不意外。

引領風騷的創作藝術家，雖然志在美學，不在宗教，但也可能表露古魯的某些特性。作曲家華格納顯現許多令人不敢恭維的古魯特性。他揮金如土，即使阮囊羞澀，也堅持奢華。他縱慾無度，不過就像拉吉尼什，功夫可能也不甚了得。他渴望被阿諛奉承，要求追隨者全心奉獻、絕對忠誠。才十七歲時，他就在尋找一個「能讓我盡情吐露心事，不管他有什麼感受」〈6〉的同伴。華格納只能支配，容不得對等的情誼。他只有信徒，沒有真朋友。他與第一任妻子分開之後，就沒有人能批評他、頂撞他而不被他視為叛徒。

華格納性格使然，會任意利用信徒。尼采曾一時為他著迷，他就把尼采當僕人支使，為他跑腿、替他買耶誕禮。他一完成詩作《指環》，就執意要把完整的四個段落讀給耐煩的追隨者聽，一讀就是兩天，而且對著想聽的人一讀再讀、讀了又讀。他這種作風就像有些古魯，硬要信徒聽他沒完沒了的慷慨陳詞。華格納學養廣具、博覽群籍、有驚人的作曲天賦又極富想像力，可謂人類史上非常散發奇力斯馬的一個人。有些人如尼采，即使對他心生嫌惡或不再抱幻想，依然承認永遠不會忘記他的人格魅力或他的音樂魔力。華格納也是自戀的象徵。他一定是對的：他就是知道。

以上這四例都不是宣教佈道的古魯，但都具有領袖的氣質、神祕的魅力。他們凸顯了一個令人不快的事實：許多渾身散發著奇力斯馬的人，若由人的觀點看，其實都具有嚴重的、叫人不得不提防的人格瑕疵。他們的說服力、感動力都來自他們妄自尊大的信念。他們必須支配、駕馭，才能鞏固自身的地位。專事希伯來研究的學者亞伯巴赫（David Aberbach）認為在許多案例裡，奇力斯馬都與家庭中的損喪或其他的個人創傷有關。有神祕魅力的古魯歷經個人危機之後以另一個身分出現：這個新人可能不以家庭為依歸，而以四海為家；他屬於每一個人，因此也不屬於任何一個人。這種見解的確可以解釋某些具有奇力斯馬的人何以缺乏親密的人際關係。〈7〉可是，一九三三年之後群起擁戴希特勒的數百萬人，不會因為你說他們被一個偏執狂的神祕魅力誤導了就打退堂鼓。誠如歷史學者科恩之見，分崩離析、多災多難的社會總會捧出這類型的領袖。〈8〉邱吉爾和希特勒以迥異的方式體現科恩的看法。在社會崩壞至極或危機四伏之際，若有政治人物允諾恢復秩序或退敵救民，他就會從掌理實務的人變身為具有魔法、像古魯那樣的救星。

依精神分析的說法，渴望聽從一位古魯的指引或渴望得到一種宗教信仰，一向都被解析為幼年需要父親的心態存留。佛洛依德在《文明及其不滿》裡說：

> 嬰幼兒的無助感以及由此引發的對父親的渴望，都會轉化為宗教需求。這種轉化在我看來，是無庸置疑的，特別是因為這情感不僅從幼年延伸至成年，還會出於對強勢命運的畏懼而永續不止。幼兒的各種需求，莫大於父親的保護。〈9〉

不經世事的小孩總會求教於父母。幼童小兒覺得父母比自己更知道生活的問題，還可能要花好幾年的時間才會明白父母也會犯錯，不是無所不知。我們大多數人都有一個希望縈迴於心田深處，希望某個地方有那麼一個「就是知道」的人，特別在身心不適的時候，更會想望有這個人。我先前說過，古魯非要吸引信眾不可，這顯示他展現的那股確定感其實只是虛有其表，不過，尋求心靈指導的人卻很難鑑別虛實。我們可不可能分辨哪一種古魯可疑，哪一種可以給予真正的指引呢？與其推薦可信賴的精神導師，倒不如指出該規避的古魯。

專斷的古魯和偏執的古魯都可能有危害。專斷及偏執是有其一必有其二的性格。我想再加上一個特質：高談闊論的才能，這或許是古魯最具殺傷力的武器。古魯如科日許和瓊斯，都會說得慷慨激昂，用滔滔不絕的言語淹沒信眾，令他們唯命是從。許多古魯念茲在茲的，莫過於本身的支配地位，難怪都漸漸放縱情慾、貪財愛物。如我曾指出，屈服於上帝或某種抽象的準則，不僅令人心嚮往之，也是可以理解的，有時還令人敬佩。委身於人間的古魯卻危機四伏。拉吉尼什要求信徒交出曾經珍視的一切，甚至放棄以前的身分，這也是他的信徒都有新名字的原因。就連依納爵都要求絕對服從宗教高層人士。

艾琳．芭克兒一直努力掀開新宗教運動的神祕面紗，希望人們注意這些運動的好處及風險。她也認為應該提防為皈依者做重大決定的古魯。對信徒的金錢、衣著、私產及性伴侶都要親自操控的古魯，更要避之唯恐不及。自稱擁有神權的領袖，一意孤行且自行其是的領袖或運動，也同樣要避開。我們要得知一種運動的意義和真相，必須特別留意這運動是在什麼境況裡影響信眾。一種運動若在與世隔絕的地方進行，或是參與者與外界不相往來，這就令人起疑。同樣地，一項運動若截然劃分「他們」和「我們」、「神聖」和「邪惡」、「好」和「壞」等等，也不太信得過。〈10〉這樣的黑白分明，正如我說過的，是偏執虛妄者對世界的想像。吉姆瓊斯和大衛科日許領導的運動是明顯的實例。

有些古魯會愈來愈不易親近，連信徒也難得一見，因為他們本來就只關心自己，不在乎友誼或信徒的問題。拉吉尼什顯然是這樣的例子。葛吉耶夫在彼得斯嚴重憂鬱時對他關懷備至：這是會噓寒問暖的古魯。不過，這樣的交心傳情其實意在強力說服，不在深入瞭解。不親身見人的古魯，最好避之為妙。魯道夫史坦納即使已經有一大群追隨者，仍然不斷地把自己奉獻給別人；依納爵和耶穌亦如是。佛洛依德和容格都隨著年紀漸長，愈來愈關注理論，愈來愈漠視治療。

自甘屈從於一位古魯，你就可能卸下個人的責任重擔，獲得一套新的信仰；但吸引人加入一項新宗教運動，並不只是這個原因。很多人都覺得與志同道合的人在一起，的確令人振奮。活著離開瓊斯城的人，都不後悔曾待在那悲慘之地，有些人回想起來，還覺得那是天堂樂園。許多拉吉尼什的年輕信徒，都享受奧勒岡那一方大牧場裡的友伴之樂及性愛自由。文鮮明的統一教信徒中，大多數年輕人及大多數英國中產階級，都喜歡那種參與感，都很高興能加入一項追求精神理想的運動，而精神理想是一般西方社會都沒有正視的問題。起初吸引這些信徒的，似乎是那種快樂的氛圍，一張張的笑臉及充滿愛的團體。統一教的信徒都相信文鮮明是救世主，會帶領眾人在人間建立天國。

任何社會總會有人不再寄望於傳統的宗教。很多參與新宗教運動的人都是懷抱理想的年輕人。他們就是覺得現代西方社會重物質、好競爭，從而棄精神的價值而就財富的追求。的確值得注意的是，「生活水平」一詞，永遠是指多少香檳或燻鮭魚等物質水準，從來不用以表示精神層次的水準，譬如是否有較好的教育，是否較有機會接觸人文。

與一群志趣相投、年紀相當的人一起朝共同的目標前進，這確實會提高生活的品質。如我們已知，有些人可能最後會對某一位古魯完全失望，但回想當初受到一個團體竭誠歡迎以及同夥間相互激勵的景況，仍會留戀不已。芭克兒在《新宗教運動》一書裡就寫道：

> 願意從新宗教運動中學習的人，或許比較能明白許多年輕人是多麼想要「付出」。身處一個充滿專業、官僚政治及社會福利的世界，胸懷理想的年輕人往往不太懂得怎麼把不知如何宣洩的精力拿來行善。某些教會、某些學校及某些社團的確排解了這股精力。新宗教運動也一樣。〈11〉

可是，這樣的運動一定會有領袖，而就如我敘述的一些例子，領袖的素質及人品有極大的差異。

另外，這些團體的成員有時候也會顯現令人不以為然的一種態度。有些信徒確信他們的那一位古魯已揭示了「真理」，因此常會顯得傲慢、不解人情，還會鄙視信仰不同的人。拉吉尼什的「撒尼亞辛」在印度及美國的奧勒岡都有惡劣的行徑，自以為比當地人優越。

詩人戈斯（Edmund Gosse，一八四九—一九二八）的父母親是狂熱的普利茅斯兄弟會教徒。他以生花妙筆描述那一段籠罩在偏執盲信之下的童年。戈斯早年就對文學有興趣，於是買了一本收錄瓊生（Ben Johnson）及馬羅（Christopher Marlowe）詩作的書。馬羅的詩令他著迷，但這本書卻被他父親斥為庸俗。普利茅斯兄弟會真的相信唯有他們那個小教派的教友才能得救贖、得永生，其他如所有的天主教徒等，都注定死後永受磨難。〈12〉現代的祕傳小團體或許都比普利茅斯兄弟會還要寬容吧，除非是大衛科日許：他要追隨者相信基督即將復臨，屆時他就是以色列之王，而上帝也會與祂長生不死的天兵團先消滅基督教會，然後殺死地球上所有邪惡的人。

話說回來，我們可以談一談能被信賴的老師或精神導師所具有的特質。就成年人而言，最好的老師都不會有權威的心態。他會指導你、給你建議或忠告，但他明白鐘鼎山林各有天性，每一個人終究要找到自己的路，要有自己的見解形成。英文的教育education一字與拉丁文的動詞educere有語源關係，而educere的意思是「從隱伏的狀態裡開展、發揮」。〈13〉這正是教育的精神。優秀的老師總樂見學生超越當初之所學並貢獻一己之力；為人師的成就莫大於此。不過，要如此開花結果，老師本身要有某種程度的謙遜自持，而且能視學生為獨立個體。這種態度也可以用於、應該用於分析心理療法。容格認為分析師面對病患的言行舉止，應該極力避免獨裁古魯的說教姿態。下文引述出自一九三二年的一篇講稿，當時的容格還非常關注心理治療。

> 醫師若想指引別人，甚或陪他走一段路，就必須感同身受，也就是用這個人的心念去「感受」。一旦作批判，就不會有感受。不論這批判是訴諸言語或暗藏心底，批判就是批判，無甚差異。與病人的立場對立或漫不經心地應和，也毫無益處；那是在譴責他、在疏遠他。唯有不偏不倚的客觀，才會有感受。這聽起來簡直就像科學上的戒律，也可能與純抽象的心態混淆。不過，我說的是很不一樣的東西。那是人的一個素質——一種深切的尊重；尊重事實，尊重因這些事實而受苦的人，尊重這樣一個人的人生難題。真正懷著宗教情操的人就有這種態度。〈14〉

優秀的老師守正不阿，因為他比較關心他做的事和他的學生，不太在乎自己。一位學者若獻身於歷史、數學或哲學的研究，他的學生自然會感染那股熱忱，於是師生就可能聯手共同追尋超乎人情考量的真理。宗教或心靈的追求也可以如此同心共事，甚至還更貼切。這樣——如尼采之言——服從於「某種令人改觀、使人精進，既瘋狂又神聖的東西」，〈15〉往往能維護師生情誼，雖然有時也會關係生變。齊心關注某種個人之外的東西，就不會太專注於人際關係，也比較不會有恃強凌弱的情形。

你可能以為好的老師或精神導師由於為人謙謙，故而缺乏神祕的人格魅力——奇力斯馬，但其實不盡然。我在撰寫本書期間，作曲家朋友亞倫．里道（Alan Ridout）在給我的信中說：

> 我認為你正在描述的那些人——渾身充滿自戀氣息的人——以及真正神聖，但也散發「奇力斯馬」的人，這兩者一定要清楚區分才是。

他談到教宗訪問英國時，他參加了坎特伯雷大教堂的禮拜。教宗當然令他難忘，

> 但是，我萬萬沒想到令我大為震撼的，竟是這位人物。我在這之前，壓根兒沒有

想過這個人。他就是休謨樞機主教（Cardinal Basil Hume）。他沒有舉目四望，也沒有異常、甚或特別的舉止，但是在他走過的時候，我感到他身上有一股格外「神聖」的氣息，某種令他相當、相當獨特的東西——至少在我看來。之後，我在那一年裡，常常想起那光景；如今想想，一切都在於他「缺乏」任何自我意識——大多數人若必須與此地每一位「大人物」一起在一大群人面前列隊行進，總會「有感覺」。事實上，他的舉止就是由衷的謙卑，這在當時的情境裡，是多麼與眾不同，令人不禁為之動容。〈16〉

我想我會同意對休謨樞機主教的這分評價；據說他當初被任命為樞機主教時，其實不太願意擔任高等職務。特別有意思的是，這麼無私無我的人會被認為具有奇力斯馬。我在序言裡曾說，真正的美德通常不張揚，節操高尚的人以其言行感化別人，不必對著群眾聲嘶力竭，也不必招徠信徒。休謨樞機主教的例子，顯示世間有展現權力的奇力斯馬，也有散發良善的奇力斯馬。

會成為信徒的人，有些其實是在古魯身上尋求母愛，特別是年幼喪母或與母親分離的人。安德魯．哈維（Andrew Harvey）在《祕密之旅》一書裡，把一連串心馳神迷的體驗寫得趣味橫生、引人入勝；那是他與一個名叫蜜拉的十七歲女孩見面的心境。這個女孩在起初的幾次會面裡都默不作聲，完全不像一般的古魯，但是哈維與她相見的經歷，正是信徒仰慕古魯的寫照。懷疑論者或許會說，她不過是讓崇拜者投射需求及願望的一抹倩影罷了；哈維後來也是這樣想才棄她而去，因為她認為他的同性戀生活很不可取。不過，哈維當初確實在她身上找到童年以來一直尋尋覓覓的東西。他坦承那種東西類似他兒時在德里與母親相處的平靜感和安全感，只是在他六歲半，被母親送到千哩外的寄宿學校之後，就不再有這種感覺。

印度給我一個媽媽，卻又把她奪走。多年之後，我在印度找到另一個時空裡的另一個媽媽，也找回我以為已失去的那份愛。若非當初受過傷，我不會那麼需要愛，也不會甘冒一切風險去尋找愛。若非懷著這人間柔情的記憶，我和這位令我改觀的女人見面時，也絕不可能領會湧上心頭的那種熱情。從我人生的重創裡，結出了奇妙的果實。〈17〉

哈維在九歲那一年離開印度，此後十五年都在英國接受教育。他才識過人，獲得牛津大學的獎學金，成為優等生，更入選為萬靈學院的研究生；這可能是英國有史以來頒給一個年輕人的最高學術榮譽。但是，他的創傷依舊在；他寫的詩、他喝的酒或他的性關係都無法療傷止痛。自殺的念頭一再出現，他不得不在二十五歲時回到印度。他不是來找救贖，只希望能重溫些許童年的情懷，那份一去不回、只存乎記憶的快樂。精神科醫師常會見到英國兒童的這種境況：他們都太早離家，被送到寄宿學校就讀。這種苦楚往往經年累月，有時還造成無法彌補的傷害。

哈維在此期間偶遇讓—馬克・弗雷歇特（Jean-Marc Frachette）並培養出友誼；這位法裔加拿大人當時正在朋地切里造訪一處靜修院。哈維跟著他學習，開始定期靜坐冥想，最後也真的得到依納爵所說的那種「慰藉」，一種他未曾體驗過的愉悅。他開始會聽到奇特的聲音，會看到異象，也才明白自己已踏上一趟發現之旅；是這位在牛津精於理性思辨的知識分子未曾料到的歷程。

哈維開始閱讀奧羅賓多的作品；他的友人讓—馬克就在這位已故古魯的靜修院裡。斯里・奧羅賓多（Sri Aurobindo）出生於一八七二年，曾就讀劍橋大學，古典文學的造詣很高，也多次獲獎，後來在巴羅達大學教授英國文學。他參與印度的獨立運動，期間也曾被逮捕。之後，他放棄政治，以其餘生追求智慧並著書記述他的宗教探索。令哈維既驚且喜的是，奧羅賓多有一本書就叫做《母親》，「對聖母的看法，對上帝如母的看法，都直指根本、論證有力、面面俱到，推翻了我一向對上帝的理解，也完全改變我對上帝的觀念。」〈18〉讓—馬克告訴哈維：

> 現在是聖母回到人間的時刻。歌德在《浮上德》一劇的結尾，浮士德因母性之愛而得救贖時，就已預見此景。羅摩克裡希納（Sri Ramakrishna，一八三六－八六，印度教的宗教哲學家）也早就知道。甚至天主教徒似乎也知道，因為他們愈來愈重視聖母馬利亞的神聖地位。她即將回來解救受苦受難的眾生。〈19〉

讓－馬克．弗雷歇特若有所知，容格也會在他的知道者之列。容格認為教宗庇護十二世在一九五〇年頒佈詔書，正式確立聖母升天的信條，是十六世紀宗教改革以來最重要的宗教事件。

> 教宗的宣言有其一貫的邏輯，不可僭越，於是，新教就背負了「男性的宗教」這個惡名，因為教義裡不容許有女性的象徵意涵……在強調婦女平權的時代裡，新教顯然沒有充分警覺時代的脈動。〈20〉

英國新教在一九九四年容許授聖職給女性，往婦女平權的目標邁了一步；去世於一九六一的容格若有知，應該會感到欣慰。

讓－馬克相信聖母會真的化身為一個人而回到人間。哈維聞言就回說自己不信有轉世化身之事。他回歸學術生涯，但在一九七八年十一月接到讓–馬克的信，要他回印度見一位他稱為師父的年輕女子。一九七八年耶誕日，讓–馬克帶著哈維到蜜拉居住的朋地切里。當時還有八、九個人等著她現身。她來了，坐在椅子上，不發一語。

房間裡的人一個接一個，靜靜地上前跪下，讓她用雙手捧著自己的頭，接著就看著她的眼睛。隨著她進入房間的那股靜默與我體驗過的都不同——她的靜默更幽深，充滿奇異莫名、令人痛的喜悅。〈21〉

輪到哈維，他跪了下來，眼前出現貝拉斯哥斯畫作〈天后馬利亞〉的景象，只是蜜拉取代了原畫中的西班牙女子。凝視著他的眼睛的，是寧靜、憐憫的眼光。後來，他眼下的景象變成奧羅賓多閃著金色光芒的臉龐。他每天晚上都來這個地方行禮如儀。哈維是詩人、小說家，也是知識分子，他的所學所知幾乎都是透過文字。

但是，在蜜拉的靜默裡，我回到更深邃的學習狀態；那是我聆聽音樂而身心俱暢的感受。那也是我孩提的體驗：媽媽在睡覺，我坐在一旁讀書；或是跟她在海灘上，邊玩塔牌邊看海。

襲上我心頭的恐懼和疑慮，每天晚上總會被蜜拉打消，但她就只是她，坐在椅子上，帶著如此單純的愛。我不知道她是誰，不知道她是做什麼的；我只知道她是我前所未見的什麼，只知道比起和別人相處，我在她身旁最是自在舒適。〈22〉

哈維絕頂聰明，不會不知道他這種一再出現的神祕經驗在別人看來會怎麼樣。

我在小時候失去一個媽媽，如今，說來完滿得不可置信，我找到了另一個永遠不會棄我而去的媽媽，還能隨意把神奇的幻想都投射在她身上，因為她淡然悠忽又沈默不語，而且她本身也沈浸在與我的幻想相當的幻想裡。這樣的解釋說它荒謬，卻依然強而有力；這冷酷的說法折磨得我好苦。〈23〉

哈維大概是不接受這種荒謬說，因為他以為若接受了，就會抹煞他那「神奇的幻想」經驗。但是，有些人與他人在一起，也曾有極類似的感受，而對方在他們看來，也只是有愛心的人或被鍾愛的人，不會是聖母的化身。

哈維曾問蜜拉的守衛瑞迪，蜜拉不言不語，那她的主張到底是什麼。這位先生答說：「在靜默中與眾生合一，從靜默中開竅見喜，起而行……靈魂要的是狂喜與知識；

這兩者，聖母都能給。」〈24〉哈維一再提到他在蜜拉身旁的經驗是兒時與母親共處的感受，但他似乎又不接受這樣的解釋。可是，許多小孩幸而有非常親近又似乎很能善解己意的母親；他們大都會覺得與母親合一，也覺得與當下這個無憂無慮又充滿關愛的世界合而為一。正因為如此，耶穌才會說：

讓小孩到我這裡來，不要禁止他們，因為在上帝國的，正是這樣的人。我實在告訴你們，凡要承受上帝國的，若不像小孩子，斷不能進去。〈25〉

我們在第九章說到，佛洛依德把狂喜的一體感視為回到幼兒期的極度退行現象，是吮乳小兒還不懂得區分自己、母親及外在世界的一種心態。但尼生（Alfred Tennyson，一八〇九—一八九二）早就有詩篇描述這等光景。

初見天地的小兒也憨也拙，
嫩掌且推且搡
眼前渾圓的乳房，
未曾想到「這就是我」：

可是，愈長愈大，目漸明、耳漸聰，
懂得「我的」和「我」，
發現「我看到的，不是我；
我摸碰的東西，和我不同。」〈26〉

在我看來，即使把哈維的某些神祕經驗解釋為幼年極樂狀態的再現，也不會一筆抹煞他的經驗。令人關注的倒是，蜜拉對一個從未在母親的關愛及善解之中安然自在的人，會產生什麼影響。這樣的狀態一定要靠回憶嗎？可以再度誘發嗎？

蜜拉的故事最有興味的，就是她的沈默。我們討論過的古魯，或許除了依納爵，全都是口若懸河，能喋喋說教、慷慨陳詞，有時不看筆記也能一口氣說上數個小時。蜜拉卻不說什麼，就這樣，不宣示教條，而為人開啟自我探索之路。所以，如果一定要找一位精神導師，最好選一位不說話的；這話聽起來也許可笑，但我真的有點這個意思。我想起我的一位病人。在治療期間，有一次她躺在長榻上，整整五十分鐘不發一語。我一來出於好奇，二來覺得好像有什麼重大的事要發生，於是也跟著不說話。整個氣氛平和又愉快。療程快結束的時候，她說那是我們見面以來最棒的一次。

我常想，心理治療有時候會使病人痊癒，或許是因為治療師提供了一處安全的避風港，一個充滿母性氣息的小角落，讓病人暫時離開世間的紛擾，像快樂的小孩一般，覺得自己完全被接納，覺得有自信、能自由自在地成長。我覺得心理治療師，不論男女，常常要扮演母親的角色——你要稱為聖母或典型的母親也無妨——而這可能是療癒過程不可或缺的一環。我不認為這樣看待治療過程是輕忽其重要性，也不認為這樣解釋是貶低蜜拉。這麼年輕的一位姑娘能扮演這樣一個角色，證明她必定很了不起，天生善解人意又泰然自若。相信蜜拉是聖母化身的人，無疑會認為我的話愚鈍乏感，但我一點也不懷疑哈維面對蜜拉的神祕體驗，我只是對那樣的解釋有些意見。

現今在英國，已經沒有那麼多人信奉正統基督教。定期在禮拜日上教堂的人不到百分之二・五。牛津主教受訪時就說：「我們現在的西歐是一個後基督教的社會。」〈27〉如此一來，新宗教運動或古魯的開導理當吸引更多人才是。我倒不相信會是這樣。美國上教堂的人口比例據說比英國高出許多，新宗教運動卻比英國發展得更蓬勃。電視上也不斷出現宣教傳道的人，英國到目前為止，卻還未見這種不知如何定位的神職人員。一九五〇年代以來的新宗教運動，多半來自北美洲及印度。此外，懷著新啟示現身的古魯在歷史上也層出不窮，有些甚至比大衛科日許還離譜。赫胥黎（Aldous Huxley，一八九四—一九六三）就記述了瑞士再洗禮教派教徒湯瑪士・舒克爾的事例。舒克爾聲稱上帝指引他砍掉他哥哥的頭，而包括他父母在內的眾人也眼睜睜看著他依令行事。很想要有古魯可以跟隨的人，似乎都一個接一個地試，不斷地尋找永遠不會真正找到的新啟示或新的救贖之路。只要有信徒，古魯就會不斷地一個個冒出頭，但那些信徒，在我看來，都找錯地方了。

若要說我寫這本書學到的一則教訓，那就是，切勿因為一個人的信仰光怪陸離，就斷定他精神失常，甚或不可信賴。世間大多數人認同的那些信仰體系，都無法被證實，也經不起嚴謹的評估。判斷一個人是否精神失常，必須包括其社會行為及人際關係的評估。

若要說我想傳達的一則訊息，那就是，別信任非常專注於自我又專橫獨斷的人。葛吉耶夫、拉吉尼什或容格都相信自己「就是知道」，信徒也都以為他們「就是知道」，但我要說，天底下沒有這種「就是知道」的人。權威，不論政治上的或心靈上的，未必全都可信任；極度專斷、以「我們」和「他們」劃分世界的人，鼓吹眼前只有一條路可走的人，或自以為被敵人包圍的人，更是不可取。打動人心，未必要用教條。確定感，這股神祕魅力或奇力斯馬，是個陷阱，會誘捕潛伏於你我內心的那個赤子。

一個人若亟需幫助或指引，就讓他去找一個會傾聽、不說教的人，一個會鼓勵他反躬自問何所思何所信、不外求古魯信條的人。一個人若要享受與人共事、有志一同之樂，就讓他加入專門幫助貧病弱勢或難民的機構或組織。這樣的社團不需要古魯，參與者也不必有宗教信仰。助人之心，不限於有信仰的人。

尼采的《詩歌藝術》已問世一百多年了，但其內容卻很適合為本書收尾：

我們與高采烈，這意味著什麼？——近來最重大的事件——「神死了」，基督徒的神已經不可置信了——已開始在歐洲投下幾抹陰影……眼看著黑暗愈來愈近，我們卻毫無置身其中的真實感，特別是，完全不為「我們本身」擔憂害怕；這到底是為什麼呢？難道對這事件「最初的效應」還留著深刻的印象嗎？——那些最初的效應，對「我們本身」的效應，與我們事先想到的完全兩樣，毫不令人感傷或沮喪，倒像是新出現又難以形容的光、快樂、解脫、雀躍、鼓舞、黎明。

其實，我們哲學家及「不羈的靈魂」聽到「老神死了」的消息之後，都覺得身上彷彿照耀著一道新曙光，心頭洋溢著既感恩又驚詫、既惶恐又期待之情。終於，地平線又無拘無礙地出現在我們眼前，即使不很鮮明；終於，我們的船又能冒險出航，去迎暴風破惡浪；好學的人又能放膽求知了；海，「我們的」海又見開闊了；這樣開闊的海，或許還前所未見哪！〈28〉

附　註

引言

〈1〉 Sigmund Freud, *Civilization and its Discontents*, translated by James Strachey in collaboration with Anna Freud, assisted by Alix Strachey and Alan Tyson, Standard Edition, Volume XXI (London: Hogarth Press and Institute of Psycho-Analysis, 1861) pp. 83-4.

〈2〉 Anthony Storr, *Solitude* (London: HarperCollins, 1989).

〈3〉 Eileen Barker, *New Religious Movements* (London: HMSO, 1992), p.13.

第一章

〈1〉 Tim Reiterman & John Jacobs, *Raven* (New York: Dutton, 1982), p.45.

〈2〉 Ibid., p. 147.

〈3〉 Eileen Barker, *New Religious Movements* (London: HMSO, 1992), pp. 14-15.

〈4〉 Shiva Naipaul, *Journey to Nowhere* (Harmondsworth: Penguin, 1982), pp. 144-7.

〈5〉 Tim Reiterman & John Jacobs, op. cit., p. 177.

〈6〉 David Leppard, *Fire and Blood* (London: Fourth Estate, 1996), p. 12.

〈7〉 Ibid., p. 140.

〈8〉 Martin King & Marc Breault, *Preacher of Death* (London: Penguin Group, Signet, 1993), p. 309.

〈9〉 William Shaw, *Spying in Guru Land* (London: Fourth Estate, 1994), p. 207.

〈10〉 William Shaw, op. cit., p. 201.

〈11〉 Martin King & Marc Breault, op. cit., p. 78.

〈12〉 Martin King & Marc Breault, op. cit., p. 308.

第二章

〈1〉 James Moore, *Gurdjieff: The Anatomy of a Myth* (Shaftesbury: Element Books, 1991).

〈2〉 P. D. Ouspensky, *In Search of the Miraculous* (New York: Harcourt Brace, 1949), p. 36.

〈3〉 P. D. Ouspensky, op. cit., p. 66.

〈4〉 G. I. Gurdjieff, *Views from the Real World* (London: Routledge & Kegan Paul, Arkana, 1984), p. 69.

〈5〉 Fritz Peters, *Gurdjieff* (London: Wildwood House, 1976), pp. 292-3.

〈6〉 J. G. Bennett, *Gurdjieff: Mahing a New World* (London: Turnstone Books, 1973), p. 79.

〈7〉 James Moore, 'Gurdjieffian Groups in Britain', *Religion Today*, Volume Three/Number Two, May-Sepcember 1986.

〈8〉 Thomas and Olga de Hartmann, *Our Life with Mr. Gurdjieff* (ondon: Penguin, Arkana, 1992), p. 26.

〈9〉 Alan W. Watts, *The Way of Zen* (London: Thames and Hudson, 1957), p. 199.

〈10〉 Eugen Bleuler, translated by Joseph Zinkin, *Dementia Praecox or The Group of Schizophrenias* (New York: International Universities Press, 195 0), p. 156.

〈11〉 Ibid. p. 157.

〈12〉 James Moore, *Gurdjieff: The Anatomy of a Myth* (Shaftesbury: Element Books, 1991), p.42.

〈13〉 Ibid., pp. 42-3.

〈14〉 J. G. Bennett, op. cit., p. 275.

〈15〉 G. I. Gurdjieff, *All and Everything* (London: Routledge & Kegan Paul, 1950), p. 82.

〈16〉 P. D. Ouspensky op. cit., p. 85.

〈17〉 Ibid., p. 85.

〈18〉 J. G. Bennett, op. cit., p. 250.

〈19〉 P. D. Ouspensky, op. cit., p. 57.

〈20〉 J. G. Bennett, op. cit., p. 251.

〈21〉 Ibid., p. 82.

〈22〉 James Moore, op. cit., p. 41.

〈23〉 G. I. Gurdjieff, Meetings with Remarkable Men, translated by A. R. Orage (London: Routledge & Kegan Paul, 1963), p. 87.

〈24〉 J. G. Bennett, op. cit., p. 121.

〈25〉 Fritz Peters, op. cit., pp. 81-2.

〈26〉 Fritz Peters, op. cit., pp. 270-1.

〈27〉 Ibid., p. 259.

〈28〉 J. G. Bennett, op. cit., p. 148.

〈29〉 Fritz Peters, op. cit., p. 30.

〈30〉 James Moore, op. cit., p. 261.

〈31〉 René Zuber, *Who Are You Monsieur Gurdjieff?*, Translated by Jenny Koralek (London: Routledge & Kegan Paul, 1980), p. 3.

〈32〉 Fritz Peters, op. cit., p. 27.

〈33〉 J. G. Bennett, op. cit., p. 154.

〈34〉 J. G. Bennett, op. cit., p. 163.

〈35〉 Meryle Secrest, *Frank Lloyd Wright* (New York: Knopf, 1992), p. 61.

〈36〉 Ibid., p. 431.

〈37〉 James Moore, op. cit., p. 365.

〈38〉 Meryle Secrest, op. cit., p. 510-511.

〈39〉 Joseph Rykwert, 'Towards a well-distributed world', *Times Literary Supplement*, May 6, 1994, p. 16.

〈40〉 James Moore, op. cit., p. 205.

〈41〉 John Carswell, *Lives and Letters* (London: Faber, 1978), p. 213.

〈42〉 Fritz Peters, op. cit., p. 242.

〈43〉 J. G. Bennett, op. cit., p. 165.

〈44〉 C. S, Nott, *Teachings of Gurdjieff*, (London: Routledge & Kegan Paul, 1961), p. 56.

〈45〉 Claire Tomalin, *Katherine Mansfield* (London: Penguin, 1988), pp. 232-3.

第三章

〈1〉 Eileen Barker, *New Religious Movements* (London: HMSO, 1992), p. 203.

〈2〉 Ralph Rowbottom, *Independent on Sunday*, 7th August, 1994, p. 16.

〈3〉 Hugh Milne, edited by Liz Hodgkinson, *Bhagwan: The God that Failed* (London: Sphere Books, 1987), p. 13.

〈4〉 Bhagwan Shree Rajneesh, *The Supreme Understanding: Reflections on Tantra*. edited by Ma Yoga Anutag, compiled by Swami Amrit Pathik (London: Sheldon Press, 1978), p. x.

〈5〉 Lames S, Gordon, *The Golden Guru* (Massachusetts: The Stephen Greene Press, 1988), p. 52.

〈6〉 Bernard Levin, *The Times*, 8 April 1980, p. 12.

〈7〉 Bhagwan Shree Rajneesh, *The Mustard Seed: Reflections on the Sayings of Jesus*, edited by Swami Satya Deva, compiled by Swami Amrit Pathik (London: Sheldon Press, 1978), p. 488.

〈8〉 Ibid., p. 157.

〈9〉 Bhagwan Shree Rajneesh, *The Supreme Understanding*, p. 112.

〈10〉 Ibid., p. 193.

〈11〉 Bhagwan Shree Rajneesh, *Meditation: The Art of Ecstasy*, edited by Ma Satya Bharti (London: Sheldon Press, 1978), p. 147.

〈12〉 Bhagwan Shree Rajneesh, *The Supreme Understanding*, op. cit., p. 10.

〈13〉 Ibid., p. 64.

〈14〉 Ibid., p. 96.

〈15〉 Ibid., p. 213.

〈16〉 Bhagwan Shree Rajneesh, *Meditation*, op. cit., p. 233.

〈17〉 Frances Fitzgerald, *Cities on a Hill* (London: Picador, 1987), p. 297.

〈18〉 Bernard Levin, *The Times*, 9 April 198., p. 14.

〈19〉 Bhagwan Shree Rajneesh, *Meditation*, op. cit., p. 136.

〈20〉 Bhagwan Shree Rajneesh, *The Mustard Seed: Reflections on the Sayings of Jesus*, edited by Swami Satya Deva, compiled

by Swami Amrit Pathik (London: Sheldon Press, 1978), pp. 4, 8.

〈21〉 Frances Fitzgerald, op. cit., p. 275.

〈22〉 James S. Gordon, op. cit., p. 182.

〈23〉 Hugh Milne, op. cit. p. 274.

〈24〉 Bernard Levin, *The Times*, 10 April, 1980.

第四章

〈1〉 Henri F. Ellenberger, *The Discovery of the Unconscious*, (New York: Basic Books, 1970), p. 685.

〈2〉 Rudi Lissau, *Rudolf Steiner* (Stroud: Hawthorn Press, 1987), p. 33.

〈3〉 A. P. Shepherd, *A Scientist of the Invisible* (Edinburgh: Floris Books, 1983), p. 66.

〈4〉 Ibid., p. 3.

〈5〉 Antonina Vallentin, *Einstein*, translated by Moura Budberg (London: Weidenfeld & Nicolson, 1954), p. 11.

〈6〉 Johannes Hemleben, *Rudolf Steiner: A Documentary Biography*, translated by Leo Twyman (East Grinstead: Goulden, 1975), p. 16.

〈7〉 Quoted in Jeremy Bernstein, *Einstein* (New York: Viking Press, 1973), pp. 172-3.

〈8〉 Rudolf Steiner, *The Philosophy of Freedom*, translated by

Michael Watson (London: Rudolf Steiner Press, 1964), p. 89.

〈9〉 Ibid., p. 14.

〈10〉 Ibid., p. 70.

〈11〉 Ibid., p. 90.

〈12〉 Ibid., p. 119.

〈13〉 Henri Ellenberger, *The Discovery of the Unconscious* (New York: Basic Books, 1970), p. 685.

〈14〉 Rudolf Steiner, *Knowledge of the Higher Worlds. How Is It Achieved?* translated by D. S. Osmond and C. Davy (London: Rudolf Steiner Press, 1969), p. 65.

〈15〉 Ibid., p. 42.

〈16〉 Ibid., pp. 35-6.

〈17〉 Johannes Hemleben, op. cit., p. 88.

〈18〉 A. P. Shepherd, op. cit., p. 152.

〈19〉 Rudolf Steiner, *Occult Science - An Outline*, translated by Feorge and Mary Adams (London: Rudolf Steiner Press, 1969), p. 11.

〈20〉 Ibid., p. 65.

〈21〉 Ibid., p. 108.

〈22〉 Rudolf Steiner, *Reading the Pictures of the Apocalypse*, translated by James H. Hindes (New York: Anthroposophic Press, 1993), p. 100.

〈23〉 Ibid., p. 40.

〈24〉 Ibid., p. 82.

第五章

〈1〉 C. G. Jung, *Letters*, Volume 1, 1906-1950, translated by R. F. C. Hull, selected and edited by Gerhard Adler in collaboration with Aniela Jaffé (London: Routledge & Kegan Paul, 1973), p. 203.

〈2〉 C. G. Jung, *The Zofingia Lectures*, translated by Jan van Heurck, introduced by Marie-Louise van Franz, Collected Works, Supplementary Volume A. (London: Routledge & Kegan Paul 1983), pp. 3-19.

〈3〉 Anthony Storr, 'Why Psychoanalysis is not a Science,' in *Churchill's Black Dog and Other Phenomena of the Human Mind* (London: Collins, 1989), pp. 207-227.

〈4〉 Gerhard Wehr, *Jung: A Biography*, translated by David M. Weeks (Boston: Shambhala, 1987), p. 29.

〈5〉 C. G. Jung, *Memories, Dreams, Reflections*, edited by Aniela Jaffé, translated by Richard and Clara Winston (London: Collins and Rlutledge & Kegan Paul, 1963), p. 327.

〈6〉 Ibid., pp. 31-2.

〈7〉 Ming T. Tsuang, *Schizophrenia: The Facts* (Oxford: Oxford

University Press, 1982), p. 98.
〈8〉 Ibid., p. 4.
〈9〉 Vincent Brome, *Jung: Man and Myth* (London: Macmillan, 1978), p. 301.
〈10〉 C. G. Jung, M. D. R., p. 169.
〈11〉 Eugen Bleuler, *Dementia Praecox or The Group of Schizophrenias*, translated by Joseph Zinkin (New York: International Universities Press, 1950), p. 255.
〈12〉 C. G. Jung, M. D. R., p. 181.
〈13〉 Ibid., p. 184.
〈14〉 John Kerr, *A Most Dangerous Method* (New York: Knopf, 1993), p. 503.
〈15〉 C. G. Jung, M. D. R., p. 191.
〈16〉 John Kerr, 'Madnesses,' *London Review of Books*, 23 March, 1995, pp. 3-6.
〈17〉 C. G. Jung, *The Zofingia Lectures*, translated by Jan van Heurck, edited by William McGuire, The Collected Works, Supplementary Volume A (London: Routledge & Kegan Paul, 1983), p. 88.
〈18〉 Friedrich Nietzsche, *Thus Spoke Zarathustra*, translated by R. J. Hollingdale, *Zarathustra's Prologue*, 5 (Harmondsworth: Penguin, 1969), p. 46.
〈19〉 Anthony Storr, *Jung* (New Yoyk: Routledge, 1991), p. 83.

〈20〉 C. G. Jung, *The Freud/Jung Letters*, edited by William McGuire, translated by Ralph Mantheim and R. F. C. (Hull London: Hogarth Press and Routledge & Kegan Paul, 1974), Letter 178J, p. 294.

〈21〉 Quoted in John Kerr, op. cit., p. 172.

〈22〉 C. G. Jung, 'Psychotherapists or the Clergy', in *Psychology and Religion: West and East*, translated by R. F. C. Hull, Collected Works, Vol. 11 (Routledge & Kegan Paul, 1958), p. 331.

〈23〉 Ibid., p. 334.

〈24〉 Richard Noll, *The Jung Cult* (Princeton: Princeton University Press, 1994), p. 291.

〈25〉 C. G. Jung, *Psychotherapists or the Clergy*, op. cit., p. 347.

〈26〉 C. G. Jung, *The Archetypes and the Collective Unconscious*, translated by R. F. C. Hull, Collected Works, Volume. IX, Part 1 (London: Routledge & Kegan Paul, 1968), p. 79.

〈27〉 David Peat, *Synchronicity* (New York: Bantam Books, 1987), p. 94.

〈28〉 C. G. Jung, *The Zofinfia Lectures*, translated by Jan vav Heurck, edited by William McGuire, The Collected Works, Supplementary Volume A (London: Routledge & Kegan Paul, 1984), p. 41.

〈29〉 Ibid.

〈30〉 David Peat, op. cit.

〈31〉 C. G. Jung, *The Freud/Jung Letters*, op. cit., Letter 259J, p. 427.

〈32〉 Edgar Wind, Letter to Professor Jack Good, 12 January 1970. By kind permission of Mrs. Margaret Wind, who retains the copyright.

〈33〉 C. G. Jung, *Flying Saucers: A Modern Myth*, translated by R. F. C. Hull, in *Civilization in Transition* (London: Routledge & Kegan Paul, 1964), Collected Works, Vol. 10, p. 311.

〈34〉 C. G. Jung, *Memories, Dreams, Reflections*, op. cit., p. 328.

〈35〉 Anthony Storr, *Music and the Mind* (London: HarperCollins, 1992).

〈36〉 Roger Scruton, 'Modern Philosophy and the Neglect of Aesthetics,' in Peter Abbs, editor, *The Symbolic Order* (London: The Falmer Press, 1989), p. 27.

第六章

〈1〉 Emest Gellner, *The Psychoanalytic Movement* (London: Paladin, 1985), p. 5.

〈2〉 Ibid.

〈3〉 Henri F. Ellenberger, *The Discovery of the Unconscious* (New York: Basic Books, 1970), p. 444.

〈4〉 Peter Gay, Freud: *A Life for Our Time* (London: Dent,

1988), p. 104.

〈5〉 Sigmund Freud, *The Complete Letters of Sigmund Freud to Wilhelm Fliess*, translated and edited by Jeffrey Moussaieff Masson (Cambridge, Mass. Harvard University Press, 1985), p. 417.

〈6〉 Ibid., p. 272.

〈7〉 Quoted in Frank J. Sulloway, *Freud, Biologist of the Mind* (New York: Basic Books, 1979), p. 85.

〈8〉 Sigmund Freud, *The Aetiology of Hysteria*, translated by James Strachey in collaboration with Anna Freud, assisted by Alix Strachey and Alan Tyson, Standard Edition, Volume III (London: The Hogarth Press and The Institute of Psycho-Analysis, 1962), p. 199.

〈9〉 Ibid., p. 203.

〈10〉 Sigmund Freud, *The Future of an Illusion*, Standard Edition, Volume XXI, 1961, p. 56.

〈11〉 Quoted in Emest Jones, *Sigmund Freud: Life and Work.* Volume Two (London: The Hogarth Press, 1955), p. 168.

〈12〉 Phyllis Grosskurth, *The Secret Ring* (New York: Addison-Wesley, 1991), p. 25.

〈13〉 Richard Webster, *Why Freud Was Wrong* (London: HarperCollins, 1995), p. 365.

〈14〉 Peter Gay, *Freud: A Life for Our Time* (London: J. M. Dent,

1988), p. 369.

〈15〉 Frederick Crews, 'The Unknown Freud', *The New York Review of Books*, Vol XI, No. 19, November 18, 1993 pp. 55-66.

〈16〉 Jeffrey Moussaieff Masson, op. cit., pp. 456-7.

〈17〉 Janet Malcolm, *The Impossible Profession* (New York: Knopf, 1981), p. 83.

〈18〉 Anthony Storr, *Freud* (Oxford: Oxford University Press, 1989), p. 104.

〈19〉 Sigmund Freud, *The Question of a Weltanschauung*, Standard Edition Volume XXII, 1964, p. 159.

〈20〉 Ibid., p. 180.

第七章

〈1〉 Margaret Hebblethwaite, *Finding God in All Things*, (London: Fount, 1987), p. 11.

〈2〉 Philip Caraman, S. J. *Ignatius Loyola* (London: Fount, 1994) p. 27.

〈3〉 William James, *The Varieties of Religious Experience* (London: Longmans, Green, 1903), p. 410.

〈4〉 C. G. Jung, *The Structure and Dynamics of the Psyche*, translated by R. F. C. Hull, Collected Works, Volume & (London: Routledge & Kegan Paul, 1969), pp. 196-198.

〈5〉 Philip Caraman, op. cit., p. 40.

〈6〉 Ronald A. Knox, *Enthusiasm* (Oxford: Clarendon Press, 1950), p. 245.

〈7〉 W. W. Meissner, *Ignatius of Loyola* (New Haven: Yale University Press, 1992), p. 91.

〈8〉 W. W. Meissner, op. cit., p. 210.

〈9〉 Stanley Milgram, *Obedience to Authority* (New York: Harper & Row, 1974).

〈10〉 Anthony Storr, *Human Destructiveness*, Second Edition (London: Routledge, 1991), pp. 107-9.

〈11〉 William James, op. cit., p. 312.

〈12〉 W. W. Meissner, op. cit., p. 280.

〈13〉 Ibid., p. 285.

〈14〉 William James, op. cit., p. 410.

〈15〉 Norman Cohn, *Cosmos, Chaos, and the world to Come* (New Haven and London: Yale University Press, 1993).

〈16〉 Ibid., p. 78.

〈17〉 *The New English Bible*, Matthew 4, 17 (Oxford University Press, Cambridge University Press, 1970), The New Testament, p. 6.

〈18〉 E. P. Sanders, *The Historical Figure of Jeus* (London: Allen Lane The Penguin Press, 1993), p. 183.

〈19〉 Op, cit., *The New English Bible*, Matthew 24, 29-31, pp.

34-5.

〈20〉 E. P. Sanders, op. cit., p. 60.

〈21〉 Op. cit., *The New English Bible*, Mark 8, 28-29, p. 54.

〈22〉 Ibid., pp. 64-5.

〈23〉 Humphrey Carpenter, *Jesus* (Oxford: Oxford University Press, Past Masters, 1980).

〈24〉 Op. cit., *The New English Bible*, Mark 3, 33-35.

〈25〉 Geza Vermes, *The Religion of Jesus the Jew* (ondon: SCM Press, 1993), p. 192.

〈26〉 Op. cit., *The New English Bible*, Luke 18, 10-14.

〈27〉 Ibid., Matthew 6, 6, p. 9.

〈28〉 Norman Cohn, op. cit., p. 201.

〈29〉 Op. cit., *The New English Bible*, Matthew 7, 28-9, p. 11.

〈30〉 Ibid., Mark 15, 39, p. 66.

〈31〉 Geza Vermes, op. cit., p. 168.

〈32〉 Op. cit., *The New English Bible*, Mark 15, 34-5, p. 66.

〈33〉 Salomon Reinach, *Orpheus: A History of Religious*, translated by Florence Simmonds (London: Routledge, Revised Edition, 1931), pp. 252-3.

第八章

〈1〉 C. G. Jung, 'On the Psychogenesis of Schizophrenia', in *The Collected Works of C. G.* Jung, Volume 3, translated by R.

F. C. Hull, edited by Herbert Read, Michael Fordham, & Gerhard Adler (London: Routledge & Kegan Paul, 1960), p. 247.

〈2〉 Elizabeth L. Farr, 'Introduction: A personal account of schizophrenia', in Ming T. Tsuang, Schizophrenia: The Facts (Oxford: Oxford University Press, 1982), pp. 1-2.

〈3〉 S. E. Chua and P. J. McKenna, *Schizophrenia - a Brain Disease?* British Journal of Psychiatry (1995), 166, 563-582.

〈4〉 Elizabeth L. Farr, op. cit., p. 9.

〈5〉 C. G. Jung, *Two Essays on Analytical Psychology*, translated by R. F. C. Hull, Collected Works, Volume 7 (London: Routledge & Kegan Paul, 1953), p. 141.

〈6〉 Anna Kavan, edited by Brian W. Aldiss, *My Madness* (London: Picador Classics, 1990), p. 15.

〈7〉 Norman Cohn, *The Pursuit of the Millennium* (London: Secker & Warburg, 1957).

〈8〉 Anthony Storr, *Human Destructiveness*, Second Edition (London: Routledge, 1991).

〈9〉 Henri Ellenberger, *The Discovery of The Unconscious* (New York: Basic Books, 1970), pp. 215-6.

〈10〉 Jeffery Moussaieff Masson, *My Father's Guru* (Reading, Massachusetts, Addison-Wesley Publishing, 1993).

〈11〉 Paul Brunton, *A Search in Secret India* (London: Rider, 1983).

〈12〉 Paul Brunton (Dr. Brunton), *The Secret Path* (London: Rider, 1969).

〈13〉 Paul Brunton, *The Spiritual Crisis of Man* (London: Rider, 1952).

〈14〉 Paul Brunton, *The Secret Path* (London: Rider, 1969), p. 14.

〈15〉 Jeffrey Moussaieff Masson, op. cit., p. 160.

〈16〉 Jeffrey Moussaieff Masson, op. cit., p. 85.

〈17〉 Paul Brunton, *The Wisdom of the Overself* (London: Rider, 1943), p. 8.

〈18〉 Jeffrey Moussaieff Masson, op. cit., p. xiv.

〈19〉 Sir Arthur Conan Doyle, *Sherlock Holmes: The Complete Short Stories* London: John Murray, 1928), p. 540.

〈20〉 Norman Cohn, *Europe's Inner Demons* (New York: Basic Books), 1975.

〈21〉 Norman Cohn, *Warrant for Genocide* (London: Eyre & Spottiswoode, 1967), p. 26.

〈22〉 Michael Lind, 'Rev. Robertson's Grand International Conspiracy Theory', *New York Review of Books*, Volume XLII, no, 2, 21-5, February 2, 1995.

〈23〉 Ibid., p. 25.

〈24〉 Anthony Storr, *Human Destructiveness*, Second Edition

(London: Routledge, 1991), pp. 132-3.

〈25〉 Private communication.

〈26〉 World Health Organization: *Mental Disorders: Glossary and guide to their classification in accordance with the Ninth Revision of the International Classification of Diseases*. (WHO: Geneva, 1978), p. 31.

〈27〉 John E. Mack, *Abductions: Human Encounters with Aliens* (New York: Simon & Schuster, 1994).

第九章

〈1〉 Sigmund Freud, *Notes on a Case of Paranoia*, translated by James Strachey in collaboration with Anna Freud, assisted by Alix Strachey and Alan Tyson, Standard Edition, Volume XII (London: The Hogarth Press and The Institute of Psycho-Analysis, 1958), p. 71.

〈2〉 Norman Cohn, *Cosmos, Chaos, and the World to Come* (London: Yale University Press, 1993).

〈3〉 Bhagwan Shree Rajneesh, *The Supreme Understanding: Reflections on Tantra*, edited by Ma Yoga Anurag, compiled by Swami Amrit Pathik (London: Sheldon Press, 1978), p. 213.

〈4〉 Jacques Hadamard, *The Psychology of Invention in the Mathematical Field* (New Jersey: Princeton University

Press, 1945), p. 15.

〈5〉 Ibid., p. 13.

〈6〉 Ibid., p. 47.

〈7〉 Rosamond E. M. Harding, *An Anatomy of Inspiration* (Cambridge: Heffer, 1940), p. 30.

〈8〉 Jacques Hadamard, op. cit., p. 56.

〈9〉 C. P. Snow, *The Search* London: Gollancz, 1934), p. 127.

〈10〉 Anthony Storr, *Isaac Newton*, in *Churchill's Black Dog and other phenomena of the human mind* (London: HarperCollins, 1989), pp. 93-96.

〈11〉 Thomas S, Kuhn, *The Structure of Scientific Revolutions* (Chicago: Chicago University Press, 1962).

〈12〉 Anthony Storr, *Solitude* (London: HarperCollins Flamingo, 1989), p. 123.

〈13〉 Graham Greene, *Ways of Escape* (Harmondsworth: Penguin Books, 1981), p. 211.

〈14〉 Hugh Milne, *Bhagwan: The God that Failed*, edited by Liz Hodgkinson (London: Sphere Books, 1987), p. 128.

〈15〉 Anthony Storr, *Solitude* (London: HarperCollins, 1989).

〈16〉 Bernard Berenson, *Aesthetics and History* (London: 1950), pp. 68-70.

〈17〉 Lord Byron, 'Childe Harold's Pilgrimage', Canto the Third, LXXV (London: John Murray, 1816), p. 42.

〈18〉 Richard E. Byrd, *Alone* (London: Ace Books, 1958), pp. 62-3.

〈19〉 Private communication.

〈20〉 Quoted in William James, *The Varieties of Religious Experience* (London: Longmans, Green, 1903), p. 305.

〈21〉 Sigmund Freud, *Totem and Taboo*, translated by James Strachey in collaboration with Anna Freud, assisted by Alix Strachey and Alan Tyson, Standard Edition Volume XIII (London: The Hogarth Press and The Institute of Psycho-Analysis), p. 89.

〈22〉 Edward Gibbon, edited by G. Birkbeck Hill, *Memoirs of My Life and Writings* (London: Methuen, 1900), p. 105.

〈23〉 Private communication.

〈24〉 M. C. Jackson, *A study of the relationship between psychotic and spiritual experience*, Thesis for D. Phil., Oxford University, 1991.

〈25〉 William James, *The Varieties of Religious Experience* (London: Longmans, Green, 1903), pp. 175-6.

第十章

〈1〉 William James, *The Varieties of Religious Experience* (London: Longmans, Green, 1903), p. 210.

〈2〉 Ibid., p. 208.

〈3〉 John Henry Newman, edited by Maisie Ward, *Apologia pro Vita Sua* (London: Sheed and Ward, 1976), p. 160.

〈4〉 P. Mullen, *The phenomenology of disordered mental function*, in *Essentials of Postgraduate Psychiatry* (London: Academic Press, 1979).

〈5〉 Hugh Milne, *Bhagwan: The God that Failed*, edited by Liz Hodgkinson (London: Sphere Books, 1987), p. 128.

〈6〉 Joost A. M. Meerloo, *Mental Seduction ang Menticide* (London: Cape, 1957), p. 50-1.

〈7〉 Friedrich Nietzsche, *The Gay Science*, translated by Walter Kaufmann (new York: Vintage Books, 1974), 353, p. 296.

〈8〉 C. G. Jung, *Face to Face*, interview with John Freeman, October 1959, B.B.C. Script.

〈9〉 Friedrich Nietzsche, op. cit., 347, p. 289.

〈10〉 Joseph Campbell, *The Hero with a Thousand Faces* (New York: Pantheon, Bollingen Foundation, 1949), p. 309.

〈11〉 Mary Loudon, *Revelations* (London: Hamish Hamilton, 1994), pp. 155-6.

〈12〉 C. G. Jung, *Psychological Types*, translated by R. F. C. Hull and H. G. Baynes, in *The Collected Works*, Volume Six (London: Routledge & Kegan Paul, 1971), pp. 12-13/

〈13〉 William James, op. cit., p. 508.

〈14〉 Friedrich Nietzsche, *Beyond Good and Evil*, translated by R.

J. Hollingdale (Harmonds-worth: Penguin, 1973), 188, p. 93.

〈15〉 Ralph Waldo Emerson, *Self-Reliance*, in *Ralph Waldo Emerson*, edited by Richard Poirier (Oxford: Oxford University Press, 1990), p. 131.

〈16〉 Richard Webster, *Why Freud was Wrong* (London: HarperCollins, 1995), p. 301.

〈17〉 Sigmund Freud, *On Narcissism*, translated by James Strachey, in collaboration with Anna Freud, assisted by Alix Strachey and Alan Tyson, Standard Edition, Vol. XIV (London: Hogarth Press and the Institute of Psychoanalysis, 1957), p. 74.

〈18〉 Ibid., p. 89.

第十一章

〈1〉 Lord Muran, *Churchill: The Struggle for Survival 1940-1965* (London: Constable, 1966), p. 776.

〈2〉 Piers Brendon, *Winston Churchill* (London: Secker & Warburg, 1984), p. 142.

〈3〉 Lord Moran, op. cit., p. 778.

〈4〉 Anthony Storr, *Churchill's Black Dog and Other Phenomena of the Human Mind* (London: Collins, 1989), p. 49-50.

〈5〉 J. P. Stern, *Hitler: The Führer and the People* (London: Fontana, 1975), p. 89.

〈6〉 Quoted in Ernest Newman, *Wagner as Man and Artist* (London: Gollancz, 1963), p. 38, n. 2.

〈7〉 David Aberbach, *Surviving Trauma* (London: Yale University Press, 1989), pp. 124-141.

〈8〉 Norman Cohn, *The Pursuit of the Millennium* (London: Secker & Warburg, 1957).

〈9〉 Sigmund Freud, *Civilization and Its Discontents*, translated and edited by James Strachey, in collaboration with Anna Freud, assisted by Alix Strachey and Alan Tyson (London: The Hogarth Press and The Institute of Psycho-Analysis, 1961), Standard Edition, Volume XXI, p. 72.

〈10〉 Eileen Barker, *New Religious Movements* (London: HMSO, 1992), p. 137.

〈11〉 Eileen Barker, op. cit., p. 136.

〈12〉 Edmund Gosse, *Father and Son* (London: The Folio Society, 1972), p. 204.

〈13〉 T. F. Hoad (editor), *The Concise Oxford Dictionary of Etymology* (Oxford: Oxford University Press, 1986), p. 142.

〈14〉 C. G. Jung, *Psychotherapists or the Clergy*, in Volume 11, The Collected Works, *Psychology and Religion: West and East*, translated by R. F. C. Hull (London: Routledge &

Kegan Paul, 1958), 519, pp. 338-9.

〈15〉 Friedrich Nietzsche, *Beyond Good and Evil*, translated by R. J. Hollingdale (Harmondsworth: Penguin, 1973), 188, p. 93.

〈16〉 Alan Ridout, personal communication.

〈17〉 Andrew Harvey, *Hidden Journey* (London: Rider, 1991), p. 10.

〈18〉 Ibid., p. 25.

〈19〉 Ibid., p. 26.

〈20〉 C. G. Jung, *Answer to Job*, in *Psychology and Religion: West and East*, translated by R. F. C. Hull, Collected Works, Vol. 11 (London: Routledge & Kegan Paul, 1958), 753, p. 465.

〈21〉 Andrew Harvey, *Hidden Journey*, op. cit., p. 33.

〈22〉 Ibid., p. 35.

〈23〉 Ibid., p. 49.

〈24〉 Ibid., p. 53.

〈25〉 *The New English Bible*, St. Luke, 15-17 (Oxford and Cambridge University Presses, 1970), p. 99.

〈26〉 Alfred Tennyson, *In Memoriam A.H.H. XLV, The Poems of Tennyson*, edited by Christopher Ricks (London: Longman, 1969), p. 902.

〈27〉 Mary Loudon, *Revelations* (London: Hamish Hamilton, 1994), p. 373.

〈28〉 Friedrich Nietzsche, *The gay Science*, translated by Walter Kaufmann (New York: Vintage Books, 1974), pp. 279-280.

參考書目

Aberbach, David, *Survivibg Trauma*, London: Yale University Press, 1989.

Bancroft, Anne, *Modern Mystics and Sages*, London: Paladin, 1978.

Barker, Eileen, *The Making of a Moonie*, Oxford: Blackwell, 1984.

Baker, Eileen, *New Religious Movements*, London: HMSO, 1993.

Beckford, James A., *Cult Controversies: The Societal Response to the New Religious Movements*, London: Tavistock Publications, 1985.

Bennett, John G., *Gurdjieff*, London: Turnstone Books, 1973.

Bennett, John G., *Gurdjieff: A Very Great Enigma*, Three Lectures, New York: Samuel Weiser, 1973.

Boyle, Nicholas, *Goethe*, Volume 1, Oxford: Oxford University Press, 1992.

Caraman, *Philip, Ignatius Loyola*, London: HarperCollins, 1990.

Carpenter, Humphrey, *Jesus*, Oxford: Oxford University Press, 1980.

Carswell, John, *Lives and Letters*, London: Faber & Faber, 1978.

Chadwick, Peter, *Borderline*, London: Routledge, 1992.

Claridge, Gordon, *Origins of Mental Illness*, Oxford: Blackwell, 1985.

Copley, Samuel, *Portrait of a Vertical Man*, London: Swayne

Publications, 1989.
Costello, Charles G., (Editor), *Symptoms of Schizophrenia*, New York: John Wiley, 1993.
Cotton, Ian, *The Hallelujah Revolution*, London: Little, Brown, 1995.
Davy, John, *Hope, Evolution and Change*, Stroud: Hawthorn Press, 1985.
De Hartmann, Thomas and Olga, edited by T.C. Daly and T.A.G. Daly, *Our Life with Mr Gurdjieff*, London: Penguin, Arkana, 1992.
Eagle, Morris N., *Recent Developments in Psychoanalysis*, New York: McGraw-Hill, 1984.
Ellenberger, Henri F., *The Discovery of the Unconscious*, New York: Basic Books, 1970.
Evans, Christopher, *Cults of Unreason*, London: Harrap, 1973.
Fitzgerald, Frances, *Cities od a Hill*, London: Picador, 1987, New York: Simon & Schuster, 1986.
Goodwin, Frederick K. and Jamison, Kay Redfield, *Manic-Depressive Illness*, New York: Oxford University Press, 1990.
Gordon, James S., *The Golden Guru*, Lexington, Mass: Stephen Greene Press, 1988.
Grosskurth, Phyllis, *The Secret Ring*, New York: Addison-Wesley, 1991.
Gurdjieff, G., *All and Everything*, London: Routledge & Kegan Paul,

1950.

Gurdjieff, G., *Meetings with Remarkable Men*, London: Routledge & Kegan Paul, 1963.

Gurdjieff, G., *Views from the Real World*, London: Routledge & Kegan Paul, Arkana, 1984.

Harvey, Andrew, *Hidden Journey*, London: Rider, 1991.

Harvey, Andrew, *A Journey in Ladakh*, London: Picador, 1993.

Hay, David, *Religious Experience Today*, London: Mowbray, 1990.

Hebblethwaite, Margaret, *Finding God in All Things: The Way of Saint Ignatius*, London: Harper Collins, 1987.

Hemleben, Johannes, Translated by Leo Twyman, *Rudolf Steiner*, East Grinstead: Henry Goulden, 1975.

Huxley, Aldous, *Ends and Means*, London: Chatto & Windus, 1938.

Isherwood, Christopher, *My Guru and His Disciple*, Harmondsworth: Penguin, 1981.

Jackson, M.C., *A Study of the Relationship between Psychotic and Spiritual Experience*, D.Phil. Thesis, 1991, University of Oxford.

James, William, *The Varieties of Religious Experience*. London: Longmans, Green, 1903.

Johnson, Paul E. & Wilenz, Sean, *The Kingdom of Matthias*, New York: Oxford University Press, 1994.

King, Martin and Breault, *Marc, Preacher of Death*, London: Signet Books, 1993.

Knox, Ronald A., *Enthusiasm*, Oxford: Clarendon Press, 1850.
Kramer, Joel & Alstad, Diana, *The Guru Papers*, Berkeley: North Atlantic Books/Frog, 1993.
Laski, Marghanita, *Ecstasy*, London: Cresset Press, 1961.
Lean, Garth, *Frank Buchman*, London: Constable, 1985.
Leppard, David, *Fire and Blood*, London: Fourth Estate, 1993.
Lissau, Rudi, *Rudolf Steiner*, Stroud: Hawthorn Press, 1987.
Loudon, Mary, *Revelations*, London: Hamish Hamilton, 1994.
Masson, Jeffrey Moussaieff, *My Father's Guru*, Reading, Mass: Addison-Wesley, 1993.
McCreery, Charles, *Schizotypy and Out-of-the-Body Experiences*, D.Phil. Thesis, 1993. University of Oxford.
Meissner, William W., *Ignatius of Loyola*, New Haven: Yale University Press, 1992.
Milne, Hugh, Bhagwan: *The God That Failed*, London: Sphere Books, 1983.
Moore, James, *Gurdjieff*, Shaftesbury, Dorset: Element Books, 1991.
Mullan, Bob, *Life as Laughter*, London: Routledge & Kegan Paul, 1983.
Naipaul, Shiva, *Journey to Nowhere*, Harmondsworth: Penguin, 1982.
Newman, John, Henry, *Apologia pro Vita Sua*, edited by Maisie Ward. London: Sheed and Ward, 1976.
Nott, C.S., *Teachings of Gurdjieff: The Journal of a Pupil*, London:

Routledge & Kegan Paul, 1961.
Ouspensky, P.D., *In Search of the Miraculous*, New York: Harcourt, Brace & World, 1949.
Paffard, Michael, I*nglorious Wordsworths*, London: Hodder & Stoughton, 1973.
Rajneesh, Bhagwan Shree, edited by Ma Satya Bharti, *Meditation: The Art of Ecstasy*, London: Sheldon Press, 1980.
Rajneesh, Bhagwan Shree, edited by Ma Yoga Anurag, compiled by Swami Amrit Pathik, *The Supreme Understanding: Reflections on Tantra*, London: Sheldon Press, 1978.
Rajneesh, Bhagwan Shree, edited by Swami Satya Deva, compiled by Swami Amrit Pathik, *The Mustard Seed: Reflections on the Sayings of Jesus*, London: Sheldon Press, 1978.
Reavis, Dick J., *The Ashes of Waco*, New York: Simon & Schuster, 1995.
Reed, T.J., *Goethe*, Volume I, Oxford: Oxford University Press, 1985.
Ruthven, Malise, *The Divine Supermarket*, London: Vintage Books, 1991.
Sanders, E.P., *The Historical Figure of Jesus*, London: Allen Lane, The Penguin Press, 1993.
Secrest, Meryle, *Frank Lloyd Wright*, New York: Knopf, 1992.
Shaw, William, *Spying in Guru Land*, London: Fourth Estate, 1994.
Steiner, Rudolf, translated and introduced by Michael Wilson, *The*

Philosophy of Freedom, The Basis for a Modern World Conception, London: Rudolf Steiner Press, 1964.

Steiner, Rudolf, translated by D.S. Osmond and C. Davy, *Knowledge of the Higher Worlds - How Is It Achieved?* London: Rudolf Steiner Press, 1969.

Steiner, Rudolf, translated by George and Mary Adams, *Occult Science - An Outline*, London: Rudolf Steiner Press, 1989.

Tomalin, Claire, *Katherine Mansfield: A Secret Life*, London: Penguin, 1988.

Underhill, Evelyn, *Mysticism*, London: Methuen, 1911.

Vermes, Geza, *The Religion of Jesus the Jew*, London: SCM Press, 1993.

Walker, Kenneth, *A Study of Gurdjieff 's Teaching*, London: Cape, 1957.

Washington, Peter, *Madame Blavatsky's Baboon*, New York: Schocken, 1995.

Webster, Richard, *A Brief History of Blasphemy*, Southwold: Orwell Press, 1990.

Webster, Richard, *Why Freud Was Wrong: Sin, Science and Psychoanalysis*, London: HarperCollins, 1995.

Welch, William J., *What Happened In Between*, New York: George Braziller, 1972.

Wilson, Andrew N. *Jesus*, LondonL HarperCollins, 1993.

Wilson, Colin, *Rudolf Steiner*, Wellingborough: Aquarian Press, 1985.

Young, Julian, *Nietzsche's Philosophy of Art*, Cambridge: Cambridge University Press, 1992.

Young-Bruehl, Elisabeth, *Creative Characters*, New York: Routledge, 1991.

Zuber, René, translated by Jenny Koralek, *Who Are You Monsieur Gurdjieff?* London: Routledge & Kegan Paul, 1980.

索　引

國家圖書館出版品預行編目資料

他 即世界 (((古魯大解密)))／安東尼・史脫爾
（Anthony Storr）著；張嚶嚶譯. -- 一版.
-- 臺北市：八正文化, 2015.08
面； 公分
譯自：Feet of clay

ISBN 978-986-91984-1-7（平裝）

1. 世界傳記

781.05 104012189

他 即世界《古魯大解密》

定價：360

作　　者　安東尼・史脫爾（Anthony Storr）
譯　　者　張嚶嚶
封面設計　方舟創意整合有限公司
版　　次　2015 年 8 月一版一刷
發 行 人　陳昭川
出 版 社　八正文化有限公司
108 台北市萬大路 27 號 2 樓
TEL/ (02) 2336-1496
FAX/ (02) 2336-1493
登 記 證　北市商一字第 09500756 號
總 經 銷　創智文化有限公司
23674 新北市土城區忠承路 89 號 6 樓
TEL/ (02) 2268-3489
FAX/ (02) 2269-6560

本書如有缺頁、破損、倒裝，敬請寄回更換。

歡迎進入～

八正文化　網站：**http://www.oct-a.com.tw**

八正文化站落格：**http://octa1113.pixnet.net/blog**